松咲 硝子
Garasu Matsusaki

ペポニ

文芸社

もくじ

第一章

一

この空の蒼さは、大気層を通過した太陽光の波長によって生じる。重なった鳥の羽のような大きな葉が影となり、陽光を受けたその澄んだ空の眩しさを和らげている。緩い風の流れは羽状葉をわずかに揺らし、時々鋭い光への防御を崩す。視界が横に傾くと、今度は空よりも淡いアクアマリンの色が広がった。データ上で見る限り、海の蒼さは海域によってさまざまのようだ。そしてその先の緑に茂った山は、常緑樹の種類によって、濃淡や黄みや蒼みがかった色を誇示しているにも拘らず、まとまった色に収まる。

こんな鮮やかな色は、普通の「健常者」は映像でしか見ることはない。わたしはこれらを、夢の中で見ることができる。

突然、視界が横転する。陽に焼けたわたしの素足が、視界の端に映り込む。普段、肌の露出の少ないわたしたちには、到底理解できない姿をしている。理解できないといえば、今わたしが躰を横たえている、この不安定な乗り物も同じだ。細かなロープを編み込んだものを木と木の間につるして、楕円に弛んだ編み目のカーペットを作っている。

バランスを崩したのか、不安定に揺らいだ後、視界は照りつける砂の地面へと下りた。黒い猫が、わたしの足下でこちらを見上げている。漆黒の艶やかな毛並み。海よりも空よりも深い、澄んだ蒼い瞳。その意志の強い大きな瞳がわたしを見据えて、獣の口が開く。

もう、時間だ。

黒猫の鳴き声を聞くことはない。いつもそうなのだ。口を開きかけた瞬間に「ここ」での時間が終わってしまう。仕方がない。どのアーカイブデータにも載っていないのだから、聞いたことのない音を脳が再現することはない。

わたしは、白い天井を凝視していた。

目覚めた時は、いつもこの無機質な白い天井を睨みつけている。精神は落ち着いている。気持ちの昂ぶりはない。もっともわたしがそう認識していても、実際の脳波は違うパターンを示す場合もある。だが異常があってもなくても、わたしたちは毎日カウンセリングセンターに行くことを義務づけられているのだから、何の問題もない。

カウンセリングを受けることは、わたしたちにとって日課といっていい。

何度か瞬きをしてから、躰を起こしカーテンを開けた。白いベッドと白い壁、白いチェスト、白いクローゼットしかない無機質な部屋の窓から、鈍い光が入る。わたしは目を細める。誰かに指摘されるまで不思議にも思わなかった。偽りの朝の光でも、眩しいと感じるのだから。


部屋のダイニングでは、すでにルームメイトのセマがコーヒーを淹れていた。互いに挨拶を交わして、わたしはキッチンに沿って据えられているカウンターテーブルの前に座った。もちろんテーブルも椅子も白だ。窓際のソファだけは薄いグレーで、それでもこの空間の中でとりわけ目立つわけでもなく、律儀に協調している。セマが「コーヒーは？」と聞いたので、わたしは飲むと答えた。

彼は礼儀正しく、好感がもてる人物だ。いつも穏やかな顔をしている。もっともわたしたちオルグは、そう教育されている。他人に危害を加えないのはもちろんだが、精神的な苦痛や不快な感情を与えてはならないという概念が植えつけられている。わたしたちのことをミュータントと呼ぶ者もいるが、わたしは気にしたことはない。いや、気にしないようにしているのかもしれない。

前世紀のデータを調べても、わたしたちが「健常者」と何ら変わりはない身体機能であることは証明できる。それでも彼らの中で、わたしたちが特異な存在と映っているのは確かだ。ミュータントという曖昧な定義づけに、一時期とても興味をもっていたわたしは、データ解析の研究者であるためか、すべてを知りたいという探究心に突き動かされてしまった。その行動が、過ちを犯すことになった。

随分前のことだ。わたしに対して汚い言葉を投げかけた相手に近づいていき、彼らの、わたしたちオルグに対する情報を得ようとした。データ上では決して拾えない、彼らの私的感情を含めた生の声はとても貴重だ。わたしとしては細心の注意を払い、相手の気分を害さないように心がけたつもりだったが、目の前に立った瞬間、これまで味わったことのない痛みを胸に受けた。相手の恐怖の形相が鋭い刃《やいば》となって胸に突き刺さり、わたしに警告を発していた。あなたはペナルティを犯しました、と。

あの時、刺さったままの刃をそっと抜いてくれたオルグが現れなければ、わたしはパニックを起こしていたかもしれない。彼のやり方は間違っているし、容赦をしない。それでも、わたしを守ろうとしたことだけは理解できる。刃を抜いた後の傷口は、しばらくの間、皮膚を疼《うず》かせた。記憶から消し去ることを拒むように。

できることなら、決められた日常通りの時間が流れていけばいい。ただデータ解析業務を予定通りにこなし、自分の役割を、責任をもって果たす。そう、今のわたしの生活そのものだ。こんな充実した日々だけをずっと送れるのなら、あんな突発的な出来事を経験することはないのだ。

とはいえ、わたしたちオルグが健常者と接する機会はほとんどない。教育の一環として、中等スクールの生徒たちがオルグの施設を見学にやって来る時だけである。彼らの多くは生涯で一度だけ、「ミュータント」を見ることになるのだろう。冷やかしたり囃し立てたりする者はほんのわずかで、ほとんどの生徒は驚いた顔をしている。そうだ、わたしも最初は同じ思いを抱いた。服装の自由の違い、生体機能の違いはあれど、他に何の違いがあるのか？　わたしたちオルグも同じ人間であることに変わりはない。だが、彼らがどんな生活をしているのか、わたしは知らない。彼らとの違いを、目に見えて比較することはできない。わたしたちオルグは、施設から出ることは許されていない。

目の前に白いカップが置かれた。焦げ茶色の液体に部屋のライトが映り込んで、そこだけ妙に浮き出ている。窓際に行けば偽りの光に当たることはできるのだが、所詮、人工太陽でしかない光は、大地全体を照らすことも、生物に必要なほどの熱を与えることもできない。カウンターキッチンから出てきたセマも隣に座り、彼に礼を言ってからカップに口をつけた。香ばしい香りが鼻筋を通り、苦みが口の中に広がる。毎朝の習慣だ。いや、これも義務だろうか？

「わたしは今日も、空を飛んでいました」

セマが静かに言った。まるで子守歌を歌うように。彼の声は清らかで、耳に心地が良い。

時々、彼は夢の話をする。ほんのわずかに嬉しそうな顔を滲ませて、言葉を奏でる。

「陽を浴びた緑の大地が、大きな波をつくって流れていくのです。その大地が視界いっぱいに広がっていました」

彼もわたしと同じように、この地球から失われた鮮やかな世界を、夢の中で見ている。

「気持ち良さそうだね」

「はい、とても気持ちが良かった、と思います」彼は手に持っているカップへと視線を落とした後、わずかにはにかんだ。「もちろん視覚的感覚として、そう感じたのですが」

オルグのほとんどは、自分の感情を表現することが苦手だ。わたしたちの担当医でもあるカウンセラー、個々に彼らのことをリライブルと呼んでいるが、彼らと話す時、客観的な言葉を選ぶように義務づけられている。わたしも、口から出た瞬間に見ず知らずの他人となった言葉に、首を傾げたくなる時がある。どの言葉もしっくりこない気がするし、それが正しい表現なのか、自信がなくなるのだ。

「どうもわたしは、リライブルや管理局が望むような話し方になってしまいます。他のオルグとは、こんなに打ち解けて話すこともありませんから」

「そうなの？　わたしは気にならないけど」

「以前このシェアルームにいた方とは、どんな話をされていたのですか？」

「あぁ……カリフね」

わたしは苦笑していたのだろう。セマが不思議そうにわたしの顔を覗き込む。彼は一カ月ほど前にカリフと入れ替わりに、この部屋に入ってきた。

部屋のメンバーを決めるのはカウンセリングセンターで、不定期に面子替えが行われるのだが、無神経で粗暴なカリフに限っては一カ月もしないうちに部屋を追い出される。これまで数え切れないほどの部屋を転々としてきたのだと、なぜか彼は自慢げに話していた。わたしはカリフの粗暴な振る舞いに、不思議と嫌悪感を抱いたことはなかった。もしかしたら彼自身、これ以上部屋替えをすることが面倒に思えて、少しばかり大人しくしていたのかもしれない。彼と過ごした三カ月は、それなりにうまくやっていたと思うのだが、突然一カ月前に、彼は別のシェアルームに移動した。

もはやカリフは、ある意味では有名人だ。わたしたちオルグは、人前でめったに悪口の類を発しないのだが、カリフについては例外のようだった。施設のダイニングホールに行けば、必ずといっていいほど彼の良くない話が聞こえてくる。その「カリフ」の名前に嫌気の表情をまったく出さないセマは、オルグの中でもとくに人格者なのだろう。そう思う反面、もうひとつの可能性を尋ねてみた。

「もしかして、カリフのことを知らないの？」

「名前は、聞いたことがある気がします。でも、お会いしたことはありません」そう言った後、セマは俯き加減に考え込んでいるようだった。「記憶にはないのですが」

「ここに入る前は、深い眠りに落ちていたの？」

「はい。長くて半月、短くても五日は落ちていました。目覚めてはまた数日落ちてしまうので、あなた方と少し、感覚がズレているかもしれません」

「そんなことはないよ。半月なら、まだ短い方かも……」

わたしの視線は自然と、ある扉へと向いていた。

ダイニングを囲んで扉が三つある。どのシェアルームもひと部屋に三人、それぞれ個室を与えられている。この中でわたしとセマ以外のもうひとりは、かれこれ半年くらい目覚めていない。

わたしの視線を追って、セマも同じ扉を見た。

「そうでしたね。アスィリも、落ちたまま戻れなくなっていましたね」

眠ったままのアスィリとは、初めてシェアルームを与えられてからずっと、同じ部屋で生活している。幼い頃は広い大部屋の中で、同じ年頃の子供たち十数人と、養母とされる人たちと寝起きを共にしていたが、ある年齢から個別のシェアルームを用意される。ここでの生活も一〇年ほど経つのに、大部屋の頃と違い、アスィリと会話をしたのは、それほど多くはない。アスィリが目覚めた時に、入れ替わるようにしてわたしが眠りに落ちていたからだ。

「スカイ」

束の間の沈黙の後、セマがわたしの名を呼んだ。

「あなたは夢の中では、男性体ですか？　それとも女性体ですか？」

だが彼はすぐに、伏し目がちに申し訳ないという表情を滲ませた。わたしがひどく驚いた顔をしたからだろう。たぶんわたしだけでなく、たいていのオルグは自分の性を気にしたことはない。

「すみません。気を悪くしたのなら謝ります」

「いや違うんだ。そんなこと、考えたことがなかったものだから」

不意に、カリフの言葉を思い出した。

『俺たちは人形なんだよ。発情したこともない雄に、快楽も命も生まれねぇ。だがお前は、自覚していない――』

なぜ突然、こんな言葉を思い出したのだろう。彼は時々、意味不明の言葉を発する。そのたびにわたしは、心を乱される。データ上にもない不要な情報など必要ないのだが、いつまでも頭の中に残っているから不思議だ。男性体か女性体かと聞かれ、わたしの身体的性別が男性体と認定されていることを心の中で確認したことで、「雄」というキーワードがよみがえったのだろう。

オルグに限らず、人の脳の中には個人をあらわすマイクロチップが埋め込まれている。ワークをする上で使用するコンピュータは、わたしという人物を認証することで起動する。その際、一瞬だけだが、自分の年齢や性別を目にする。あまり気に留めていないし、普段意識していないものだから、時々忘れてしまう。夢の記憶も、セマほど鮮明には残っていない。それでも、今は切り絵のような残像を思い出す限り、ごつごつとした筋肉質の足は陽に焼けて、幾分、濃い毛に覆われていた。

「たぶん、男性体だと思うよ」

わたしの言葉に、セマは安堵したような表情を浮かべた。

「わたしは、どうやら夢の中では女性体のようなのです」

「へぇ、そんなこともあるのか」

「……そのことを、リライブルにも管理局にも伝えていません」

「どうして？」

「とくに理由はありません。しいて言えば、彼らにヒントを与えてしまうようで」

「ヒントって、どういうこと？」

彼は苦笑して、肩をすくめた。

「わたし自身、自分の言っていることがよくわかりません。自分のすべてを曝け出すことに、違和感を覚えているのかもしれません」

「違和感……」

「わたしという存在を簡単に理解してほしくはないのか……」彼はまた、苦笑した。

「おかしなことばかり言ってすみません。こんなことは、あなたにしか言えないことかもしれません」

「……どうして、わたしに？」

「どうしてでしょう……。ただ——」

セマの瞳と、わたしの瞳が交わった瞬間、なんとも奇妙な感覚に捕らわれた。それはほんの一瞬の出来事で、この感覚に陥った根拠を探る間もなく、わたしは彼の、不思議なほどに深い輝きを宿す瞳に魅了されていた。その輝きの中に、わたしには決して理解できない、途方もない強い意志のようなものを感じた気がする。

「ただ、あなたには理解できることだと思ったのです。この世界がホンモノかどうか、わたしはまだ、見極められないから」

そんなことは微塵も考えたことはないはずだった。わたしの思考にはない感懐であるのに、自分が驚かなかったことも奇妙だった。だが、彼の言葉に、不意にわたしの深層意識が表面化した。それはいつから心の底に眠っていたのか、拠り所のない暗闇の中で、じっと機会を窺っていたような気がした。それをうまく言葉にあらわすことができないほど、わたしは、わたしの心を読み解くことができない。それなのに、得体の知れない種子が、わたしの中で芽吹いたことだけは感じ取った。

二

「黒猫はあなた自身だと考えられます。なにかを訴えようとしているのは、あなたの心が今、求めているものかもしれません。それは物質的なものを欲していたり、精神的なもの、たとえば助けや癒しを求めていたりなどが考えられますが、なにか強いストレスを感じることはありますか？」

「……いいえ」

わたしは首を横に振る。いつも同じ質問で、いつも同じ回答をする。

白い机を挟んで、わたしは白衣に身を包んだリライブルと向かい合っている。このカウンセリングルームも、すべてのものが真っ白だ。扉や天井近くに据えられた窓枠さえも白い。ここに来るたびに、わたしは息苦しくなる。部屋が狭いうえに、逃げ道を遮断するように、わたしは奥の壁際に座らされるのだから。もっとも白一色の視覚的錯覚により、実際の部屋の面積よりも広く感じるので、息苦しくなる原因は、つまり今現在強いストレスを感じる理由は、このリライブルとの面談によるものだろう。そう言おうかとも思ったが、余計な発言は控えたほうがいいと考え直した。

わたしの担当リライブルは、黒縁眼鏡を掛けたアムルという男性体だ。わたしの鳶色の髪より少しブロンズ色が強い髪で、長い前髪がサイドに流れている。彼はその前髪をほとんど動かすことなく、無表情に、それなのに優しい声色で話す。わたしには彼の次の言葉もわかっている。まるでデジャヴだ。

「黒猫の言葉は、聞こえませんでしたか？」

「猫は人と同じ言葉を発しません」

「はい、もちろん、本物の猫はそうです。ですが夢の中では何でも可能なのです。あなたが普段ワークで目にしている前世紀のデータや映像が記憶の中に留まり、そこからイマジネーションが膨らむ。さまざまな断片的な映像や情報がひとつにまとまって、あなたの夢の中で新しい、別の物語をつくり出すのです。前世紀の処刑について研究していたオルグの夢で、自分の首が切り落とされても、まだ死なずに辺りを徘徊していた、という事例があります。当時の処刑映像は残っていません。そのオルグはデータ上の記述と、処刑に使用した道具を映した現像画を見ています。損傷の多い現像画だったようですが、彼の中でイマジネーションが膨らみデフォルメされた結果でしょう。夢とはそういうものです。自分の記憶にあるものから、その時の身体的・精神的な状態によって脳が勝手につくり出すのです。それはあなたも同じですよ。先ほども言いましたが、黒猫はあなた自身なのです。だからこそ、猫が言った言葉が重要なのです」

「はい、でも……夢の中では、音は何も聞こえません、いつも」

「それはあなたが、聞こうとしていないだけかもしれません。本当は聞こえている、かもしれませんよ」

アムルの顔が、急に温和になる。マニュアル通りなのだろう。この階の廊下ですれ違う他のリライブルも、皆このような雰囲気を醸し出している。空気のように薄い存在で優しげなのに、全身を冷たいオブラートで包んでいるのだ。

「なにか思い出しましたら、すぐに報告してください。あなたは、ひとりではないのです」

あなたは、ひとりなのです。

そう言われている気がする。あらためて、ひとりなのだと感じる。

わたしは安堵した顔を浮かべて、はい、と答える。きっとわたしも、マニュアル通りなのだろう。リライブルの望みに応えるのだ。

カウンセリングが終わり、わたしは長い廊下の先にあるエレベータに乗った。一五〇階から瞬息に降下していく、重力に抗えなくなる無防備な感覚がとても好きだ。扉と反対側の全面強化ガラスからは、何基も並んだ別棟のエレベータが、それぞれ上や下へと移動しているのが見える。オルグが乗っていることがわかるのは、わたしの目が良いだけではない。わたしと同じグレーの制服が、色だけで識別できるからだ。

わたしはガラス壁に顔を近づけ、底の見えない下層を見下ろす。間もなく、鈍い光に照らされたくすんだ深緑色の海が、視界の端に映り込んでくる。この世界を覆っている汚染体だ。わたしたち人類は、この汚染体のせいで、外気に触れることなく、常に温度調整され清浄された空気の中で生活をしている。そして、擬似太陽とでもいうべきか、人々が居住する建物の最上階に設置された光の球体により、太陽に似た光に照らされている。生活サイクルは前世紀と変わらず、日の出から日没までを擬似太陽が担い、人々は朝と夜を区別して生活している。

とはいえ、今も本物の太陽の恩恵は受けている。地軸のズレとともに、太陽から数百万キロ遠ざかったものの、他の惑星との磁力の影響を受けながら、今も太陽の周りを回り続け、この星の最低限の機能は維持されている。海も陸地も氷と一体化し闇に閉ざされた領域はあるが、わたしたちが生活している周辺は幾分ましなほうだ。この辺りの汚染された海が凍っていないのは、地下のマグマの影響もあるようで、残念ながら人が食せるような魚介は生息してはいない。汚染された海の水が蒸発することによって、外気の観測データでは、人が生活できるほどの酸素もないどころか、毒ガスに覆われているとのことだ。夢の中の蒼い海など、本当に過去に存在していたとは思えないほどだ。

エレベータの扉が開き、わたしは一〇階の廊下に出た。わたしのワークフロアは、奥から二つ目の部屋だ。ひとりひとりの扉のない個室を仕切る白いパーテイションが、迷路のように無機質な通路を造っている。出入り口となる隙間からグレーの制服を着た後ろ姿が見えるけれど、タタタ……という端末を叩く音やピッピッピ……というモニターでのフィンガー操作時に発する音（どれも微かな音であるのに重複されると、威圧的な連帯感のような広がりが生まれる）以外、人の気配のような物音はほとんど聞こえてこない。このフロアのオルグは集中力が高い者が多く、一度ワークに入ると周りが見えなくなるほど没頭する傾向がある。ワーク中に話し掛けても無視されることもあるが、故意にそうしているわけではなく、本当に聞こえていないのだ。

自分の席に向かう途中、二人のオルグとすれ違った。男性体と女性体のそれぞれに、笑顔で挨拶を交わす。オルグの女性体は少ないため、カリフのように個性的な装いをしているわけでもないのに、とても目立つ。このワークフロアにはひとりしかいない。見学にやってくる中等スクールの子供たちも、七割は男性体だったように思う。管理局員も同じ割合だ。リライブルに限っては、ひとりも女性体を見たことがない。大昔の記録では、男性体のほうが生まれる確率が高かったわりに、母体の中で育たなかったり、生まれて間もなく死亡してしまうケースが多かった時代があったようだ。今世紀では、そんなことはめったに起こらない。医療の発達で、死亡率は激減したというわけだ。男性体が生まれやすい理由についてはY染色体、X染色体の話に繋がっていくのだが、結局のところ、それは今も昔も変わらないということなのだろう。

男女の比率はともかくとして、データ解析のワークにつくオルグの女性体が極端に少ないのは、その生体が本来もっている能力の違いだろう。女性体のほとんどは、培養室の観測係を担当している。彼女たちは、少しの変化も見逃さないほど優秀だと聞いたことがある。そういえばリライブルも、以前は何人かの女性体がいたようだ。オルグの身体的・精神的変化を見逃さない点では女性体のほうが向いているように思うが、わたしたちの躰の状態は数値化されているため、素早い判断で実行する能力は男性体のほうが勝っているのかもしれない。だがカリフは以前、妙なことを言っていた。女性体のリライブルがいなくなったのは、わたしのせいだと言うのだ。理由を聞いたが答えてはくれなかった。わたしはいつも、彼にからかわれる。

このワークフロアは、一見して広い部屋には見えないが、ここでは五〇名近くのオルグがデータ解析や情報収集などを行っている。すべて過去のデータをもとにしているため、言語解読も含まれる。大昔で言えば歴史学者、先史学者、考古学者、といったところだろうか。もちろん過去に存在した、いや、もしかしたら今もどこかに眠る遺跡を実際に見て触れることはできず、データ上の遺跡を調べている者もいる。それぞれのオルグには研究テーマが与えられており、気候の変化による大災害や、各地に言い伝えられている神話など、さまざまな分野を解析、研究している。

わたしのテーマは、一八〜二一世紀頃の疫病、感染症、悪性腫瘍といった病気に関する事例だ。実際に人体を解剖することはないにしても、データ上の病理研究にも携わっている。この期間に設定したのは、書物という形で残された情報が今やほとんど残っていないせいでもあるが、一部の古い記述はデータ化されており、それが盛んだった二〇世紀以降のデータを解析することで、ある程度の過去の事象が解明できるのだ。

わたしはひとつひとつを明らかにしていくたびに、人類の進化に畏敬の念を覚える。人が進化していくことで、病気の種類も変化、もしくは進化していくのだ。人間は疫病が蔓延するたびに、その病原体の活動を弱めたり、無毒化するワクチンを開発し、治癒するだけでなく免疫力も高め続けてきた。要するに、最初の犠牲者によって学習し、被害を最小限に止めるといった方法だ。だが過去の解析や解読を行ううえで、人のもつ生への執着に畏敬の念をもつと同時に、人間の愚かさを垣間見ることにもなる。

　有名な話だが、一四世紀に多くの死者を出したペストという疫病が流行った原因は、ネズミのペスト菌が人間に感染したからであり、これが後世、大量処刑が行われた魔女狩りと結びつけられている。実際、魔女狩りが行われたのは一五世紀以降で、ペスト菌との因果関係は証明されていない。確かなことは、魔女狩りという名の大量殺人が正々堂々と行われていたということだ。人々の噂話や密告によって、簡単に魔女にされる。周囲を疑ったり、また自分が疑われないために他人を陥れたり、そうして無知な人々は集団ヒステリー現象に陥っていく。さらに人間だけでなく、「魔女の使い」とされた猫やカラスも殺された、という見解も残っている。大昔の人々の心理を想像することは難しいが、精神発展途上ゆえの過ちなのだろう。

　猫。

　わたしは、夢の中の黒猫を思い出す。白い壁に囲まれたブース内でＬＣＤモニターを見ながら、スライド式に自在に移動できる薄い端末を操る。三面のフィルム状ＬＣＤモニター画面のひとつに、二一世紀にメモリーサーバに取り込まれた黒い猫の画像が映し出された。いろんな猫の種類を見てきたが、この猫が一番、夢の中の猫に近い。凛々しくも、どこかもの悲しい蒼い瞳。わたしの目も、同じく蒼い。

　あの猫は「魔女の使い」ではなくても、何かの役目を負っているのでは、などと他愛もないことを考えることがある。黒猫がわたし自身だというアムルの考えは滑稽な気もするのだが、たんなる夢に意味を見いだそうとするのは大昔から変わらず続いている。要するに、今も昔も、己を知ることが一番難しいということかもしれない。もしかしたら、古い文献を解析するよりも手間がかかる。

一五時になり、わたしは席を立った。

オルグのワークは、二時間おきに一〇分間の休憩を義務づけられている。といっても、必ず時間通りにワークを再開しなくてはならない、という規律はない。わたしたちの研究結果はデータで残るため、一日のノルマを果たせばたいして問題視されることはないし、前世紀ではたいして珍しくもなかった個人的リベラリズムの象徴である「サボる」という概念は、わたしたちオルグは持ち合わせていない。

わたしは扉へと通じる通路ではなく、反対方向に進み、三つ目のブースを覗いた。相変わらず髪がボサボサのカリフの後ろ姿が見える。彼に言わせると、これがオシャレな髪型なのだそうだ。片足を座っている椅子の上にのせて、行儀の悪い格好でワークを続けている。

カリフはＬＣＤモニターを五面も表示させ、さまざまな文献を同時進行に解読していく。見た目同様に大雑把でルーズなところもあるのだが、ワークに関してはスピーディかつ正確だ。だから管理局は彼に甘いのだと、何人かのオルグが言っていた。彼の素行の悪さや他者への暴言などに対して、なにも罰を与えられていないわけだから、そう思われても仕方がない。かといって実際、過去に刑罰を受けたオルグがいたのかどうかは聞いたことはない。

カリフは、サイバースペース時代の研究をしている。以前、彼から聞いたことがある。サイバースペースというのは、二〇世紀に書かれた小説からきた造語らしいが、ようはバーチャルリアリティ、仮想空間のことだ。その小説が書かれた時代には夢物語となっていた事柄が、二二世紀には現実となる。脳に膨大なマイクロマシンを注入し、電脳化することによって、仮想空間によるネットワーク社会の時代が訪れたのだ。さまざまな分野の情報が溢れかえっていた時代でもあった。人々はバーチャルリアリティの中で情報を手に入れたり、他者とのコミュニケーションを図った。不思議なことに、顔を見合わせて話すよりも、バーチャルの中でしかコミュニケーションが取れないという人が圧倒的に多かったと言われている。その時代の病気が、わたしはとても興味がある。人々は電脳化し、使い物にならなくなった臓器を次々と機械に替え、命を延ばしてきた。わたしの今の研究は事象の立証作業がおもで、ひとつの事象が事実であるかを、さまざまなデータや文献を解析することで別方向から裏付けをしていき、またそこから発生した新たな仮説をも紐解いていく。今の作業スピードであれば、そろそろ二二世紀以降の解析を始めてもいい頃だ。

「なんか用か?」

こちらを振り向きもせずに、カリフが言った。指先は端末を叩き続けている。

「休憩時間だよ」わたしは控えめに言った。

「あぁ……そうだな」

「わたしはコーヒーを飲むけれど、君も」

彼の手が止まった。

急に、深い静けさが訪れた。部屋のオルグの大半はラウンジやダイニングホールへと出掛けて行き、まだわたしとカリフ以外にも何人かはブース内に留まっているようだったが、誰も端末を操作していなかったせいかもしれない。わたしの生唾を飲み込む音さえも、周囲に響き渡りそうなほどの静けさだった。

ようやく回転椅子ごと振り返ったカリフは、わたしの頭から足先までを物珍しげにジロジロと見てきた。わたしは彼と違い、とくに目立つわけではない。まともなオルグである。ボサボサの髪型と同じく格好もだらしがない彼に、異質な存在のように凝視されるのはどうにも腑に落ちない。

カリフは、オルグが着るグレーの詰め襟のジャケットのファスナーを全開にして、中に黒のVネックシャツを着ている。オルグに与えられた制服はグレーの上下揃いのジャケットとスラックスで、もちろんカリフ以外のオルグは、ジャケットのファスナーをきっちり上まで上げている。どこで手に入れたのか、彼は膝上にポケットがついた黒のカーゴパンツを穿き、手首には、黒い石が埋め込まれたシルバーのリングを嵌めている。前世紀の洋服を真似たのだろうが、なぜか似合っているから不思議だ。管理局が注意をしないのは、不潔さや目に余るだらしなさが感じられないからだろう。

彼は細身で背が高く、端整な顔立ちをしている。黙っていれば、以前、中等スクールの少女たちが言っていた「王子様」に見えなくもない。二一世紀に作られたカルチャー映像に出てくる、爽やかな風貌と正義感に溢れた青年像だ。彼が口を開けば、それが幻想であることを思い知る。

「いい加減にしろ。コーヒーが嫌いだって、何度言えばわかるんだ」

「そう、だったね……」

そうだっただろうか。

彼は椅子の肘掛けに頬杖をついて、わたしを訝しげに見据えている。わたしは、彼を怒らせるようなことを言っただろうか。

「お前、俺に話したいことがあるんじゃないか?」

「話したいこと?」そう言われると、そう思えてくるから不思議だった。「……いや、とくにないよ」

「ふぅん」カリフは鼻で笑っている。「俺はあるぜ。泣けるくらい笑っちまう、愉しい話だ。お前が研究に没頭できなくなるくらいにな」

「泣けるのに愉しい話なんて、あるの？」

「聞きたいだろ？」

わたしが頷くと、彼は小馬鹿にしたようにフンと鼻を鳴らした。

「嘘つけ。たいして興味もないくせに。お前みたいなアホに教えてやるかよ」

とても「王子様」とは思えない性格だ。愉しい話など、最初からあるわけがない。

カリフのブースを出る直前、わたしは再び彼の背中へと視線を向けた。その時、LCDモニター画面の文字が目に飛び込んできた。

『**お前は生きているのか？**』

何かの文献の言葉を拾ったものなのか、それともカリフ自身がインプットしたものなのか。その言霊から逃れられず、胸の奥で妙なザワつきが起こる。

「わかってると思うが、俺はお前以上に大嘘つきだぜ」

カリフの背中が小刻みに震えている。笑っているようだ。コーヒーのことを言っているのだろうか。モニターの文字は、最初からなかったかのように、すでに消えていた。

カリフが大嘘つきかどうかなど、わたしにはどうでもいい。彼の言動は理解できなくても、彼という存在は理解できる。カリフとは、こういう個体なのだ。

そしてそんな彼にいつも振り回される個体が、わたしだ。


楕円型のテーブルが幾つも置かれた広いダイニングホールには、オルグだけではなく、全身黒い制服姿の管理局員もいる。リライブルは見掛けたことはない。カウンセリングルームやリライブルの個室が最上階に近い階層にあるのとは逆に、管理局フロアは一二〜二〇階にあるからか、管理局員の大半は一一階のダイニングホールを使うことが多い。彼らは一〇階の研究・解析チームのワークフロアや二〜五階の培養室にも、頻繁に顔を出す。ホールの中で、まばらに散った黒い制服は目立つ。

リライブルと違い、管理局員は表情が豊かだ。わたしは不得意なのだが、笑顔を絶やさないところはオルグに近い。だから親しみがもてるのだろう。今いるダイニングホールでもそうだが、別階層のラウンジや廊下でも、管理局員とオルグがおしゃべりに興じる光景をよく見掛ける。わたしも、オルグを管理する彼らと話すことに、何ら抵抗はない。それでも、ひとつ困ったことがある。

「やあスカイ」

わたしがコーヒー抽出機の前にカップを置いたところで、ひとりの管理局員が近づいてきた。笑顔を向けてくる黒い制服の男性体に、わたしも笑顔を返す。

「こんにちは」

「君のデータ解析の早さには、いつも驚かされるよ。我々のワークがスムーズにいくのも、君のような優秀なオルグのおかげだ」

「恐れ入ります。でもわたしより、カリフのほうが優秀だと思います」

「カリフか……」管理局員は苦笑いを浮かべた。「彼は別格だからね」

ちょうど近くを歩いていた別の管理局員が足を止め、カップを手にしたまま、わたしたちに近づいてきた。

「やぁスカイ。カリフといえば、このホール内にはいないようだが」その管理局員は、やたらと瞬きが多い。

「はい、まだワークフロアにいます」

「声を掛けてあげたかい？」

「もちろんです。でも、彼はコーヒーが嫌いだからと、睨まれてしまいました」

「コーヒーが嫌いだって？　ハハハッ！　君はいつも、彼の嘘につき合ってあげるんだね？　一日一〇杯は飲むくらいコーヒー好きなことは、君も知っているだろう？　飲み過ぎだと注意したけど、聞く耳もたなかったね。まったく、彼らしいというか」

　話しながら、彼はずっと瞬きを続け、片方の肩と首を同時にヒクヒクと動かす。どうやら彼のクセのようだ。

「でも最近、ここには顔を見せていないよ」最初にわたしに声を掛けてきた管理局員が言った。「急にコーヒーが嫌いになったのかもしれない」

「彼は深い眠りに落ちない。突然、嗜好の変化が起こることなどあり得ないが。あるいは体調が悪いだけか……、リライブルから報告は受けていないからな」

二人のやり取りを聞きながら、わたしはふと、カリフについて時々抱く疑問を口にしていた。

「あの、カリフは精神的に大丈夫なのでしょうか？」

二人の管理局員が同時にわたしに注目し、そして同時に、声を揃えて言った。

「どうして、そう思うの？」

顔は笑っている。親しみやすい表情。いや、口角は上がっているのに、目は笑っていない。そう、わたしが困惑しているのは、まさにこの顔なのだ。

「カリフは君に、何か妙なことを言ったのかな？」最初に声を掛けてきた管理局員がさらに詰め寄る。

「いえ、わたしにコーヒーが嫌いだなんて嘘をついて……カリフにはいつもからかわれているので、なんとなく、精神的に安定していないのかと。それとも、わたしは彼に嫌われているのかもしれませんが」

「そんなことはないよ。カリフがまともに口をきくのは、君くらいだからね」

二人は、もとの気軽な笑顔に戻っていた。

「カリフについて思うことがあったら、いつでも言ってくれていいよ」

「リライブルに報告すると大事にされてしまうからね。我々は、カリフのことを悪く思ってはいない。周囲とうまく噛み合わないのは、あの強すぎる個性のせいかもしれないが、我々は彼の個性を、良い方向に伸ばせればと思っているんだ」

「ただ、カリフは我々や君以外のオルグに、心を開かないからね。できれば君が、彼の日頃抱いている気持ちや不満を、聞いてやってほしい」

頼んだよ、と言いながら軽く肩を叩かれ、わたしは従順に頷いた。二人の管理局員は壁に据えられたランドリーシュートに空になったカップを投げ入れて、わたしへと片手を上げてからホールを出て行った。

その時になって、視界の端にセマの存在があることに気づいた。二人の管理局員が通った戸口付近で、数人のオルグと立ち話をしていた彼は、わたしと目が合うと、いつものように優しく微笑んだ。ずっとわたしを見ていたのだろうか。視線はすぐに遮断され、彼はオルグや管理局員の中に紛れて、あっという間に姿を消した。

ホールには誰もいなくなった。抽出機の前に置いたままのカップには、すでにコーヒーがなみなみと注がれ、わたしはそれを持って、一番後ろの隅のテーブル席に腰を下ろした。

広いホール内は、出入り口扉の横の壁に据えられたダストシュート、ランドリーシュートが並び、さらにコーヒー抽出機の機械が六台整列して置かれ、ソリッドタイプの食事が出てくるオート式ヘルスコンディションマシンも五台続いている。マシンの前に立つだけで、個々の不足している栄養素を認識し、必要なソリッドを与えてくれるものだ。それ以外は、テーブルと椅子しかない。清潔感がありながら無機質ではないのは、色をもつステンドグラスのせいだろう。前世紀の教会にあるような壮大なものではなく、天井部から細長く伸びる窓枠に、シリコン材のような模造を貼り付けただけのものだ。喩えるならきっと、万華鏡のような図柄かもしれない。淡いピンクや黄色、紫などのさまざまな色のピースがうまくまとまり、そこから偽りの光が漏れる。

わたしはコーヒーを飲みながら、先ほどの管理局員との気まずさも喉の奥に流し込む。彼らとの会話で、時々向けられる探るような眼差しがどうにも苦手だった。それに、わたしには彼らの顔が皆、同じに見える。親しげに話し掛けられ、話の内容から、数日前に廊下で言葉を交わした相手だろう、と推測することは無意味である。彼らが互いに名前で呼び合うのを聞いたこともないし、またわたしたちオルグが彼らのことを個人として特定する機会もない。ひとりの管理局員に話した内容は、わたしが発した情報として他の管理局員にも伝わっている。情報を共有しているのだ。

どうやら管理局員は、わたしを通してカリフのことを知りたがっている。先ほどの管理局員が言った通り、カリフとまともに話すオルグはわたしだけで、カリフのことを一番よく知っているのもわたしだけだろう。彼ら管理局は文字通り、個人情報も含めオルグのすべてを管理し、なおかつ統括しているのだから、当然リライブルからの詳細な報告以上の、あらゆる情報を得ようとする。カリフの精神状態は、本当に不安定なのかもしれない。感情の起伏が激しいのだ。怒りの矛先がどこに向くのか、いつも予測ができない。それでも、そんな彼に、わたしは助けられたことがある。

カリフとルームメイトになる、ずっと前のことだった。この施設を見学に来ていた中等スクールの生徒たちに対して、彼は暴言を吐いた。きっかけをつくってしまったのは、わたしである。そう、胸に刺さった健常者からの言葉の刃を抜いてくれたのは、彼だった。

生徒たちは、彼らの居住する区画と繋がっている一階の通路から、警備の扉をくぐってこの施設のロビーフロアへと入る。許容行動範囲は一〜五階までで、おもに二階から五階の培養室を見学する。わたしたちオルグは研究だけでなく、人の躰に栄養を取り入れるための原材料の培養も行っている。その培養のための無菌室は細長い廊下を挟んで、強化ガラスに仕切られた両側に並んでおり、それぞれがビタミンだったりカルシウム、鉄、マカ、カリウムなど、数え切れない種類の有機物を無菌室ごとの温度設定の中で育み、オルグの手作業で培養している。データ解析ワークのオルグも、時々、管理局の指示で培養室での作業を手伝うこともある。その作業を手伝い終えたわたしが、エレベータに向かう途中の出来事だった。見学に来ていた生徒たちと、廊下で出くわしてしまったのだ。

配慮がなかったわたしに非があるのは認める。健常者を目の前にして、わたしは日頃抱いていた疑問を尋ねたい衝動に駆られ笑顔で近づいた。その結果、思いも寄らないヒステリー現象が起こってしまったのだ。

「きゃぁぁ、来ないで！」

「バケモノ！　寄るな！」

生徒たちの恐怖の形相。叫び。わたしの頭はパニック寸前の静止状態となった。わたしは何かしただろうか？　何かいけないことを言っただろうか？　頭の中でグルグルと回り続ける同じ思考。後で冷静になって考えれば、生徒たちはわたし以上にパニック状態だったのだから、わたしはその場からすぐに立ち去るべきだった。だがわたしの躰はコンクリートのように重く固まり、まったく動けずにいた。

その時、わたしと生徒たちとの間に、カリフが壁となって立ちはだかった。まるで映像にストップキーをかけたように、彼らは瞬時に叫ぶのを止めた。そして徐々に少女たちの中で、「王子様……？」と呟く声が漏れてきた。

健常者がスクールで学ぶほとんどは、オルグが解析した文献ばかりだ。幼児個体では童話や絵本といった類を読み聞かせられ、徐々に難しい数式や歴史学を学んでいく。彼らの想像は、オルグが前世紀の解析を行ったうえで育まれていった。つまり、生徒たちの思い描く王子像は、わたしたちオルグがつくり上げたも同然なのかもしれない。もちろん「ミュータント」も。

ところが、その麗しい王子様から出た言葉は、辛辣なものだった。

「誰がバケモノだって？　お前ら、誰のおかげで能無しのくせに生きてられると思ってんだ。出来損ないのクズやろうが！」

不思議なことに、誰ひとり、口を開く者はいなかった。カリフの言っている意味が、わたしと同じように理解できなかったのだろう。だが、彼がわたしを助けてくれたことだけは、よく理解している。

「ミュータントなんて、俺たちを揶揄する言葉に決まってるだろ。だが俺たちは、突然変異体なんかじゃない」

カリフは、わたしにそう言った。

その後、管理局側はスクールの生徒たちの見学会を取り止めにしようとしたようだ。教師からの苦情があったと聞いている。結局、回数は減ったにしても、今も見学会が行われているのは、オルグ以外の人々の中にある、哀れみの精神からきているのだと、カリフが小馬鹿にして言っていた。健常者たちの中で慈善事業というものがあり、その団体のキャッチコピーはこうだ。

「オルグを見下してはならない」

「目指そう、オルグとの共生」

初めて知った。わたしたちオルグは、この世界の人々と共生してはいなかったのだ。

一七時にワークを終えると、わたしはすぐにフロアから出た。その前にカリフのブース内を覗いてみたが、彼はまだ席から動かずに端末を叩き続けていた。ああ見えて彼は、ワークに関してはとても熱心で、一七時ちょうどにワークフロアを出ることなどめったにない。

廊下を歩きながら、わたしはダイニングホールに行くか、居住フロアに行くか、少しばかり考えた。オルグの居住フロアは二一〜三〇階で、わたしの部屋は三〇階だ。ほとんどのオルグは、ダイニングホールのヘルスコンディションマシンで、夕食となるソリッドを受け取ってから自室に戻るか、その場で早めの夕食を済ませる。わたしはあまり夕食を取らないため、部屋に直行することが多い。たまにリライブルに注意をされ、水で流し込んで無理矢理喉に押し流す。肥満体の多かった大昔の人の「食欲」という欲求は、体内での代謝の見返りとして、当然のように鮮明にあらわれたようだが、その対象となる当時の食物を映像で見てみても、興味深くはあるが、食べてみたいとは思わない。とても躰に悪そうな色をしているのだ。匂いや音も影響し、食欲が湧くものらしい。ソリッドに慣れているせいか、わたしに限らず何人かのオルグは、食べることに対する欲が起こらないのかもしれない。

結局わたしは、夕食のソリッドを受け取らずに、そのままエレベータに乗った。同じように自室に直行するオルグはいつもより多く、エレベータの中は、躰が触れ合うくらいに混雑していた。習慣のようになっている、奥のガラス壁から虚ろな外界を見ることはできず、皆と同じように扉側に向かって立つ。わたしはエレベータ内の中ほどにいた。

最初に、二人のオルグが二一階で降りた。その直後、何かが手に触れた。柔らかい、別のオルグの手。その手がわたしの手を優しく握る。

ちょうどエレベータの扉が閉まるのと同時に、わたしはその手の持ち主である隣のオルグに顔を向けた。女性体が、じっとわたしを見上げている。目鼻立ちのはっきりとした聡明そうな女性体は、わたしの隣のシェアルームのオルグ、ルシアだ。

「やあ、ルシア。調子はどう？」

「最悪だ」

彼女は言葉とは裏腹に、優しく微笑む。手は握ったままだ。なぜ手を握るのか、理由を聞きたかったが、周囲のオルグの手前、それもはばかられた。皆、わたしたちに対して無関心を装っているものの、人目が気になって仕方がない。かといって退けることもできず、結局わたしは、彼女の手を握り返すことにした。

「その……最悪って、何かあったの？」

「見てわかるだろう？」

次に扉が開いたのは二五階だった。五人が降り、密着するわたしとルシア以外の六人は、誰とも躰に触れることなく悠々と立っている。もはやルシアは、わたしの腕に躰をくっつけて寄り添い、間近に向き合う顔をそのままに、わたしの瞳を食い入るように見つめている。

二九階で、エレベータの中はわたしとルシアだけとなった。わたしは、彼女が最悪だと思う理由がわからず、どう会話を続けていけばいいかわからなかった。彼女の表情が徐々に曇っていく。

「あ、いや、その……ルシア、君が今、最悪なのはわかっている、つもりなんだが」

ようやく三〇階に到着し、わたしはほっとした。なんと長く感じたことか。それなのに彼女がわたしから離れエレベータから降りると、温もりを失った手が、急に寂しさを覚えた。

彼女は怒っているのだろうか。わたしを振り返ることなく、長い廊下を真っすぐ歩いていく。彼女のスレンダーな躰が、オルグの制服をゆったりとさせているものの、しなやかな長い足が見て取れる。その後ろ姿に見惚れてしまい、エレベータの扉が閉まる寸前に、慌ててフロアに飛び出した。そして彼女に追いつこうと、早足で廊下を進んだ。

「ルシア、待って！」

彼女はちょうど、自分のシェアルームの扉を開けようとしていた。わたしが追いつくまで、その場で留まってくれている。怒っている顔でもない。

わたしは衝動的に、彼女の手を握った。自分から女性体の手を握ったのは初めてのような気がするが、知ってしまった温もりが当たり前のようにわたしの中に浸透している。

「ごめん、その……」

「なぜ、謝るの？」彼女は不思議そうな顔で首を傾げた。「気にすることはない。そういう時もある」

「そういう時……？」

「タイミングという類だろう。君に限って、そういう問題が発生するとは思わなかったが」

何のことを言っているのか、ハッキリと尋ねるべきだ。そう思いながらも、わたしはまだ、彼女が最悪な状態である理由をなんとか自力で探ろうとする。というのも、普段からカリフに、わたしが忘れっぽいことを厭味のように指摘されているからだ。カリフに対しては素直に覚えていないことを言えるのだが、他のオルグには、こういう回りくどい情報収集をして理解していく癖がついてしまった。

「うん、もちろん……タイミングは大事だよ。わたしの問題はすぐに解決できると思う」

「そうは見えない。君は、今日は無理なんだよ」

突然、彼女はつま先立ちになり、唇を重ねてきた。押しつけられた柔らかな弾力に、わたしの頭は真っ白になり、躰が硬直した。ほんの二～三秒だったのか、それとも数十秒だったのか、自由となった唇に、握った手を放した時と同じような空虚さがわき上がった。いや、手よりももっと寂しさがつのった。

「ほら、ね」彼女は哀しそうに微笑んだ。

「いや、違うんだ」何が違うのか、自分でもわかっていない。

「いいんだ。君からの合図を待ってる」

彼女はじゃあ、と言って、自分のシェアルームに入っていった。

室内は、しんと静まり返っている。セマはまだ戻っていないようだ。わたしの足は、無意識にアスィリの部屋へと進んだ。扉の前で立ち止まり、ノブに手を掛けたところで思いとどまった。管理局に禁じられているのだ。眠りについたままのオルグを、起こしてはならない。部屋にも入ってはならない。でも。

でも……何なのだ？　自分のこの感情が、うまく言葉に表現できない。もどかしいというのか、苛立っているというのか。わたしが、苛立ちを体現することがあるのだろうか。

ほとんどのオルグは、怒りという負の感情をもたない。もちろん、深層意識の中で存在しているのかもしれないが、それを表面であらわすことはしないし、理解もしていないだろう。同じデータ解析班に所属しているヒムが、いつの頃からかわたしを避けるようになったのも、何らかの負の感情が生まれたからだろう。かといって彼にあからさまな嫌がらせを受けたことも無視されたこともない。彼はカリフの次に優秀なデータ解析員で、人当たりも良く、多くのオルグと交流をもっている。彼がわたしとコミュニケーションを取ろうとしなくなってから、他のオルグも同様の動きを見せたのは、表面的にヒムに同調しているのか、あるいは同じ感情を共有しているかだ。

今ではヒムと会話をすることはないが、すれ違う時は互いに笑顔で挨拶を交わす。それで十分だ。わたしが彼に対して怒りの感情をもたないのは、単純に、彼と必要以上に親しくないからで、わたしにとってとくに必要な存在でもない。避けられていると感じはしても、ひどく気分を害しているわけではない。

とても回りくどくなったが、結局のところ今のわたしの感情は、他人に対しての苛立ちとは少し種類が違うようだ。ただ、徐々に理解してきたことがある。

わたしは今、興奮しているということだ。

三

黒猫はくねくねと砂浜を歩き、波打ち際から少し離れたところで躰を海に向けて佇んだ。黒い毛並みが、わずかにそよいでいる。穏やかな風も太陽の熱も感じないというのに、海と空の蒼さを背景に、わたしに背を向ける黒猫を見つめながら、目を開けていられないほどの眩しさを感じる。

猫は大昔の女性体のようだ。特徴的な何かが、というわけではないのだが、アーカイブデータで見た女性体の柔らかさが、猫の優雅な佇まいと重なった。もちろん、ごく一部の女性体に限っているのだが。

時代とともに女性体の性格や個性というべきか、本質が変化していった結果、女性体は女性らしく、男性体は男性らしく、という概念が徐々に薄れていき、今のオルグのような、中性的な生体へと進化していったのだろうか。こんなことを考えながら、これが奇妙なことであることも、わたしは知っている。以前、他のオルグとの会話で、夢の中では自分の思考は存在しない、と言われたからだ。これが夢だと認識することは、ごくたまにあるようだが、たいていは目覚めた時に夢だったことを知る。

　そろそろ、黒猫が振り返って口を開く。わたしに向かって何かを言うのだ。その言葉を聞かなくてはならない。リライブルに言われたからではない。わたしも、とても興味があるのだ。

　だが、今回はいつもと違っていた。猫が振り返る前に、視界が動いた。夢の中のわたしが後ろを振り返ったのだ。

　白い砂の上に、人の足が見える。わたしの視線は、足首から徐々に上へと辿り、その白く形の良い足をあらわにしていく。そうして、そこに立つ人物の姿を見た。


　わたしは代わり映えのない白い天井を見つめていた。いつもより一時間も早く目が覚めたが、カーテンを開けると、光の度合いはいつもと同じだった。そしていつもと同じように、わたしは眩しそうに目を細める。

　ダイニングのカウンターテーブルでは、すでにセマがコーヒーを飲んでいた。

「おはようございます。今朝は早いんですね？」

「セマこそ。君も早く目が覚めたの？」

わたしはカウンターキッチンに入り、カップにコーヒーを注ぎ入れながら真向かいのセマを見やった。彼は穏やかな顔で、首を横に振っていた。

「いいえ、わたしは今からワークです」

今さらながら、彼を一〇階のデータ解析フロアで見たことがないことに気づいた。昨日、ダイニングホールで見掛けたのも、考えてみれば初めてのような気がする。一〇階には幾つもワークフロアがあるのだから、たまたま廊下でもエレベータでも、すれ違うことがなかっただけかもしれない。

「そういえば昨日、初めてダイニングホールで会ったね」わたしはその場で、立ったままコーヒーを飲んだ。「いつも見掛けないけど、どこで休憩してるの？」

「あのダイニングホールはよく利用します。わたしは何度も、スカイを見ていますよ」

セマはカウンターキッチンの中に入ってきた。わたしの隣に立ち、飲み終えたカップをオートクリーンボックスに入れた。

「わたしは存在感がありませんからね」

苦笑する彼の顔に、わたしは自己嫌悪に陥った。カリフと違い、セマは繊細なのだ。

もう少し言葉を選ばなくてはいけない。

「ごめん、そういう意味じゃないんだ。わたしはあまり人の顔を見ないから気づかなかったんだ」

「いえ、わたしは気を悪くしていませんよ。わたしに興味をもってくれたわけですから、とても嬉しく思います」

「……興味」

たしかに、今までセマに対しての情報を得ようと思ったことはなかった。不思議な感覚だが、これが他人に対しての興味というもののようだった。無意識のうちに、わたしはカリフに対しても同じ思いを抱いていたことになる。

「そうだね……君がいつもどこのワークフロアにいるのか、興味……というものをもったのだと思う」

「ワークフロアですか……」セマは笑顔で頷き、わたしの耳元で囁いた。「二〇階です」

そこは管理局フロアだ。驚くわたしに、彼は続けて言った。

「ちなみにですが、今日は別の場所です。システムの不具合が発生したフロアに出向かわなくてはいけないので、今朝は早くから呼び出しがかかったわけです」

オルグのシステムエンジニアは聞いたことがない。他のオルグがどんなワークについているかなど、今まで気にしたこともなかったが、もちろんわたしの知らないさまざまなワークが存在していてもおかしくはない。

「では、スカイ。わたしは先に出掛けますね」

セマは静かに部屋を出て行った。

何かが、腑に落ちない。わたしはしばらくその原因を考えていたが、結局わからなかった。


まるで一枚の絵を見ているようだ。真っ白の背景色に、中性的な顔立ちの男性体の顔。口だけ動くから奇妙に思える。

「それで?」

わたしの担当リライブルは、相変わらず長い前髪を動かすことなく無表情に尋ねた。日課である、カウンセリングを受けているのだ。

「それで……?」

わたしは馬鹿みたいに、オウム返しに答えてしまった。アムルは一瞬沈黙した後、黒縁眼鏡の縁を中指で触ってから、ゆっくりとした口調で言う。

「あなたは黒猫の姿から視線を変え、別の人物の足を見ました。それで、その人物は誰だったのですか?」

「誰って……」わたしはひどく困惑していた。「顔は見ていません。目覚めてしまったので」

「本当に見ていないのですか？　実際は見ていたが、覚えていない可能性はありませんか？」

「その可能性は……否定できませんが」

いったい、夢の中の登場人物に何の意味があるというのだ。これまで、他のオルグや管理局員など、顔を知る人物が登場したこともない。

アムルはわたしが話す間、時々チラとＬＣＤモニターを見やる。端末に何か打ち込んでいるわけではない。フィルム状のモニター画面を透かして彼の感情のない顔は見えているが、モニターに映し出されている画像は、真向かいに座るわたしには見えない。

「話題を変えましょう。最近、何か心の変化はありましたか？」

いつもと違う質問だった。もちろんリライブルはオルグの精神的なケアもするのだから、当然の質問かもしれない。わたしは少し考えた。

「今の研究内容はとても面白いです。そろそろ二二世紀以降のデータ解析を始めたいと思っているのですが、管理局にはまだしばらく、今の二一世紀までの研究を続けるようにと言われました」

「模範解答ですね」

アムルは含み笑いをしている。わたしの困惑した顔を見て、リライブルはすぐに穏やかな表情をつくった。

「いえ、素晴らしい回答だという意味ですよ。あなたは今のワークについて、不満に思っているのですね？」

「不満というか……そう、なのでしょうか……自分でもよくわかりませんが、なにか、腑に落ちないというか……」

「管理局には管理局の意図があって、そういう指示になったのでしょう。もっと今の研究を掘り下げてワークに励んでほしいのかもしれません。ですが、やり甲斐が感じられないのなら、わたしから管理局に進言してみましょう」

「やり甲斐はあります。すみません、さっき言ったことは管理局には言わないでください」

「どうしてですか？　あなたの充実した日々のためには、もっと次のステージに進むべきだと、わたしも思いますよ」

「はい、そう思いますが……もし、データ解析以外のワークにつくことになってしまったら、と思うと……」

アムルはまた、ＬＣＤモニターを見やった。わたしはいつも、その視線を追ってしまう。

「わかりました。この件は、少し様子を見ましょう」彼は一呼吸置いてから、続けて言った。「ところで、昨日は何か、変わったことはありませんでしたか？」

「昨日、ですか？　……とくに、何もなかったと思いますが」

「ほんの些細なことでかまいません」

「そう言われても」

「ここでは、疚《やま》しいという感情を捨ててください」

ドキリとした。探るような眼差しで、アムルは畳み掛けるように言う。

「昨日の一七時〇六分、あなたの心拍数は異常に上がっています。脳波の乱れもずっと、今朝まで続いていますよ」

わたしの頭は混乱していた。躰が、自分でも不思議なほど小刻みに震えている。リライブルに隠し事はできない。何でもお見通しなのだ。

「それは……きっと」口の中がカラカラに乾いている。「女性体に、手を握られて……」

アムルは黙っていた。ただじっと、わたしを見つめている。沈黙の時間が長ければ長いほど、大きな不安が胸の中を支配した。言葉が続かないのは、悪い兆候を示す今の自分を表現することに慣れていないせいかもしれない。

だがアムルは、今わたしの中で起こっている心的ストレスを、少しだけ減らす言葉を与えてくれた。そしてそれは、今この場限りの処置であり、結果的にわたしの精神を混乱させることになるのだが。

「心配には及びませんよ。女性体に対して興奮反応があらわれることは、まったく悪いことではありません。むしろ、正常なのです。あなたが優秀なオルグであることは理解していましたが、それが証明されたわけです」

「正常、なのですか……？」

「ええ、もちろん。むしろ、その生体反応を抑制することのほうが精神的に良くない兆候へと発展する恐れがあります」

「でも、こんな躰になるなんて……他のオルグにはないことなんですよね？」

「そんなことはありません。ごくわずかですが、交尾を行っているオルグはいます」

わたしはショックのあまり、言葉を失った。その動物的な言葉を、アムルはあっさりと言ってのけてしまう。わたしたちの躰は、もはや子孫を生み出すようにはできていないはずだった。使われなくなった言葉自体、失われた。それなのになぜ、わたしの躰はそれを求めるのだろう。

「スカイ、自分を恥じることはありません。本来は子孫を残すための行為です。その名残があらわれているオルグは、他にもいるのです。わたしたち、人が失いつつある本能というものですよ」

「本能……？」

「人はいつしかその目的よりも、快楽のみを優先させてしまったわけです。快楽は、麻薬のようなもの。優秀なデータ解析員のあなたなら、その麻薬がどんな効能を発揮するかご存じでしょう。ですが、交尾で得る快楽は、麻薬とは違います。躰を蝕むどころか、精神的、肉体的なエネルギーを与えます」

「つまり……女性体と、その行為をしてもいい、と？」

「我々は、それを推奨してはいけない立場です。なぜなら、堕落を促す可能性のあるものを、オルグから排除しなくてはならない」

アムルは机に両腕をついて前のめりになった。管理局員と同じ顔だ。目だけが、笑っていない。

「ですが、わたしはあなたの担当リライブルです。あなたのことは何でもわかっています。あなたが快楽を知ったところで、自分を見失わないことは、データ上、はっきりしています。逆に、あなたがこのまま自我と向き合おうとせず、人と違うことへの罪悪感をもち続けることのほうが、わたしは危険だとみなしています。ですから、先ほどのあなたの質問に対しては、了解している、とだけ言っておきましょう」

最後に彼は、こうつけ足した。

「ひとつ気をつけていただきたいのは、相手の女性体からの意思表示があった場合のみにしてください。要するに、興奮反応を示している女性体だけ、ということです」

わたしは徐々に、気分が滅入ってきた。アムルによってある意味救われた反面、それ以上に、とてつもない違和感が胸の内を支配していた。それがそのまま消え去るのを待つことは、もう今のわたしにはできそうになかった。


「なんだ？　やっぱり俺に、なんか話があるんだろ？」

わたしは自分の意思に反して、ワークフロアのカリフのブースに来ていた。午前の休憩時間で、大半のオルグがフロアを出て行く。

「わたしの話を聞く気がある？」

「なんだって？」椅子に座ったまま、カリフは怪訝そうな顔をあらわにした。

「わたしに興味がなければ、聞こうとしないよね？」

どうしてこんなに苛立っているのか。なぜこんなことを口走っているのか、わたしは自分でも理解できなかった。

カリフは机に頬杖をついた姿勢で、椅子の上で組んだ足の片方をぶっきらぼうにぶらぶらと揺らしていた。いつもの彼なら眉間に皺を寄せて睨みながら、侮蔑や辛辣な言葉を並べ立てそうなところだが、わたしの憮然とした態度に怒っている風でもなく、むしろ情けないと言わんばかりの表情で溜め息を吐いた。

「誰に感化されたんだ？　よくそんな女々しい台詞が出てきたな。反吐が出る。俺は脳天気なお前と違って忙しいんだよ。だが言っておくが、いちおうお前の話を聞く気はあるぜ」

「興味もないのに？」

「なに言ってる？」カリフはわざとらしく、大きく溜め息を吐いた。「興味はなくても、お前のことは何でも知ってる」

「知るわけがない。わたしの何を知ってるって――」

「すべてだ」

わたしはひどく動揺した。同じようなことを言ったアムルとは、きっと意味合いは違う。彼は担当リライブルとしての、わたしの情報をふまえての言葉だ。

カリフの射貫くような眼差しが、急に緩んだ。

「なぁんて言われたら、気色悪いだろ？」

わたしは小さく頷いていた。狼狽《うろた》えてもいる。今日の彼の態度は、なんとも調子が狂う。

「ま、俺に口答えするなんて、第一反抗期ってところか？　順調だな」

いつもいつも、なに、わけのわからないことを言うのだ。第一反抗期の意味を知らないとでも思っているのか。心の中で吐き出した言葉に、わたし自身が驚いた。

「で、話ってなんだ？」

わたしは慌てて、周囲を見回した。ワークフロアにはまだ数人のオルグが、自分のブース内に留まっているかもしれない。そろそろ他の者たちも戻ってくる頃だろう。残り少ない休憩時間内に、カリフに話せるだろうか。もっとも今わたしは、彼に何を話したいのかさえ、よくわかっていない。

そんなわたしの心を見透かしたかのように、カリフは声を潜めて言った。

「わかった。昼の休憩まで待てるか？」

「え？　……あ、うん」

「少し時間をずらしてランチに行こう」


一二時半を過ぎたところで、昼食を終えたオルグがちらほらとワークブースに戻ってきた。わたしは自分のブース内でカリフを待ちながら、また彼にからかわれたと思った。一緒に昼食に行く気も、わたしの話を本気で聞く気もなかったのだ。彼に救いを求めること自体、間違っていたことかもしれない。

わたしはワークを中断し立ち上がった。昨夜も今朝も食事を取っていなかったため、さすがにエネルギーを取り入れる必要があった。そしてくるりとブースの出入り口を向いた時、カリフが慌てて入ってきた。

「待たせたな」

まさか彼が約束を守るなんて。わたしの驚く顔を見て、彼も驚いたようだった。

「なんだよ、ランチに行くんだろ？」

「あ、うん。そろそろ、君を呼びに行こうかと思っていたんだ」

「ふぅん」と言い、カリフはわたしを一瞥しただけで、すぐに狭い通路へと歩み出た。わたしは慌てて、その後について行った。

彼は勘が鋭い。わたしが彼のことを信じていなかったことも、きっとお見通しのはずだ。いつもなら厭味のひとつやふたつ、いや四つも五つも言うはずなのだが、今日は何も言ってこない。後で悪ふざけ以上の仕返しをされるかもしれない、とわたしは警戒した。

「今ぐらいの時間が一番、給食マシンが空いてるからさ、ちょうどいいんだ」

カリフは古い文献から覚えたのか、ヘルスコンディションマシンのことを「給食マシン」と言う。多少、語数は縮まったが、ハッキリ言ってセンスがない。

「まずいソリッドを食わなきゃなんねぇのもストレスだよな？　この前リライブルにそう言ってやったら、そんなことを言うのは君だけだ、ってさ。澄ましやがって。あいつの顔を見てると虫酸が走る」

る。

ワークフロア外の廊下を並んで歩きながら、カリフは考え込むわたしを横目で見やたようだが、その虫のことを言っているのだろうか？

大昔の思想というべきか、すべての生き物の総称に「虫」という文字が使われてい

「むし——？」

「……まぁいいや。あんなもん毎日食って、厭《あ》きないのか？」

「厭きる……？　そう思ったことはないけど。君だって毎日食べているじゃないか」

わたしよりも、と言いたかったが、それはやめておいた。

「ここじゃ、アレしか食うもんがないからな。きっと舌が肥えちまったんだろうな……夢のせいで」

彼の言葉は、さっぱり理解できない。

階段を上がった先にあるダイニングホールに入ると、管理局員とオルグを合わせても七〜八人ほどしかいなかった。皆すでに昼食を終えて、ホールの戸口にいるわたしたちに向かって歩いている。すれ違いざまに、笑顔で挨拶を交わす。カリフは無愛想だが、いちおうは軽く会釈をしていた。これも珍しい。いつもなら偉そうに、片手を上げるくらいなのだ。

オルグの中にはヒムの顔もあった。わたしとカリフよりも背は低く、目鼻立ちの

はっきりとした、親しみのある笑顔を向けている。その顔は時々蔑んだような笑みに変わることもあったが、今は誰もが好感のもてる表情をしていながら、隣を歩く女性体を気にしているようだった。その女性体はなぜか、わたしから視線を離さない。挨拶を交わした後も、廊下に出た後も、振り返ってわたしを見ていた。顔に何かついているのだろうか、とも思ったが、同じ解析班のオルグたちも、一度ワークにのめり込むと脇目も振らずにじっとLCDモニターに魅入られた状態になっている。彼女もそんな感じで、きっと何かのスイッチが入ったのだろう。

わたしたちはそれぞれに、カリフの言う「給食マシン」でヘルス測定をしてソリッドを受け取ってから、わたしはコーヒーを、カリフはアルミパックの水を手にして、すでに誰もいなくなったダイニングホールを出た。このホールでもよかったのだが、カリフにはお気に入りの場所がある。ヒーリングエリアだ。

そこは地下一階にあり、三つのエリアに分かれている。ひとつは木々が生い茂る密林の奥地で、流れる川の水の音や鳥の囀《さえず》りも聞こえる。もちろん自然植物がない施設の中であるため、樹木や雑草の一部はフェイクで、あとは3Dマッピングという映像技法により視覚や聴覚を錯覚させるのだ。他には、広大な海を見渡せる砂浜のエリアと、遠くに気高い雪山が見渡せる一面の草原地帯のエリアがある。これらのエリアに入ると、不思議な気持ちになる。非現実的な空間に身を置き、波の音や、葉の擦れる音、鳥の啼《な》く声などを聞くことによって、ヒーリングの名の通り、癒し効果が作用するのだと思う。

わたしはカリフに続いて、海のエリアに入った。眩しい太陽に目を細める。サラサラの砂に足を取られながら、光の反射に何度も瞬きを繰り返す。そうして顔を横に背けて、視界いっぱいの海を見やった。そうだ、ここにも蒼い海があった。深く蒼く、壮大で、威厳を誇示して、それでも純粋で、清らかで、でももしかしたら残酷な海。冷たい海だ。さざ波が白い水飛沫を上げて、ザザーという重厚な唸り音とともに砂浜に打ち寄せる。キィー、キィー、という甲高い奇妙な音は、澄み切った蒼空を旋回する白い海鳥。もっとも、どれも本物ではない。踏みしめる砂と海岸沿いに植えられた木々はもちろんフェイクで、実際に存在しているものといえば、これらだけだ。あとは3Dマッピング。幻である。

こういった趣向のヒーリングスペースを設けるのは、多くのオルグの心が病んでいるからだろうか。確かにわたしも、偽りだとわかっていても、この波の音を聞いていると呼吸が安らかになっていくのを実感する。だが同時に、なにかザワつくものがある。違和感というものなのか、胸のシコリのような異物が控えめでありながら、それでも見過ごしてほしくはないとでもいうように小さく疼くのだ。わたしは胸に手を当て、その深層の本音を理解しようとする。

「海の音っていいよな？」カリフが囁くように言った。

胸から手を離し、わたしは砂浜に並んで座っているカリフへと顔を向けた。彼は腕を枕にして、地面に仰向けに寝転んだ。

「本当は、こんな規則正しい音じゃないんだ」カリフが気怠そうに言う。

「何が？」

「波の音だよ。ザップーン、とか、ザザザーブクブクゥ、とかさ」

ジェスチャーをしているのか、カリフは指を揃えて片手を大きく湾曲させながら下ろしたり、クネクネとうねらせたりした。まるで海の音を聞いたことがある口ぶりだ。前世紀の音声が残っているのだろうか。彼はヒーリングエリアの中でもこのエリアにしか赴かないから、海が好きなのだろう。それなのに彼は、あまり海を見ない。今も寝転がって、眩しい蒼空をぼんやりと眺めている。

わたしはコーヒーを一口飲んでから、ソリッドの昼食を食べ始めた。口の中がパサパサするので、何度もコーヒーを口に含む。健康状態によるのか、ソリッドの成分も毎日、まったく同じというわけではない。多少味の違いもあるが、カリフの言うような「厭きる」という感覚になったことはない。厭きる、とはどういう気分になるのだろう。ソリッドを食べることは義務だ。毎日の習慣でもあり、オルグのワークのようなものだ。だから、こうして海を目前に食事をするのは、不思議な気持ちがする。カリフはきっと、いつも休憩時間をここで過ごすのだろう。ダイニングホールでは、あまり彼を見掛けないのだ。

「ところで、お前が俺に話したいことはわかってるぜ」

カリフはわたしを小馬鹿にするような口調で言う。慣れているはずだったのに、きっと心の中の疚《やま》しさが表面化してしまったのだろう。わたしはひどく動揺した。

「わかるわけないよ……君なんかに、わたしのことなんて」自分でも驚くほど、声が震えていた。

カリフは上体を起こして、わたしをじっと見つめた。

「お前、発情したろ？」

その言葉を彼に言われるのが、これほど腹立たしいものだとは思いもしなかった。わたしの頭はカーッと熱くなった。

「やっぱり……君は何もかも知っていて、わたしを馬鹿にしていたんだ！　わたしたちは人形なんだって……発情したこともない雄は快楽も命も生まれないって……あれは、普通じゃないわたしを愚弄する言葉だったんだ……！」

「おい、なに言ってるんだ？」

「また嘘をつく気?!」

カリフは呆気に取られているようだった。何か言おうとしたようだったが、すぐに視線を逸らし、口をつぐんだ。

しばらくの沈黙の後、ようやくわたしの耳に波の音が聞こえてきた。心拍数が落ち着きを取り戻し、規則正しい穏やかな水の音が、わたしを幾分、冷静に導いてくれた。この精神的な乱れは、リライブルも把握していることだろう。次のカウンセリングでなんと説明すべきか、今はそこまでの考えに至らない。

「お前は長い眠りにつくたびに、大切なことを忘れていく」

カリフの声は、波の音と同じくらいに優しく聞こえた。

「本当のお前は、この世界の現実を信じていない。長い眠りから覚めても、たくさんの記憶を失っていることだけは知ってる。……だが、そろそろ認めろよ。記憶の中の、人形、というキーワードで、お前はうすうす気づいているはずなんだ」

わたしの頭の中は、いつも真っ白だ。白い壁に囲まれ、白い空間の中でしか生きられない。それが当たり前だと思ってきたのに、当たり前ではないことを、なぜかわたしは知っている。霧の中に埋もれたものが、あやふやさから逃れて、わたしの声を通して初めて実態をもった。

「わたしたちは……オルグは、実験台……？」

カリフはゆっくりと頷いた。

「お前の発情は、仕組まれたものだ。奴らは、俺たちの躰をどうにでも変化させられる。たとえば、さっき食べたソリッドとか、な」

わたしは息をのんだ。それが、自分の中でソリッドを拒む根拠だったのだろうか。逆にカリフの性格なら、断固として食べないはずだが、彼は進んでソリッドを摂取している。

「発情以外にも、俺たちはいろんな実験の被験者なんだから、食べ物だけじゃないだろうな。リライブルや管理局員の洗脳……ま、洗脳で一番手っ取り早いのは、シェアルームのオルグだな」

「どういう……こと?」

「同じオルグの言葉なら、耳を傾けやすい」

その時、耳障りな音が聞こえてきた。ピー、ピーという電子音が、カリフの手首のリングから発せられている。黒い四角い石が埋め込まれた艶のあるシルバーリングは、彼が格好つけて嵌めているものと思い込んでいた。

「それは、なに?」

「リライブルから呼び出しがかかった。お前の脳波が長いこと乱れると、俺が緊急に呼ばれるんだ」

「どうして……わたしの脳波と、君が関係あるの?」

カリフは苛立たしげに腕のリングをわたしの目の前に突き出した。

「いちいち聞くなよ。お前が思い出せば手っ取り早いだろ。いいか、以前はこれに傍受機能も搭載されていたんだ。最近、その機能だけがイカレちまったようだが、そんなに簡単に壊れるような代物じゃないはずだ。ただそれが関係しているのか、最近のリライブルと管理局員が、何かおかしい。俺の呼び出しも頻繁になってる」

「ちょっと待って……君を呼び出して、何をしているの？　傍受っていったい何だよ？」

「実験台にされてるんだから、監察されてるに決まってるだろ。もちろん監視カメラだって、至る所に設置されてるぜ」

立ち上がろうとするカリフの腕を、わたしは咄嗟に掴んでいた。

「行くの？　君ならその呼び出しを無視してもおかしくないのに？」

「なんだ、お前？　俺が何か企んでるとでも思ってるのか？」カリフは鼻で笑った。

「まぁいい。無視したら、ご丁寧にお迎えが来るからな」

困惑するわたしをよそに、カリフは顔を近づけてきた。そして声を潜める。

「ここにも監視カメラはある。だが、俺の腕輪だけじゃなく、どうやらこの施設全体の傍受システムがおかしくなってるようだ。言ってる意味はわかるな？　俺たちはどこに行っても監察されてるが、映像から読話されない限り、何を話してるかは聞かれない。時間がないから必要なことだけ言うぞ」カリフはわたしの耳元に顔を寄せ、口元を両手で覆った。「明日、ワークが終わったらここに来い。それまでにアスィリの ことを、はっきりと思い出せ」

「え？　だってアス――」

「言うな……！」

わたしは慌てて口元を手で押さえた。

わたしたちオルグは何かの実験台にされている。根拠のない確信だった。馬鹿な妄想だと、少しだけ思っている。それが傍受だの監察されているだの、別の方向に話が大きくなっていき、カリフのことも、信じていいものかどうか判断できずにいた。

カリフは海とは反対の、木々が生い茂る茂みのほうを気にしながら、小声で続けた。

「お前は何度も発情してるんだ。深刻に考えることじゃない。だが、快楽を共有する女性体は慎重に選べ。とくに、ルシアはやめとけよ」

わたしは現実問題に引き戻された。カリフの話をうのみにするなら、わたしはリライブルや管理局によって発情を起こされ、実験や監察をされていくことになる。

「あの女性体は、かなり厄介だ。最初はグレタにしといたほうが無難だろう」

「わたしは、そんなことしない……！」

「いいや、お前は結局、雄なんだ。自分のしたことを思い出せ。お前は、アスィリをヘヴンの道具にしたんだぞ」

またた。いつものように、カリフの言っていることがわからない。それなのに、彼の真剣な眼差しを間近で捉え、わたしは問いただす言葉も反論する言葉も思い浮かばない。その時、茂みの奥で人の気配がした。

「カリフ、ここにいたのか」姿を現した管理局員が、笑顔で近づいてくる。

「何だよ」

ぶっきらぼうな口調のカリフに、管理局員はとくに動じる反応は見せなかった。張りついた笑顔はそのままだ。

「リライブルが呼んでいるよ」

「ああ、わかってる。今、行こうとしていたんだ」

カリフが立ち上がると、わたしは彼を追いかけようとしていた。

「君の今日のカウンセリングは終わっているよね？　なんで、また呼ばれるの？」

なぜ、こんなことを管理局員の前で言ったのか、自分でもわからない。今のわたしには打算的な思考はなかった。もしかしたら頭の中で、もうひとりの冷静なわたしが、彼らを逆に監察しているのではないだろうか、と後になって思うのだった。

カリフが振り返る前に、わたしと彼の間に管理局員が割って入った。

「スカイ、心配することはない。カウンセリングを多く受けているからといって、精神疾患というわけではないんだ。ほんの些細なことでも、リライブルと直接顔を合わせて話したり、確認したりすることは非常に重要なことなんだよ」

「……かくにん？」

「君はカリフのことをとても気に掛けているが、大袈裟に捉えることはない」

わたしの肩を優しく叩く管理局員の手は、そのまま腕へと落ち、じっと留まっている。不思議なことだが、彼ら管理局員がわたしの躰を捉えるたびに、何かの警告を発せられているような気がする。それ以上、言葉が出てこないのだ。わたしたちのやり取りを見ていたカリフは鼻で笑い、すぐに背を向けて茂みの中に消えていった。


彼を追いかけるつもりはないが、このままひとりでここにいても仕方がない。わたしは管理局員に頭を下げ、このエリアから出ようと歩き出した。だが腕に留まっていた手は、わたしを拘束するかのように強く掴んでいた。

「カリフと、何を話していたんだい？」張りついた笑顔が、わたしの顔を覗き込む。

「何、というほどのことはありません。他愛のない話で――」

「具体的にどんな話なのか、言ってみてくれないか？」

わたしが怪訝そうな顔をあらわにすると、管理局員の表情が瞬時に変化し、悩ましくも人の良さそうな顔になった。

「じつは、カリフには虚言癖があってね。本当はこんなことを、君に話すべきではないんだが、何人かのオルグから苦情が上がってきている。担当リライブルもひどく心配していてね。まだ精神疾患というレベルではないと判断してはいるが、このままでは別の施設に移すことになるかもしれない」

「え？」

「カウンセリングの回数が多いのはそのためなんだよ。君が心配したところで、カリフを救うことはできない。だが我々やリライブルには、それができるんだ。わかるだろう？　カリフはあの性格だから、リライブルには本音で接しない。身体的異常が見られないから厄介なんだ。だから、君を信用して聞いているんだよ」

わたしはゆっくりと息を吐き、探るような眼差しの管理局員に真摯に頷いた。

「きっと、わたしは……わたしのほうが、精神疾患なのだと思います」

管理局員の顔が、また変化した。驚いているのか、戸惑っているのか、理解できない事態に対処する術を探っているのか、目を見開いたまま動かない。

「わたしは、女性体に興味をもってしまいました。自分でも……どうしていいかわからず……カリフには、すぐにわたしの変化を見透かされ、それで……話を聞いてもらっていたんです」

わたしの腕を掴んでいた管理局員の手を、わたしが逆に掴み返した。

「わたしはおかしいのでしょうか？　カリフは深刻に考えるなと言ってくれましたが、

虚言癖のある彼に言われたことなど――」

「待ちたまえ、スカイ。落ち着くんだ」

落ち着きを失っているのは、管理局員のほうだった。もっとも、あからさまに狼狽《うろた》えているわけではなかったが、黒目が異様に彷徨い、わたしと焦点が合わない。

「君は、精神疾患ではないよ。君の今の状態は、リライブルも把握していることだろう。深刻に、そう、カリフの言う通り、深刻に捉えなくてもいいことだ」

「でも……でも、このままではわたしは、自分を抑えられなくなります。もし、あの汚らわしい行為をしてしまったら……重い罰を与えられるのでは――」

「スカイ、罰など与えない。落ち着いて、わたしの話を聞くんだ」

管理局員は狼狽え始めた時から、少し早口になっていた。わたしの手を振りほどいて、今度は圧をかけるように、わたしの両腕を捕らえた。

「女性体とコミュニケーションを取ることは悪いことではない。互いに不足しているものを補い、与え合うことは良いことだ。もちろん、行きすぎた行為があれば、わたしたちは注意することはあるが、罰を与えることなど決してしない。オルグみんなが快適に過ごせるように、わたしたちは配慮しているのだよ」

もうこれ以上、余計なことは言うなとばかりに、管理局員はわたしの肩を二回叩いた。そして、わたしが口を開こうとする前に後ずさりし、リライブルに相談するように、と言いながら背を向けた。そのまま、足早に海のエリアから出て行った。

背の高いシュロとヒカゲヘゴの木の隙間にクサトベラ科の低木が群生し、それぞれの葉が、施設内を流れる微かな擬似風を受けて揺れている。管理局員が見えなくなっても、わたしはしばらくの間、ぼんやりとその茂みの奥を見ていた。

わたしは、決して嘘は言っていない。たしかに疚しさはある。だが今はそれ以上に、混乱するばかりだった。

カリフは嘘つきだ。いや、嘘つきのはずなのだ。それなのに彼の言葉のすべてを信じ、わたしの心の底から表面化した意識とリンクしたかのように、疑いようもなく納得している。ただ、「アスィリをヘヴンの道具にした」とは、いったいどういう意味なのだろうか。ヘヴンとは、話の流れから交尾に関する隠語だろう。

もうすでに、昼の時間は終わっていた。そろそろワークフロアに戻らねばならないが、このまま自分のブースへ行き、大昔の文献を読みあさっても、とても集中できそうもない。こんな倦怠感は初めてだった。そしてふと、今の自分の姿を監視カメラで捉えられているのだと思うと、苛立ちと同時に得体の知れない何かが心の底からこみ上げてきた。わたしの顔を、その表情を読み解くために、画面いっぱいに映し出して、管理局員やリライブルが監察をしている。

わたしは海を向いて、砂浜に座り込んだ。膝を抱えて、項垂《うなだ》れる。波の音が規則正しく聞こえ、海鳥の啼き声が頭上に消えていく。規則性と不規則性の自然界の音によって脳からα波が発生し、リラックス効果が得られるというが、それらは心地良く耳を素通りしていくのに、わたしは頑なに拒もうとしている。

セマも同じなのだろうか、とふと思う。彼は、自分のすべてを曝け出すことに違和感を覚えている、と言っていた。わたしもセマもカリフも、このまま漠然とした違和感に気づかないフリをしていられるのだろうか。だが、その思考とは別に、先ほどからずっと心の底で疼いている得体の知れないものが同居している。わたしは顔を、膝を抱え込んでいる腕の中に押しつけた。こみ上げてくるものを、静かに解放するために。

いったいなぜなのだろう。なぜ、わたしは笑っているのだろう。

四

ほとんどのオルグは、夢の内容を担当リライブル以外には話さない。規則で決まっているわけではなく、いちいち話すのが面倒なだけだ。

ただ一度だけ、オルグの半数近くが同じ夢を同じ日に見ていたことが判明したことがあった。数年前のことだ。あまりの恐怖に、ひとりのオルグが夢の内容を話したところ、その周辺のオルグが全員、同じ夢を見ていたことがわかったのだ。内容は、火山が噴火しただけの夢だった。だが躰の芯にまで響くような地鳴りや爆発音、赤いマグマが火口から噴き出し火砕物が凄まじい勢いで飛び散る光景や、地割れした黒く堅い地表から白い火山ガスが噴き出す光景、そして何より、皆、躰が焼きただれるほど熱かった、という体感まで共通していたのだ。その後しばらくは、その夢の話題で持ちきりだった。長い眠りから目覚めたわたしは、数日後に、まだ熱の冷めやらない彼らの話を聞くことになった。

今思えば、あれも何かの実験だったのだろうか。夢を操作することが可能なのか、わたしにはわからない。もし可能なら、いったい何が目的なのだろうか。オルグにとって夢とは、それほど重要なものなのだろうか。

もちろん夢を見ない日もあるし、夢の内容をまったく覚えていない日もある。わたしも長い眠りに落ちた時は、内容をまったく覚えていない。だが必ず夢を見ているのだと、リライブルのアムルは言う。

今朝も同じ、目覚めた時のわたしは夢の内容をまったく覚えていなかった。だが長い眠りに落ちてはいない。数日間眠り続けることによって起こる躰の凝りや痛みがないし、何よりいつもよりも、躰が躍動感に漲《みなぎ》っていた。身軽な感覚がある。

ダイニングルームに入ると、セマがいつものようにコーヒーを飲んでいた。いつものように挨拶を交わし、いつものように、わたしもコーヒーを飲む。

「今日は、早くワークに行かなくていいんだね？」

「はい。でも、しばらくは忙しくなりそうです」セマはカップに口をつけたものの、すぐに離した。「今朝は……とても怖い夢を見てしまい、目が覚めてしまいました」

まさか火山の夢だろうか。他のオルグも同じ夢を見ているのだろうか。そんなことを考えながら、わたしは尋ねた。

「どんな夢？」

「女性体に……首を絞められる夢です」

振り子のように、心臓が跳ね上がった。自分でも不思議なほど動揺しつつも、それはいったいどんな感覚なのだろう、と興味が湧いた。

「知っている女性体だったの？」

「顔までは……、いえ、見たかもしれないのですが、どうしても思い出せないのです」

不意にわたしの視線は、アスィリの部屋へと向かっていた。彼とはお互い目覚めている時、何度か話したことがあるはずだった。幼い頃には、オルグの幼児教育施設の中で、わたしとアスィリ、カリフはよく一緒にいた。三人で施設内の長い廊下を歩いていたり、いつも不機嫌なカリフを、わたしとアスィリで宥《なだ》めたりしていた記憶が残っている。それなのに。

なぜ、今まで不思議だと思わなかったのだろう。昔からアスィリを知っているはずなのに、顔が思い出せない。具体的に彼と何を話していたかも、まったく覚えていないのだ。もしかしたらわたしは、ずっとそのことが引っ掛かっていたのだろうか。セマの夢の話が引き金となって、そこまでの疑問に辿り着くとは思ってもみなかった。

「彼は、まだ目覚めないのですね？」

じっとアスィリの部屋を見ているわたしに気づき、セマが言った。

「あ、ああ、そうだね……」

わたしの中に芽生えた違和感は、きっと留まることを許さない。何かにつけて疑念を抱くわたしを、さらに監察されている可能性もある。こんな疑心暗鬼に囚われ続けることに、何の意味があるのだろう。これからずっと、答えの出ない些細な疑問の中で踏み留まっていくのだろうか。もうすでに、何もかもがウンザリだった。

「ただの、夢だよ」わたしは思いつく言葉を言った。

「そうですね。わたしもそう思います。ただ……あまりに苦しくて、現実と夢の区別がつかなかったのです」

口を閉ざしたわたしに、セマの視線を感じる。彼はしばらくの間、隣でわたしを見守っていた。彼はどんな場合でも、無理強いすることはしない。わたしがもう言葉を発することはないと思ったのか、ゆっくりと立ち上がった。

「では、スカイ。わたしは先に出掛けますね」

セマを見送った後、わたしもカップを片付け部屋を出た。あえて、アスィリの部屋を見ないようにした。

ワークフロアに入ると、まだ八時二〇分だというのに、何人かのオルグがブース内にいた。パーテイションで仕切られた通路を進み、自分のブースを通り過ぎて、カリフのブース内に入った。珍しく、彼の姿はなかった。夕方五時を過ぎても解析を止めず、わたしが朝早く来ても、彼はすでに席に座っている。まるで、ずっとこのブース内で寝起きをしているかのようだった。だがもちろんカリフとて、朝をゆっくり過ごしたい時もあるだろう。昨日、ヒーリングエリアでリライブルに呼ばれてから、ワークフロアに戻って来なかった彼のことが気になっていたのだが、「明日ワークの後、海のエリアに来い」という約束を守るつもりなら、夕方に会えるはずだ。わたしは自分のブースに向かった。

途中、三人のオルグとすれ違い、それぞれに挨拶を交わす。その中のひとりが、大昔の文化映像を復元したから見てほしい、と言ってきた。どんな映像なのかを説明してくれたが、聞けば聞くほどまったく興味がもてず、それなのに、そのオルグのブースに入ってしまった自分が、わたし自身、心底から驚いている。断る理由が思いつかなかったわけではない。

「少しだけ、見てみようかな」と、近くにいた女性体が言ったからだろうか。

「ああ、グレタも見てくださいよ」

彼女はわたしにも笑顔を向けた。それでなんとなく、自然な流れで、その女性体と一緒に興味のない映像を延々と見ることになる。

映像は、大昔のアニメーションだった。奇妙な形をした機械仕掛けの人形同士が戦っている。こういう類のものを復元するのは、きっと彼の趣味だろう。壮大なストーリーがあるんだ、と興奮気味に話す。椅子に座った彼の後ろで、わたしとグレタは並んでその人形の動きを見守ったが、わたしは一分ももたず、厭きてしまった。といっても、わたしの意識は最初から、隣に立つグレタに向いていたのだから、このアニメーションのストーリーなど、まったく頭に入っていなかった。

長く艶やかな髪、ダークブラウンの大きな瞳、口角の上がった形の良い唇。毎朝、彼女と挨拶を交わしていながら、これほど惹かれる対象だったとは大きな発見だった。その瞳がわたしの視線と交わった瞬間、全身に電気のような刺激が迸《ほとばし》った。

最初はグレタが無難だろう。

心の中で、誰かが呟いたような気がした。

わたしたちは見つめ合っていた。ぎこちないわたしの笑顔に応えるように、彼女も微笑む。一度交わった視線は互いを捕らえて放さない。そしてどちらからともなく指を絡ませると、彼女の笑顔が変化した。なんと表現していいかわからない。わたしを一瞬にして動物的思考に塗り替えたこの滲み出る空気は、色気というものなのだろうか。

わたしたちの求めるものは一致している。そう感じるのは、内なる興奮を隠せない眼差しだけが、無性に惹きつけ合っていると確信したからだった。だが、もう少し意思表示をしたほうがいいかもしれない。意を決して、グレタに顔を近づけたものの、やはりそこから先に進む勇気が出なかった。艶やかな愛らしい唇までほんの一〇センチだというのに、あまりに難しい課題を与えられた時のように、思考が停止する。攻略方法が思いつかない。それどころか、指を絡ませているというのに、彼女にとっては意思表示ではないかもしれない、という後ろ向きな考えまでよぎった。

ところが、そんなわたしの葛藤など呆気なく終わる。グレタのほうから、唇を重ねてきたのだ。ほんの一瞬の快楽に、わたしの頭は真っ白になった。

「ありがとう。とても興味深い映像だった」

グレタの言葉に、アニメーション好きのオルグが残念そうにこちらを振り返った。その瞬間に、絡まっていた指も離れる。

「また今度、ゆっくり見させてもらうよ」そう言うわたしの笑顔は、きっとかなり引き攣《つ》っていただろう。

　そのオルグのブースから出ると、グレタは笑顔で頷いた。その意味がわかるようなわからないような、とりあえずわたしも頷いてみる。まるで霊的なものにとり憑かれたかのように、わたしは彼女の後に続いて、静かにワークフロアを後にした。


　ヒーリングエリアの中でも一番人目を避けられるのは、フォレストエリアだろう。このエリアに入ると道に迷う。窮屈そうに樹木が生い茂り、行く手を阻むように木から木へと蔓草が絡まっている。途中、伸び放題となったホタルグサやエノコログサに小径を奪われる場所もあり、薄暗い森の中で、自由自在に伸ばす枝を避けたり、土から盛りだした根っこや草木に足を取られたりしながら進む中で、何か予想外のものが突然飛び出してくるのではないかという不安を煽られる。普通の歩行では困難な足場の悪さが続いていくと、確固たる目的をもった者でも、気力はあっさりと失われてしまうだろう。このエリアのずっと奥にある池は、きっと一部のオルグしか知り得ない。見つけた者だけが、楽園に行ける。思う存分、有意義な時間がもてるのだ。そう、へヴンという隠語は、まさにこういった場所からきている。わたしはすでに、そのことを思い出していた。すべてのヒーリングエリアには、人目を忍べる場所が存在する。ヘヴンを得るために造られたのだから。

このエリアの奥に来てから、どれくらいの時間が経っただろう。木立に囲まれた池は、直径五〇メートルはあるだろうか。陽の光を浴びて、透明度の高い水面をキラキラと輝かせている。枝葉の茂った、薄暗い木々の奥から聞こえてくる鳥の囀りが、耳に心地良く素通りする。清々しい朝の光は、今では日盛りの気怠さに変化していた。

最初はただ、唇の戯れにのめり込んでいた。少し前まであんなに躊躇していた行為が、こんなにも気軽に行えるとは思ってもみなかった。グレタの息遣いを感じながら、わたしの全意識は密着した唇に集中する。徐々に舌を絡ませ合い、弄び、そして強引に、執拗になっていく。

当然、わたしの躰はあからさまに反応した。素肌を曝け出した女性体の美しさに魅了され、欲望のままに従う。何をどうすべきか、わたしは考えなくてもすべてを知っていた。手慣れた自分の行為が、まるで誰かに躰を乗っ取られて勝手に動いているような気さえする。これまで経験したことのない、想像すらしたことのない快楽が全身に駆け巡った瞬間から、すべての余計な思考は止まった。といっても、わたしはすでにこの快楽を知っていたのだろうが。

「ムベグを……ちょうだい」喘ぎの息を漏らしながら、グレタは囁いた。

ムベグ。それは、すでにわたしの躰の中に循環しているものだ。わたし自身も、早く彼女に与えたくて仕方なかった。なぜだかわからない。ただ女性体に与えるために生み出されるものだと、わたしの脳が判断している。管理局によって、そう思い込まされている可能性も無きにしも非ずだが、もはや今のわたしには、理由や理屈などうでもいいことだった。

ムベグを流している時、グレタは快楽と悦びに悶えていた。そのあまりの艶めかしさに、わたしも悦びを感じる。もっともっと、彼女に与えたい。だが、ムベグを吐き出した後のわたしの躰はひどく脱力感に襲われ、しばらくの間、動くこともままならなかった。

今わたしたちは水辺のすぐ近くで、裸のまま雑草の上に横たわっている。午後の陽射しを受けながら、グレタは満ち足りた表情を残したまま、わたしにしがみついている。こんな気持ちは初めてだった。心の底からわき上がる悦びに、自然と笑みがこぼれる。これまでのような、意識的につくる笑顔ではなかった。

もはや羞恥心という類は、わたしの中には存在していなかった。きっとグレタも同じだろう。森の中とはいえ、誰かが潜んでいないとも限らない。そんな考えなどかすりもしないほど、開放的な空間の中で、一糸まとわぬ姿で動物的行為に耽《ふけ》ったのだ。

そして今さらながら、その乱れた姿は監察されていただろうか、という現実的な思考がよぎった。不思議なことに、今のわたしには昨日までの苛立ちや恥ずかしさはすっかり消え去り、むしろ晴れ晴れとした、爽快感しかない。管理局によって発情させられたのなら、その結果をじっくりと確認すればいい、とさえ感じる。

「ありがとう……ルシアじゃなく、わたしに、ディープムベグを流してくれて……」

すぐ間近にあるグレタの眼差しは、恍惚とわたしに注がれている。今までの彼女とは明らかに違う、色のある感情がそこにはあらわれているような気がした。その輝く瞳を捉えながら、わたしは疑問を口にしようとしたのだが、すぐに彼女の唇に塞がれた。

「いいの、何も言わないで。こんなムベグ、初めて……。今なら、ルシアがあなたを独り占めしようとした気持ちもわかるわ。こんな濃度の濃いムベグを得られたら、他の男性体のものじゃ満足できそうもない。わたしも、もうあなたじゃなきゃだめみたい」

わたしの脳裏に、数日前のルシアの言動がよみがえった。彼女はムベグを求めていたのだ。いや、そもそもムベグに濃度があることすら、驚きだった。ぼんやりとする頭の中で、わたしはなんとかルシアとのヘヴンを思い出そうとする。だがその思考を阻む言葉を、グレタが悪びれずに言った。

「ルシア、言っていたの。カリフのディープムベグを誰にも渡したくないって。あれはとても危険だから、絶対与えられてはだめだって。わたしとカリフがヘヴンをしたことがバレたら、とても哀しむかもしれない。わたしはルシアに嫌われたくないの」

なぜ、名前を間違えるのか、不思議でならなかった。わたしの戸惑いは、快楽の余韻をいっきに冷やそうとするのだが、恥ずかしそうにはにかみながら話すグレタの言葉に、別の興奮がわき上がってくる。

「カリフ、あなたならわかるでしょう？　ルシアとのヘヴンはやめられない。男性体とは全然違うけど、わたしの躰を知り尽くしていて、簡単に素直になってしまう……簡単に、ヘヴンに行っちゃう」

わたしの頭はひどく混乱していた。想像力というものが足りないわたしには、グレタの言葉だけで興味が膨れあがる。だが同時に、いつまでも名前を間違え続ける彼女に不信感がつのった。まさか、わたしがカリフのブースから出てきたからだろうか。毎朝挨拶を交わしていながら、そんなことはあり得ない。いや、もしかしたら本当にカリフとのヘヴンの話をしているのかもしれない。当然、わたしにはルシアとのヘヴンの記憶はない。ルシアはカリフのディープムベグを欲しがっているのだから、グレタの話を聞く限りでは、二人がヘヴンをしているのは間違いない、はずなのだが、どうにも腑に落ちない。

わたしは上体を起こした。「ボクはカリフじゃない」

戸惑う表情を一瞬で掻き消して、彼女は慌ててすがりついてきた。

「ごめんなさい。わたし、時々わからなくなって――」

「ボクのムベグだって、きっと欲しがる女性体はいるはずだ。君はカリフから与えてもらえばいいじゃないか」

グレタは大きく目を見開き、わたしを見つめる。

「ムベグは稀少なんだから、発情した女性体に公平に与えないとね」

そう言いながら、なぜわたしはこんなことを言っているのだろう、と思う。口から出任せもいいところだ。

そう……と言ったきり、グレタは言葉を発しなかった。伏し目がちに立ち上がり、無機質なグレーの制服の中に、美しいフォルムを閉じ込める。その姿は静かに森の奥に消えていった。

グレタを傷つけてしまった。彼女が不快に思うであろう言葉を、意味を理解せずに、あえて言ったように思う。オルグとして、こんなことはしてはいけない。だが彼女だって、わたしを蔑ろにしたではないか。わたしをカリフと間違えるなどおかしなことだ。

わたしは興奮の冷めない躰をもてあましながら、しばらくの間、その場に佇んでいた。

フォレストエリアを出ると、わたしは真っすぐダイニングホールへ向かい、ヘルスコンディションマシンの前に立った。胃が痛くなるほどの異常な空腹感に耐えられなかったのだ。これまで一日一食でもかまわないくらい、食べることに興味を感じなかったというのに、いったいわたしの躰はどうなってしまったのだろう。

指紋認証シートを押すと、五秒ほどで測定される。配給されたソリッドは二つだった。わたしの今の空腹感を満たす量なのだろう。このソリッドによる躰への影響について、少しは頭をよぎったが、わたしはコーヒーで流し込みながらあっという間に食べきった。

壁の時計は、午後の二時を指そうとしている。グレタとの快楽は、時間の感覚をすっかり麻痺させた。欲求が満たされたというのに、彼女の乱れた姿を思い出しただけで、今もムベグが育まれていくのを感じる。躰がひどく怠く、眠気にも襲われていた。こんな状態でワークフロアに戻る気になれず、このままシェアルームで休もうかとも考えたが、眠ってしまっては、カリフとの約束をすっぽかしてしまう可能性もある。それに今日一日、一度もＬＣＤモニターを起動していないのもまずい。仕方なくワークフロアに戻ることにした。

データ解析フロアへの階段を下りながら、わたしは頭の中で情報を整理した。グレタの話をうのみにすれば、ルシアはカリフのディープムベグを欲しがっている。カリフはカリフで、わたしにはルシアはやめておけと言った。つまり、カリフはわたしとルシアがヘヴンを共有することを阻止したかった……と推察できるが、それはあり得ない。わたしの思い込みかもしれないが、カリフに限って、ひとりの女性体に執着するなど考えられない。それは女性体も同じだろう。数少ない女性体の中で発情している者はムベグを欲しがり、互いの利得関係を考えれば、よほどのことがない限り、相手を選り好みできないはずだ。まさにルシアの行動が、それに当てはまる。カリフのディープムベグを求めていながら、たまたま居合わせたわたしに合図を送ってきただけだから。

ワークフロアの自分のブースに入ると、わたしはすぐにＬＣＤを起動させた。いつも午前中に行うカウンセリングを無断で怠ったことで、急いでリライブルを呼び出す。モニター画面に、アムルの顔が映し出された。

『脳波も心拍数も、とくに異常はありませんから、今日はカウンセリングを行わなくても大丈夫でしょう』

彼は咎めるようなことは一切言わず、いつものように探るような眼差しを向けている。わたしは思わず「本当ですか？」と聞いていた。

『何か気になることでも？』

「あ、いえ……とくには」

いつもなら、わたしのちょっとした表情の変化も見逃さず、執拗に質問攻めを続けるくせに、今のアムルは、早くこのフェイスコミュニケーションを終えようとしている。脳波や心拍数に異常がない、わけがないではないか。だが、いくら小声で話したとしても、周辺のオルグの手前、この場所で事細かく説明することははばかられる。アムルがそこまで配慮していたかはわからず、『では、また明日』という彼の言葉で、呆気なく画面は消えた。

肩すかしを食らったような気分だった。カウンセリングを望んだのも初めてのことで、今のわたしは、自ら進んで恥ずかしい話をしてしまいそうだった。だから、少しだけほっとした。

さて、とわたしはワークを始めようとする。モニターに、解析中の文献を表示させる。だが、何も頭に入ってこない。今、解析している病理研究に興味がもてない。それよりも人の躰の仕組みや生態について、もっと深く掘り下げてみようか……。

時間だけが、緩く過ぎていった。わたしにとってワークはこれほど長く、辛辣なものだったろうか。

一七時に、オルグたちの端末を叩く音が一斉に止んだ。フロアから出て行く気配が落ち着いたところで、わたしはカリフのブースを覗いてみた。もぬけの殻だ。今朝はわたしのほうが先にフロアに着き、そのままグレタとヒーリングエリアに行ってしまったため、まだ彼の顔を見ていない。彼が一七時きっかりに席を立つのは珍しいことだった。

わたしは慌ててそのブースを出た。そして、通路の先にグレタの後ろ姿を見つけた。ちょうどフロアから出て行ってしまい、わたしには気づいていない。彼女にひどいことを言ってしまったことを謝ろうと、足早に進んだ。きっと許してくれる。何の根拠もないのに、確信はあった。

フロアを飛び出し、最初に視界に入ったのはエレベータホールに集まっているオルグたちだった。その直後、見てはいけないものを見てしまったような、気まずい感覚が胸の内に漂った。エレベータ前に立つ数人のオルグから少し離れ、グレタとルシアが、躰を密着させて立っていたのだ。ルシアはグレタの腰に手を回し、耳元で何か囁いている。グレタはこちらに背を向けているため、七〜八メートルほど離れてはいるが、後ろにわたしがいることに気づいていない。何度も首を横に振り、彼女の長い髪も揺れる。

わたしは無意識に、後ずさりしていた。その時、ちょうどフロアから出てきたオルグの足を踏んでしまった。互いに驚きの声を上げたり謝ったりのやり取りを終えて、ふと顔を戻すと、ルシアとグレタがこちらを見ていた。ルシアは無表情だったが、グレタはかなり動揺した顔をしていた。

わたしは二人に笑いかけてから、再びワークフロアに戻った。なぜわたしは逃げなければいけないのか。一瞬、表面化した自我に戸惑った。燻《くすぶ》っていたものが解放された今、もう疚しさも感じない。わたしは、ルシアとのヘヴンに興味をもっているのだ。

わたしはフロア内のパーテイションにもたれて、溜め息を吐いた。カリフは今頃怒っているだろうな、と思った。

夜のとばりが下りた海は、波の音も大人しく聞こえる。

カリフはいない。どこかに隠れているかと思い、歩き回ったが、やはり彼の姿はどこにもなかった。

群青色の空にたくさんの星が瞬いている。ぼんやりと3Dマッピングの暗い海を見つめながら、いったいわたしは何の話をするために、彼とこんなところで会おうとしているのだろう、と考える。そもそも、彼に対する苛立ちの理由さえも思い出せない。

わたしは変わってしまった。ほんの数日前までの、大昔の病気に関する解析に打ち込んでいたわたしではない。今の自分を受け入れたことで、何かが変わった。すでにわたしの中に疼いていた違和感は、なくなったというよりは同居することに慣れたような感覚となったが、また新たな異質なものが芽生えたような気がする。それはもしかするとずっと心の底に眠っていて、快楽を得たことで一瞬消えた、というべきか、誤魔化された、というべきか。やはり何かが、腑に落ちないような気がした。このもどかしさも、当たり前の感覚となっていくのだろうか。

一時間ほど、わたしはずっと動かずに砂浜に座っていたが、男性体と女性体が手を繋いで波打ち際を歩いているのを見て、ようやく立ち上がった。

わたしは自分のシェアルームに帰った。

第二章

一

わたしは勘違いをしていたようだ。

カリフが昨日からワークフロアに来ていないことに、今朝気づいた。考えてみれば、彼は誰よりも早く自分のブースに入り、誰よりも遅くブースを出る。無頓着にデスクからはみ出した椅子の配置も、昨日の朝から変わっていない気もする。もしかしたら、彼に限ってあり得ないことだと思ってきたが、深い眠りに落ちたのだろうか。

ワークフロアの中で、どうやらカリフ周辺のブースのオルグたちが全員、昨日からワークに出てきていないようだった。オルグは不定期的に、深い眠りに落ちる。そうなると早ければ二四時間で目覚めるが、長いオルグは何カ月も眠ったままだ。だからこのフロアに限らず、施設内のオルグは全員、毎日ワークをしているわけではない。何日も姿を見ないからといって、心配する者は誰もいない。

ただ気掛かりなのは、今までカリフが何日も姿を見せなかったことがないということだ。わたしの曖昧な記憶にはない。もしかしたら、これまでたんに同じタイミングで眠りに落ちていただけかもしれない。彼の口から「深い眠りに落ちたことはない」と聞いたことがあるが、それを真に受けるとしたら、この二日間の不在はあまり良いことではない。彼の姿を見ないと、なんとなく落ち着かなかった。

それでもわたしは昨日の怠慢を取り戻すべく、データ解析に没頭した。自分でもなぜ、興味を引いたのか、すでに終わっているデータを再度、解析することにした。それは、大昔の生殖行為についてだ。

オルグに限らずリライブルや管理局員、すべての人が使用しているＬＣＤというコンピュータは、巨大メインフレーム「メイン・カオス」によって稼働している。その中で大量のデータを管理しているデータライブラリーのシステムを使って、さまざまなデータを引き出し、大昔の未解析のデータや、解析済みのデータを閲覧することができるのだが（もちろん個人情報などの機密的なデータ以外だ）、管理局は誰が何の資料を閲覧しているのかを、すべて把握している。つまり、わたしが今閲覧しているデータも管理局には知られていることになる。彼らは、わたしがヘヴンにとり憑かれたと思うかもしれない。もっとも、それは否めない事実だが、わたしを含め一部のオルグが行っている行為も、同じ生殖行為のはずなのに、なぜ、繁殖しないのかと、どうにも気になったのだ。

もちろん生殖行為そのものに関しては、わたしは専門外なので、実際のデータ解析結果を上げる時は、病気に関する記述も含めるつもりだった。ところが、すでに他のオルグによって解析されたデータを読みあさっているうちに、わたしの中で違和感や混乱が、どんどん膨れあがってしまった。

数人のオルグが行ったデータ解析を簡単にまとめると、次のようなものになる。

——人の生殖方法は、時代とともに変化していく。

その時代の社会情勢の中で、必要栄養価の不足、精神的ストレスなどにより、女性体の躰で新個体を芽生えさせることが難しくなっていった。子宮内の筋腫の位置が影響するケースもあるが、じつは受精しにくい原因の多くは、男性体にある。乏精子症といわれる精子の量の減少や、精子の運動量の低下によるものだ。ただ、それが直結して人口減少となったわけではないようだ。

前世紀の人口減少の原因を語るのは容易ではない。世界が国として統治されていた時代、国同士の貧困格差もある中、一時的に人口を増やす国もあったが、ある時期から激減の一途を辿る。さまざまな要因が挙げられるが、ひとつの大きな壁は、繁殖システムである婚姻関係だろう。

もともと人類の婚姻は、一夫多妻制から始まっている。それが最初の秩序というものだったようだ。長らく続いたその制度も、ある時代を境に、さらなる秩序を重んじるようになっていく。国ごとに一夫一婦制を規制としたのだ。

こうした制度でも、人口を伸ばした時代もある。逆に人口増加を食い止めようとした動きもあったくらいだ。それには国ごとの経済という、厄介なシステムが絡んでくるようだ。経済が繁栄を続けることで、その必要性から女性体の立場も変わっていく。人口が増加していったひとつの要因にもなる、たんに新個体を産む道具として扱われた時代から、徐々に人権というものを得ていくのだ。世界の多くは男性体と女性体を平等に考えるようになるのだが、もちろんそれは表向きであったにせよ、一般的な概念ではあった。多くの女性体は男性体と同じようにワークをし、別の生きがい、存在意義を求めていくようになる。ひいては新個体を産むことを拒否する者も出てくる。もっとも、貧困やさまざまな理由から産みたくても産めない、という状況もあったようだ。

しかしながら、婚姻関係を結んでいない女性体から新個体が産まれる、という希なケースもある。それには男性体の中で無意識的に働く心理メカニズムによって、自分の遺伝子をより多く残そうとする意識が、進化の過程で形成されていったと言われている。つまりは、人口の少なかった時代では、一夫多妻制は理にかなっていたといえる。

新個体を産める躰をもつ女性体の中でも、男性体の躰が原因で産めない、産むことを望まない者の増加に加えて、婚姻関係自体を望まない者同士の間に芽生えた新個体に、「堕胎」を行う場合もある。女性体の体内に形成された個体を掻き出して、死に至らしめるというものだ。こうした行為が罰せられない条件が幾つかあるようだが、先に述べた貧困の他に、さまざまな理由で「育てる」という義務が行えないことで、こうした処置をするとのことだ。その背景には、そうした条件の女性体から生み出された新個体が、「育てる」義務を放棄された結果、当時の社会秩序からはみ出した存在、という概念を本人もしくは周囲に植えつけることとされ、深刻な問題とされていた。

人口が激減していった原因は新個体が生成されない他にも、世界最大の大量殺戮や進化していくウイルスによる死、精神疾患による自殺などが考えられる。そんな中、世界は脳や臓器に機能治癒を促すマイクロマシンやクローン技術の進歩によって、長寿の道を切り開いていくのだが、大地が崩壊するまで、一度も世に出なかった研究がある。

それは「ヒトトノア」と呼ばれた。

遺伝子に関するデータの中に出てきた、初めて目にする名称に、わたしは興味を抱いた。このデータ解析を行ったオルグによると、「ヒトトノア研究」という名称は、ある医療組織団体の内部資料の中に一度だけ表記されていたとのことで、この研究に関しての文献はまったく残っておらず、詳細は不明、ということだった。

何かが、引っ掛かった。「ヒトトノア」という名称を初めて目にしたというのに、見覚えがあるような気がした。もちろん、これがどのような研究なのか、皆目見当もつかない。それに加えて、人類が個々の意思によって新個体を生み出さないようにしていったにも拘らず、男性体の無意識下の本能と呼ばれる領域の働きかけによって、自分の遺伝子を残そうとする身体的作用が起こることに、わたしはひどく混乱した。わたしにも、遺伝子を残そうとする本能がある、ということなのだろうか。

さらに「ヒトトノア」という名称に検索をかけてみたが、出てこない。というより正確には、何の反応もなかった。オルグレベルが閲覧できない内容だった場合、「ｎｏ　ｒｉｇｈｔ」と表示されるため、その文字が出てこなかったということは検索可能な単語であることは間違いないようだ。でなければ、このデータ解析を行ったオルグがこの単語を知る由はないのだ。他にどのような単語でアップできるのかを考えていたところで、昼の休憩時間になった。

昨日の夕食から、ヘルスコンディションマシンから配給されるソリッドは二つだ。

今朝も二つ平らげるほど、これまで感じたことのない食欲が起こっている。わたしは昼食のソリッドを食べながら、広いホール全体を見回す。呆れたものだ。このダイニングホールの一番後ろのテーブル席に好んで座ってきたが、女性体を物色するためではなかったはずだ。いや、本当のところはわからない。わたしは多くの記憶が欠如しているのだから。

　こうして見ていると、今まで気にも留めなかったが、女性体は男性体に比べ多少の個性が見られる。体型は男性体と同じく、ソリッドの食事により肥満体はいないまでも、丸みのある体型だったり、逆に痩せすぎている者、また躰はほっそりしているのに胸だけが大きな者など、女性体が動くたびに制服の窮屈さなどでそれらがあらわとなり、素肌のフォルムを想像させる。さらに、髪色や髪型という個人を特定しうる表現によって、最小限に存在を誇示している女性体が多いような気がする。長い髪をストレートにしている者や軽くウェーブをつけている者、またショートで身軽な髪にしている者などさまざまだ。個性を表現するというのは、単純に、周りの女性体と同一視されたくないという心理が働いていると考えられるが、彼女たちがいったい何に対して競っているのかはわからない。とはいえ、わたしにとっては女性体を品定めする基準にはなる。ただ、どの女性体が発情しているかは、見た目や立ち居振る舞いだけでは見分けはつかない。

ふと、視界の中にグレタが入ってきた。昨日の暴言を謝るタイミングを見計らってはいたが、それでも、わたしの謝罪などたいして意味がないこともわかっている。彼女はわたしのディープムベグを求めているのだから、わたしたちの利害関係は一致しているはずだ。

グレタは別フロアの女性体と親しげにおしゃべりをしていた。そこに、近くを歩いていたヒムが加わった。彼は、チラとわたしを見やった。グレタに近づこうとしていたわたしは、ヒムの出現で足を止めた。彼女がヒムに、あまりに満面の笑みを向けていたため、わたしの存在は弾かれたような気がした。

だが、その光景は即座に遮断された。ひとりの女性体がわたしの前に立ち、通路を塞いでいた。

わたしのムベグも欲しがる女性体はいるはずだ。

昨日はグレタに、ただ思いつく言葉を吐き捨てただけだったが、あながち間違ってはいないようだ。

名前は知らないが、たまにダイニングホールで見掛ける女性体だった。逆に彼女は、わたしの名前を知っている。ライムブラウンのカールされた髪と好奇心に満ちた大きな瞳があどけなさを残す印象を与えるが、素肌となった彼女はまるで別人のように艶めかしく変貌した。快楽を共有しながらの会話で、わたしたちが何度かヘヴンをしていたことがわかった。

彼女は五階の培養研究室でワークをしている。データ解析班のオルグも、時々、管理局からの指示で培養室でのワークを行うのだが、もちろん毎回五階に行くわけではない。わたしの所属する文献解析のワークと違い、二～五階の培養室ではほとんどが女性体だ。下種な言い方をすれば、選び放題である。そんな中で、タイミングの合った彼女とへヴンの合図を送り合ったようだ。

「やっぱり、スカイのムベグは最高」女性体はわたしを見つめながら、気怠そうに言った。

昨日、グレタと快楽を共有した同じ場所で、わたしは別の女性体と裸で横たわっている。女性体は身を乗り出してわたしにキスをした後、その唇を首から肩に這わせた。

「今のムベグはディープだった？」

わたしの質問に、彼女は瞬きをしながら顔を上げた。「なに？　ディープって」

わたしは口籠もった。彼女にこれまでディープを与えていないのなら、その違いはわからないだろうし、ましてやわたし自身、普通のムベグとの違いをわかっていない。

「いや……、その、ボクのムベグは、他の男性体と違うのかな、と……」

こんなことを聞くのはマナー違反だろうか。彼女はプッと噴き出した後、笑いながら少し考えた。

「そうよね。ディープって言われて納得しちゃった。あなたのムベグって、他の男性体と全然違うもん」

「そう、なの?」

「うまく説明できないんだけど……ムベグが入った瞬間、頭の先から足のつま先まで、すごく潤いが満ちて、躰の隅々にまで浸透していく感じ。躰全身で風を受けている感じってゆうか……ううん、空を飛んでる感じかな? すごく気持ち良くって、気分も最高なの」

そこまで言ってから、彼女は手で口を押さえた。「こんなこと、初めて口に出しちゃったわ」

「ううん、ありがとう。とても貴重な情報だったよ」

「何だかわからないけど、お役に立てたみたいね。お礼をして」

「お礼?」

「明日もムベグをちょうだい」

わたしは快く了解した。

結局、彼女の名前はわからずじまいだったが、それはたいした問題ではない。きっと、グレタがわたしとカリフを間違えたことも取るに足らないことなのだろう。要は、互いの欲望を満たす行為を望むか望まないかが重要なのだから。そう、わたしは今日の女性体のように、名前も覚えていない相手と、これからも快楽を重ねていくのだ。

そのライムブラウンの髪の女性体とは、その後五日間ヘヴンを愉しんだ。ヒーリングエリアまで足を伸ばす時間も惜しんで、ダイニングホールと同じ階層にあるリクライニングルームの個室で毎日会った。それがわたしと彼女の習慣になりつつあった。だが六日目に、彼女は突然その個室に来なくなり、ダイニングホールでも見掛けなくなった。もしかしたら長い眠りに落ちたのかもしれない。貪欲にわたしのムベグを求める彼女が、急に拒んだとは思えなかった。

その時は、目的を果たせないまま、いったんリクライニングルームから出ることになる。廊下でグレタとヒムにばったり出くわしたことで、状況が変わったのだ。明らかにヒムは、グレタに合図を送っていた。彼女の躰に密着して歩き、耳元で何かを言っているところに、わたしが登場してしまったわけだ。一瞬の気まずさを残して素通りしようとしたのだが、グレタがわたしの腕にすがりつき、手を握ってきた。

なるほど、とわたしは思った。ヒムに避けられていると感じてきたのは、被害妄想ではなかった。二日前には、以前ダイニングホールで彼と一緒に歩いていた女性体とヘヴンをしたし、これからもきっと、彼が合図を送ろうとしている女性体とのヘヴンを、わたしは拒むことをしないだろう。彼の顔をまともに見ることができず、かといってグレタの手を突っぱねることもできない。わたしとグレタは視線を交わしてから、先ほどまでわたしがいたリクライニングルームの中に入った。

二

「気分はどうですか？」

リライブルとのカウンセリングの内容は、わたしが発情してから随分と変わった。以前は夢の中で何を見て、黒猫が何を言ったか、リライブルの質問は終始それに関連していた。そして、わたしもいつも同じような回答をし、無意味な答え合わせをするのだ。だがこのところ、まったく夢の内容を覚えていなかった。執拗に思い出させようとしないのは、わたしの精神的・身体的形質の変化に興味が移ったからだろうか。

アムルの質問に、わたしは「悪くはないですよ」と答えた。

「かなり集中力が落ちているようですが、身体的な影響はないようですし、このまま様子を見ましょう」

「今のままで、いいってことですか？」

アムルは微かな笑みを浮かべた。

「今のあなたは、生き生きとしています。わたしたち人間が失いつつある本能を、あなたはまだもっている。本来あるべき姿なのです。ですが、それを他のオルグにひけらかしてはいけません。秩序が乱れます」

わたしの脳裏には一瞬ヒムの姿が浮かんだが、それをすぐさま外に追い払った。はい、となるべく神妙そうに言って頷く。アムルは言葉を続けた。

「あなたはもちろん良識あるオルグですから、わたしの心配に及ぶことはありませんが、ただひとつ忠告しておきたいのは、もし自慰行為をしているのなら、すぐにやめてください」

わたしの視線は、咄嗟に彼から離れた。何もかも知っているくせに、なんて遠回しな言い方をするのだ。

「自慰行為がいけないと言っているのではありません。そうやって排出される貴重なムベグがもったいないのです」

「女性体に与えるにも、タイミングがある。ボクだって、できればしたくない」

「ムベグは発情した女性体にとって、精神安定剤のようなものです。じつは数の少ない女性体のほうが、男性体よりも圧倒的に発情率は高いのですよ。全体の五〇パーセント、つまり、女性体の二人にひとりはムベグを求めている、ということです」

たしかに、この一週間、相手に困ることはなかった。ダイニングホールや廊下、エレベータの中で、女性体に合図を送られることは当たり前になっているし、毎日一～二人とヘヴンを共有している。ワーク中でも、グレタのブースを覗きさえすれば、すぐにヒーリングエリアやリクライニングルームに直行する。何の躊躇もない。ヘヴンはわたしにとって、食事をしたりトイレで排泄したりするのと同じくらい、日常の習慣的なものとなっていた。それでも夜寝る前や朝起きてすぐに、どうしようもなく快楽を求めてしまう時がある。何度、隣のルシアのシェアルームに駆け込もうかと考えたことか。きっと彼女なら、すぐに受け入れてくれると思いつつも、そんな衝動を抑えるのに必死だった。

「なるほど。ムベグを有効利用したほうがいいってことですね」

アムルは笑って頷いた。

ムベグは女性体にとっての精神安定剤。わたしは女性体を救っているということか。アムルの言葉に、初めて感心した気がした。わたしはたぶん、まだ心の底で燻っている違和感を取り払い、大義名分を与えてほしいだけなのかもしれない。それがたとえ、わたしを監察するためのものであっても。

わたしはカウンセリングルームから出て長い廊下を歩きながら、ルシアに合図を送る方法を考えた。不思議なことだが、わたしのルシアへの興味は日増しに大きくなっていた。グレタと親密そうにしているところを目撃して以来、彼女を見掛けることがなくなってしまったが、ダイニングホールやラウンジに行くたび、別の女性体とヒーリングエリアに入った時でさえ、わたしの視線は彼女を捜している。ひとりの女性体に対してここまで執着するのは、もしかしたら自分の実力以上の獲物を狩ろうとする、闘争本能の現れなのかもしれない。

　また別の見方をするなら、悪い言い方をしてしまうとグレタに厭きた、ということかもしれない。時々、彼女とのヘヴンに億劫さを感じてしまう。突然何の予兆もなく、ムベグを吐き出したい衝動に駆られた時のために、彼女のように、常に発情している女性体は貴重なのだが、最近の彼女は、わたしの行動を規制しようとするのだ。彼女が言うには、ディープムベグがつくられるまで一日はかかるのだから、他の女性体とのヘヴンはしないでほしい、とのことだ。ムベグが濃くなる時間をわたし自身がわかっていないというのに、なぜ彼女が一日と断定するのか。ヒステリックになった時の彼女は、さらに面倒だった。理由はいつも同じだ。他の女性体とのヘヴンをなじり、彼女は泣き叫びながらも、まるで中毒症状を起こしたかのようにムベグを求める。そのくせ、彼女は何度もわたしをカリフと呼ぶ。

　わたしはエレベータに乗り、ワークフロアのある一〇階のボタンを押した。強化ガラスに顔を近づけ、いつものように、降下していく外界を見るのだ。だが、汚染された海を見る前に、視線は、前方の上昇していく別棟のエレベータに留まった。

白と黒の制服。

わたしの視力はかなり良い。見覚えのある顔のリライブルと管理局員に、数秒のすれ違いでも見逃さなかった。

白衣を着たリライブルは、カリフの担当医のジャスィだ。以前カウンセリングを受けるためにエレベータで一五〇階に降り立った時に、ちょうどカリフとジャスィが話し込んでいるところに出くわしたことがある。カリフが彼のことを、かなり毛嫌いしていたのを思い出した。そして、そのジャスィと一緒にいる黒い制服を着た男性体は、よくダイニングホールでわたしに話し掛けてくる管理局員のひとりだ。皆、顔が似ているので判別できないのだが、不規則に片方の首や肩を動かし、瞬きの回数が多いチック症と思われる症状をあらわしている管理局員だけは見分けがつく。

その二人が一緒にいたからといって、不思議なことではない。目の前の別棟が何の施設か知らないが、たまにグレーの制服を着たオルグを見掛けるものの、セマのように、わたしの知らないワークをしているオルグがたくさんいるのだろう、と思う。とりわけ気にする必要がないのもわかっている。だがなぜか、胸騒ぎというか、妙に不安な気持ちがわき上がった。

カリフは大丈夫なのだろうか。彼の姿を見なくなって、もう一〇日以上は経つだろうか。もちろん、ジャスィの担当するオルグはカリフだけではないだろうし、わたしの気掛かりが無用であることも理解している。それでも、ひとつだけ確信していることがある。

わたしの記憶が正しければ、**彼は一度も深い眠りに落ちたことはないはずだった。**

自分のワークブースに戻るやいなや、わたしのＬＣＤに、管理局からワークの指示が入った。その瞬間、呆れたことに、わたしの頭の中のカリフへの心配は拭い去られた。

『三階培養室でのワークをお願い致します』

三階では、おもに作物培養を行っている。葉菜や根菜などさまざまな野菜やマメ科植物を、その作物に合ったｐｈ値の培養液に浸し、育てる。大昔のような本物の土壌が、この施設内には存在しないのだから、ほぼすべてのソリッドのもととなる食物は、栄養値の高い培養液で生育されるのだ。育てた作物の一部は、培地によってその成分や微生物を調べるために使用されるのだが、そういった専門的な研究は、そのフロアの担当オルグが行う。わたしのような文献解析ワークのオルグは、せいぜい栽培の手伝いくらいしかできない。

わたしは早速、三階に向かおうと立ち上がった。通路を歩くわたしに気づいたのか、グレタも自分のブースから出て、後ろをついてくる。エレベータの前で、彼女は「どこ行くの？」と尋ねながら、わたしの腕にしがみついてきた。訝しむ眼差しを向けられ、ウンザリしているはずなのに、わたしの躰は簡単に欲情に占領される。

「培養室だよ。指示が出たんだ」

「少しくらい遅れてもいいでしょ？」

グレタの顔が近づいてくる。いつもは抑制することができないのだが、唇が触れ合う直前に、わたしは顔を背けた。

「今はだめだ。急いでるんだ」

彼女の眉が、ヒクと動いた。ちょうど扉の開いたエレベータに乗り込もうとするわたしに抱きつき、行く手を阻む。

「他の女性体とヘヴンをするんじゃないでしょうね？」

この言葉を、何度言われてきたことか。なぜ、彼女はいちいちわたしの行動を制限するのだ。わたしの中で燻っていた苛立ちが、いっきに噴き出した。

「だったら、なに？　他の女性体にムベグを与えて、なにが悪いの？」

わたしの本心だ。彼女を乱暴に突き放してしまい、長く艶やかな髪がわたしの頬をかすめた。グレタの驚いた表情は、すぐに強張った。

「あなたは、求められたら誰にでも与えるっていうの？」

「当たり前じゃないか。何がいけないっていうんだ？　逆に、君がボクのムベグを独占するのはおかしいよね？」

「おかしいのはあなたのほうよ。わたしはもう、あなた以外の男性体とヘヴンをしていないのよ」

「なぜしないの？」

なぜ。

彼女は言葉につまった。

「君は以前、ヒムとヘヴンをしていたんじゃないのか？　彼は君に与えたがっているみたいだ」

「もう無理なのよ。彼のものを受けつけられない……」絞り出すような声で、彼女は言う。

「よくわからないな。でもそれは、君自身の問題だろう？　君が他の男性体とヘヴンをしないからって、ボクまでしちゃいけない理由にはならない」

「それでも、いや……！　絶対いや！」

強引に引き寄せられ、グレタの激しいキスを受けた。今から彼女とヘヴンをすれば、これまで以上に激しい快楽が得られるだろう。それも悪くないかもしれない。だが、まったく気持ちが揺らがない。むしろ息苦しさも感じた。もうウンザリだった。

ゆっくりと唇を離したグレタが、憂いの瞳を投げかけてくる。

「あなたのせいよ……あなたのムベグを知ってしまったら、もう他の男性体じゃだめなの。お願い、スカイ……わたしにだけ、ディープムベグを……」

わたしは思わず笑ってしまった。結局、独占したいだけなんじゃないか。君は何様なんだ、と言ってしまいそうになる。グレタは困惑の色を浮かべた。

「なに？　どうして笑うの、スカイ？」

「そうだよ、ボクはスカイだ。でも君は、本当はカリフのディープムベグが欲しいんじゃないのか？」

困惑は、さらに色を濃くしていく。彼女は眉間に力を入れて、わたしをじっと見つめた。

「何を言っているの……？」

「そんなに欲しいなら、カリフに与えてもらえよ」

エレベータを使うつもりだったが、すでに扉は閉まり、シャフト内を上昇しているのがインジケーターに表示されている。わたしはグレタから離れ、階段へと向かった。三階までなら、それほど苦にはならない。彼女は追いかけてはこなかった。

大昔と違い、大量生産のできない今、小さな野菜の葉一枚で、多種多量の栄養素を含んでいる。長年の研究で品種改良が進んだ結果だ。もちろん、今も研究は続いている。

わたしが今、栽培しているトマトの葉も、大昔では赤い実をつけていたようだが、それでは時間がかかってしまう。葉の表面に裸眼で確認できないくらい小さく赤い点が数え切れないくらいに張りついており、それが大昔のトマトの実と同じ栄養価となっている。要は、少ない収穫で大量の栄養素を得られればいいわけで、どうせ粉々になってソリッドになってしまうのだから、原型や見た目はどうでもいい。

時々隣の女性体と指を絡ませながら、わたしはトマトの葉を丁寧に摘んでいく。広い室内では、培養液に浸した作物が品種ごとに整列して植えられており、ところどころに散らばって栽培しているオルグは、全部で七人程度だ。わたしと女性体のひとりが近い距離で立っているが、残りのオルグは、時折見え隠れする頭やグレーの制服で、一〇メートル以上離れた位置にいることが確認できる。それがわかっているからか、女性体はわたしの躰に密着してくる。栽培など、とくに集中する作業ではない。わたしの意識は隣の女性体に向いたまま、手はトマトの葉を摘んでいった。三〇分ほどすると、業を煮やしたのか、女性体が顔を近づけてきた。

正直にいえば、女性体の見た目は興味をそそるものではなかった。わたしにも好みというものがあるのか、これまでダイニングホールで物色していた中では見過ごしてきたような女性体だった。それなのに、躰を密着される前に、すでにわたしは興奮していた。女性体特有のほのかな香りや、艶美な仕草、そして何よりねだるような笑顔で、一定の距離に入った瞬間から虜になっていく。トラップとでもいうべきか。発情した女性体の特徴だろう。

わたしは当然、その女性体の合図を受けた。枝葉の陰で互いに顔を近づけ、何度も唇を押しつけ合う。わたしは笑い、彼女も恥ずかしそうに笑った。こうして近くで見ると、彼女のキツそうな印象を与える切れ長の目も、色気があって悪くはない。そろそろ、この培養室から抜け出そうと考えた矢先、視界の端に一瞬映り込んだものへと、目を向けてしまった。

ルシアだった。

培養室と廊下は、上部ガラス張りの壁で仕切られている。葉菜培養室内でしゃがみ込んでいるわたしに気づくことなく、彼女は真っすぐ前方を見据えて廊下を進んでいた。

頭で考えるより先に、わたしの躰は動いていた。

「すまない。急ぎのワークを思い出した」

その女性体がどんな表情をしていたかなど、まったく見なかった。わたしは早足で、整列した植物の隙間を縫って出入り口へと向かった。扉近くまで行って、栽培した葉が詰まったケースを手に持っていることに気づき、慌てて室内の隅に並んだ調整機のマシンの中に投げ込む。空になったケースをおざなりに置いて、ようやく廊下に飛び出した。

長い廊下には、誰ひとり、歩いてはいなかった。

わたしはルシアが向かっていった方向に駆け出し、隣の室内のガラス壁から中を覗き込む。わたしがいた室内では、背丈のある、枝葉が広がった植物が多かったが、こちらは根菜類が多いのか、オルグは皆、培養液からしな垂れ伸びる海藻のような葉をしゃがんで摘んでいる。そのため、広い室内全体を見渡せた。オルグは全部で八人。うち六人が女性体だ。一番離れた場所にしゃがみ込んでいる女性体は、わたしに背を向けていたが、髪の長さや体つきからルシアではないことがわかる。この室内ではないようだ。

ひどく、もどかしかった。彼女とは同じ階層の隣のシェアルームなのに、まったく顔を合わせずに今日に至っている。このチャンスを逃したくない。わたしの足は自然と、次の部屋に向かっていた。

隣は研究室だった。培養室ほど広くはなく、壁のガラス部分は三〇センチほどの縦幅しかない。それでも顔をくっつければ中の様子は窺えた。

奥の壁際には、天井から床までを覆う大きな装置が置かれている。装置は幾つものユニットに分かれており、小窓から装置の内部を覗けるようになっている。他にも大型の装置でいえば、棚別にシャーレやメスシリンダー、何かの溶液に浸けてあるのか、ビーカーに入った植物などが並んだガラス製の機械もあり、中型の装置もところどころに置かれている。机の上の顕微鏡やかくはん機以外は何の装置なのか、わたしにはさっぱりわからない。温度調節機の中で植物から発するガスの成分を調べたりするのだと、以前、培養研究ワークのオルグから聞いたことがある。きっと、そういった類の装置なのだろう。

すぐに、ここにもルシアがいないことはわかった。三人しかいないオルグは、皆、半透明の詰め襟のスモックと帽子を被っており、その中でひとりだけマスクをしていたが、それは男性体だった。わたしの足は、さらに隣の部屋へ向かおうとしていた。

その時、室内にある扉が開いた。エアシャワーと表示された扉から、他のオルグと同じスモックに身を包んだルシアが姿を現した。彼女は室内に足を踏み入れた瞬間、ビクッと躰を震わせた。同時に、他のオルグも一斉にわたしのほうを向く。わたしが咄嗟に、ガラスを叩いていたからだ。

「ルシア！」わたしは叫んでいた。

だがあまりに、わたしの声が廊下に響いたので、すぐに口をつぐんだ。もっとも、強化ガラスのため、わたしの声が彼女に届くことはないし、廊下にも誰もいなかったのだが。

彼女はガラス壁に近づいてきた。その表情には、色がない。わたしの必死な顔に訝しく思っているのか、それとも不思議に思っているのか、まったく読み取れない。ただ、わたしの口の動きをじっと見て、首を傾げた。わたしは再度、声を発せずに唇を動かした。

今度は、彼女は首を傾げなかった。じっとわたしを見つめ、ガラス越しのわたしの手に、彼女の手が重なる。鼻筋が通った小さな顔に涙袋の目立つ大きな目、その憂いのあるライトブラウンの瞳と交わる。彼女はとても美しい。

「君に……会いたかった」わたしは、いつの間にか声に出していた。

そうだ。ずっと、彼女を求めていた。ムベグを有効利用するなどと取ってつけたような理屈など存在しない。ただ彼女と繋がりたいと、強く思っていたような気がする。

わたしとルシアのガラス越しの光景は、他のオルグからしたら奇妙に見えることだろう。わたしたちはしばらくの間、温もりのないガラスに隔てられたまま見つめ合った。まるで眼差しだけで会話をしているようだ。いや、実際、そうなのかもしれない。わたしたちの意志の確認を、最小限で表現し合ったようなものだ。

そうしてその研究室から出てきた彼女の瞳は、生き生きと輝いていた。色のある、高揚した顔が、彼女をさらに美しくさせた。わたしが口を開く前に、彼女の手が、わたしの顔を引き寄せていた。

「スカイ、愛してる」

愛……？

唇が密着した瞬間、わたしは動けなくなった。柔らかな感触に、頭がぼんやりとする。そう、これが彼女の感触。ずっと欲しかったもの。わたしに欠けていたもの……それはもしかしたら、

愛してる。

その言葉は、なんて心をかき乱すのだろう。

「君は長い眠りから覚めて、変わってしまった。あんなに愛し合っていたのに。長い眠りに落ちたオルグは、一時的に記憶障害を起こすことがあるらしいけど、でも君は、やっぱりわたしを求めてくれた。わたしたちは離れられない。夢の世界でも愛し合っているのだから」

わたしは、ルシアの言葉をぼんやりと聞いていた。この場所に来てから、わたしたちはすぐに素肌を曝け出し、ただひたすら互いの欲望の在りかを愛撫した。こういう繋がるまでの長いレクに没頭したのも、ルシアが初めてかもしれない。わたしの場合、

レクによる興奮作用がなくてもムベグはどんどんつくられていくから、ヘヴンとは、ただムベグを与えるための行為だと単純に思っていた。だが彼女の無防備な淫らさが、レクを長く充実したものにしていく。聡明そうな彼女の顔が官能的な艶をおびて、さらにつかみどころのない艶美の輝きを増していく。片時も目が離せないほどに、心も躰も魅了されていた。きっと、今いる神秘的な空間のせいでもあるだろう。ここはまるで、海の底だ。

カリフとは、この海のエリアの砂浜に座って、よく広大な海を見渡していた。室内面積の三分の二は海のため、さすがに本物の水は使えない。だがまさか、リアルな3Dマッピングの裏側に、こんな場所があったとは。いや、以前のわたしは、よく知っている場所だったようだ。ルシアが言うには、わたしと彼女は何度もこの場所でヘヴンをしていたようだから。

わたしたちがいる場所は、砂浜から七〇メートルほど離れた、ちょうど海の中に当たる。蒼い特殊な強化ガラスに囲まれた内部には、蒼いウォーターマットが敷き詰められ、邪魔なようでいて、もしかしたら目隠しになっているのか、ごつごつとした岩もどきが仕切り壁の内部にも外側にも、ところどころに配置されている。この中に入る時に気づいたのだが、こちらの海側からは砂浜や生い茂る樹木が見渡せるが、砂浜側からはこちらが見えない仕組みになっている。それは海の色と同じ、反射する蒼い特殊加工を施した強化ガラスにあるのだろう。もちろん、かなり近づけば、わたしたちの無防備な姿は簡単に晒される。

何より驚いたのは、３Ｄマッピングの視覚映像が、海のこちら側にも施されていることだ。ほんのり薄暗い中で、珊瑚から迸るような細かな白い泡が上昇していたり、海蛍の小さな光が幻想的に浮遊している。大小さまざまに置かれた岩の趣もあって、海の底にいるような錯覚を覚える。それでも遠くには砂浜が見えているのだから、なんとも奇妙で、それでいて神秘的な場所だ。誰にも見つからないように、まるで隠れ家に潜んでいるようなゾクゾク感も、興奮させる材料にはなっているのだろう。ひんやりとしたウォーターマットの上で、躰は瞬く間に火照ってくる。波の音が心地良く、心も躰も解放感に放たれる。

不意に上体を起こしたルシアが、顔を横に向けた。

「グレタ……」

「え」

ルシアも、わたしと同じようにかなり視力がいいようだ。砂浜を歩くグレタが、一瞬、岩陰に姿を消す。そしてまた反対側の岩から姿を現した時は、こちらに後頭部を向けながら横切っていった。木々の茂みのほうに顔を向けて、キョロキョロとしている。

「あなたを捜しているのかもしれないわね」ルシアは小さな声で呟いた。

いくら強化ガラスとはいっても、まったくの密閉空間ではない。上部は筒抜けとなっているため、あまり大きな声を出すと砂浜まで聞こえる可能性はあるが、時々大きなうねりを上げる波の音にまみれて、先ほどまでのささやかな喘ぎ声は掻き消されているだろう。それでもわたしたちは、自然と声を抑えていた。

「ボクを？　どうして……？」

ルシアは両腕をわたしの首に回し、顔を近づけてきた。瞳の奥を探るかのように、じっと見つめてくる。

「グレタとへヴンをしてるでしょう？」

こんな間近では、目を逸らすこともできない。それでも視線は、彼女の中で泳いでいたに違いない。自分でも、何に対して躊躇しているのかわからなかった。だが嘘や誤魔化しなど必要があるだろうか。

「ああ、してるよ」わたしはなるべく、安直に答えた。

彼女は短く息を吐いてから、薄く笑った。

「最近のグレタは少し様子がおかしかったから、ピンときたわ。わたしとスカイがへヴンをしているか何度も聞いてきたし、何だかとっても辛そうだったから」

「辛そう？　何があったの？」

「君を愛しすぎたのよ……」

愛しすぎたら、辛くなるのだろうか。それ以前に、愛とは何なのだろう、と思う。わたしはあからさまに困惑した顔をしたに違いない。彼女は小さな子供にするように、わたしの乱れた髪を優しく撫でつけながら言った。

「君はただ吐き出すだけかもしれないけれど、ディープムベグを与えられた者にしか感じられない、特別な快楽がある。みんな、発情した男性体の躰がムベグを吐き出すことを目的にしていることくらい、頭では理解している。相手は誰でもいい。それなのに、スカイのディープムベグを与えられた精神レベルの低い女性体がみんな、自分の存在価値の高さを誇示していく。まるで君の愛を勝ち取ったかのように。愚かにも、君と愛し合っていると錯覚するの。きっとグレタは、自分の中に芽生えた感情が愛だということを理解していない。ただ君を独占したくて、誰にもディープムベグを与えてほしくなくて……心が荒んでいく。わたしも、そうだったから……」

彼女の表情は穏やかなままなのに、その眼差しには虚ろなものが宿っている。彼女は顔を下に向け、わたしの胸の中に顔を埋めた。

「でも、彼女たちのほうがマシよ……あの不気味な花よりは」

「不気味な花？」

「ラフレシア」

なぜ突然、前世紀の植物の名前が出てくるのだろうか。話の方向性が掴めない。ルシアに限らず、わたしは女性体との会話で度々、消化不良を起こす。わたしの性格上、心に引っ掛かったことをおざなりにするのは気持ちが悪いのだ。だがそれ以上問いただす前に、わたしの躰はルシアの中に導かれていく。

すぐにすべての思考は停止した。いや、正確には、わたしの中の人間的思考が消えてしまった、というべきか。躰がただ欲望のためだけに、無心で摩擦を続ける。すぐにでもムベグを吐き出したい。だが吐き出してしまうと、この快楽は終わってしまう。その無意識のせめぎ合いの中で、ルシアも追い打ちをかけるように囁く。

「まだよ……君だって、わたしのシリムが欲しいでしょう？」

ルシアは、激しく淫靡な姿を曝け出した。秘められた深淵の中が小刻みに痙攣を起こすと、彼女の躰は力を失い、狂おしさをあらわに大きく喘いだ。わたしは無我夢中だった。彼女の中からムベグに似たものが瞬く間に溢れ出し、まるでそれが合図かのように、わたしのムベグも解放された。一瞬、甲高い鳥の啼き声のような喘ぎを発した後、彼女は声を失った。わたしは現実を失った気がする。

淀みのないムベグが勢いを増し、尽きることがない。抑え込んでいた時間もずっと新たなムベグがつくられ続けていたかのように、外に溢れ出そうなほどの量が彼女の中に吸い込まれていくが、それを少しも逃そうとしない深淵が強く引き締まる感覚がある。同時に、彼女から溢れ出たものと混ざり合って、二つの躰を循環していく幻想を感じた。頭の先から足の指先まで、躰の隅々にまで快楽の潤いが流れ込み、重力を感じることのない躰が勝手に動き続けている。まるでトランス状態だ。もはや現実と幻覚の狭間にいることすら、何の不思議も感じない。ただわかることは、今、目の前に広がる蒼い海が、このエリアの海ではないということだけだった。きっと、本物の海だ。打ち寄せた波が引いて、濡れた砂浜が洗われていく。

我に返った時、わたしたちは引き攣るような大きな呻き声を上げていた。どれくらいの時間、躰の悦びに晒されていたのかわからない。いつも以上に、かなりの量のムベグを吐き出し続けたことも、現実に起こったことなのかどうか記憶があやふやだった。ただ、これがディープムベグであることは、今、放心状態のルシアの顔で理解できる。わたしも、これまでと比べようもないほどの快楽のただなかにいた。わたしを包み込む彼女の深淵の奥がひくひくと震えている。それとも、わたしの一部が痙攣しているのだろうか。これはまったくもって奇妙な妄想だが、深淵の中に彼女の舌が隠されていて、わたしの先端に吸いついているような感覚がした。彼女の躰は、他の女性体とは少し違う。

規則正しい波の音の中で、わたしたちそれぞれの荒い息遣いが木霊《こだま》しているようだった。躰はすっかり弛緩していたものの、まだ離れたくはなかった。

「スカイ……愛してる」

うわごとのようなルシアの呟きも木霊する。いや、耳だけではなく、目もおかしい。まだ夢の中にいるような、うっすらと白く靄《もや》がかかっている。もっと鮮明に彼女を見つめたいと思い、何度も瞬きをするわたしに、彼女は何度も、愛していると言った。きっとわたしの言葉を待っているのだ。

「ボクも……ルシアを愛してる」

声を出すのがやっとだった。口もうまく動かない。快楽の余韻は、まだしばらく続きそうだった。

そうだ、わたしは彼女を愛している。きっと愛は、頭で考えることではない。記憶が消えてしまっても、躰はずっと彼女をひどく求めていたのだから。

「そうよ、スカイ……わたしたちは愛し合ってる。夢の中でも、こうして快楽を求め合ってるの。でも時々、どっちがリアルなのか……君と一緒に暑い砂浜を歩いたり、黒猫……そう、君はいつも黒猫と戯れて、とても無邪気に笑って――」

どういうことだ。わたしは驚いて飛び起きた、つもりだったが、自分が思っているよりも躰は軽々と起き上がれず、まるで磁石のようなマットレスに引き寄せられるようにして、仰向けに転がった。そうして、わたしの視界にグレタの姿が飛び込んできた。声も出せず、わたしはあまりの驚きに心臓が飛び跳ねそうだった。

グレタは、わたしとルシアのいるガラス壁に手をついて、涙を流している。唇を強く噛みしめて、浮遊する海堂の中で哀しみと憤りに満ちた眼差しを、わたしたちに向けていた。

「見つけたようね」

ルシアは無表情に立ち上がり、回転式の扉を開けた。躰が重く、思うように動かせないわたしと違い、彼女は躍動的に見える。なぜ、グレタをこの内部に招き入れるのか、いや、いつからグレタはわたしたちの交わりを見ていたのか、それよりも、こんな弛緩した姿を曝け出している恥ずかしさ……。わたしは混乱し、定まらない思考の中で、二人の女性体を見守った。

マットレスが敷かれた内部に入るなり、グレタはルシアの顔に平手打ちをした。すぐさまルシアもやり返す。ピシャ、という乾いた音が、続けて二回響いた。見つめ合う二人の表情は対照的だった。憎しみをあらわに睨むグレタと違い、ルシアには表情がない。震える唇を噛みしめ、声を出せずにいるグレタをただ冷静に見つめている。

「グレタ、わたしが憎い?」

その冷たく感情のない声に、さらに怒りの火を煽られる。グレタはまたも手を振り上げたが、打撃を起こす寸前でルシアにその手首を掴まれた。捻り上げられたうえに突き飛ばされ、呆気なくマットレスの上に投げ出された。その直後、グレタはルシアに乱暴に抱きしめられ、唇を強く押しつけられた。グレタの中の憎しみが、一瞬行き着く先を見失ったかのように混乱したようだった。

ルシアは、涙で濡れたグレタの頬に触れた。

「でも、わたしは君が好きだよ。君を守れるのは、わたしだけ。わたしは君を、馬鹿で低俗な女性体のようにはさせない」

その言葉の意味を、グレタが理解したとは思えない。グレタはすぐに顔を背けた。

「わたし……いったいどうしちゃったんだろ……」

涙が後から後から溢れ出る。瞬きを繰り返し、首を何度も振り、呼吸を整えようと努める。彼女の中の感情的なロジックは入り乱れ、彼女自身、理解できずにいるようだった。ルシアが優しく言う。

「君だってわかっているはず。男性体はみんな、馬鹿みたいにムベグを出したがってるだけ。それは身体的生理現象よね？　どうせひとりの女性体では満足しないんだ。いちいち愛情をもってヘヴンをしているわけじゃない。だけど、わたしとスカイは違う。愛し合っているけれど、精神的な繋がりも共有してるの」

精神的繋がり。

わたしは躰を横たえたまま、ルシアの言葉を聞いていた。こちらに背を向け、グレタに向かって言っているものの、それはわたしに対しての言葉のように感じた。それなのにわたしは、蚊帳の外に置かれている。

「愛し合ってる……？」

グレタの顔が苦痛に歪み、狂おしい眼差しをわたしに向けた。そんな顔で見ないでほしい。わたしは羞恥心やいたたまれない思いで、すぐにここから逃げ出したかった。だが躰は気怠さを通り越して、まったく動けない。まさかとは思うが、体力を奪うほどの大量のムベグを吐き出したことが原因なのだろうか。

「わたしもスカイを愛してる……ううん、愛し合ってるのよ。だって、あんなにたくさんディープムベグを与えてくれたのよ……！」

グレタは混乱する頭で、自分を納得させようとしているかのようだった。ルシアは冷たく、首を横に振る。

「哀れな人。以前のわたしも、今の君のように、精神がおかしくなっていった。だから、ディープムベグは危険だと忠告したのに」

力なくマットにくずおれようとするグレタを、ルシアは抱き寄せた。拒絶することもなく、むしろ救いを求めるかのように、グレタは裸のルシアにしがみつく。

「泣かないで、グレタ。さっき、君を守れるのはわたしだけと言ったのは、君の気持ちがよく理解できるから。わたしも同じだった。苦しくて、ラフレシアが心の底から憎くて……わたしのほうが、スカイと愛し合っているのに」

ラフレシア。

「ルシア……その、ラフレシアって……?」

わたしがやっとの思いで発した声は、力なくかすれていた。ルシアはグレタを抱きしめたまま、わたしに冷たい眼差しを向けた。

「君のムベグを吸い続けるだけの不気味な存在じゃないの。女性体の形をした醜い花。何のワークもせずに、ずっと眠り続ける人形のくせに……。ただ君と同じシェアルームにいるというだけで、ディープムベグを与えられ続けるなんて」

同じシェアルーム。一瞬、セマの顔が浮かんだが、彼は男性体だ。そして、もうひとつの部屋も……。

「なに、言って……アスィリは男性――」

「その名前を言わないで！」

ルシアは無造作にグレタを離すと、俊敏にわたしに飛びついてきた。前世紀の野生の豹のようにしなやかで、それでいて凄まじい勢いだった。そしてすでにマットレスに仰向けになっているわたしの上に馬乗りになった。

わたしとルシアは、まだ裸である。端から見ればヘヴンの最中に見えるかもしれない。もっともそんな甘い雰囲気でないことくらい、この中にいる三人はよく理解していたし、ルシアの激昂した顔に、わたしもグレタも声も出せなかった。

「わたしにはわかった……！　君が、あんな人形に愛のあるディープムベグを与えたことを……しかもあの人形も、眠ったままのくせに、君を愛しているんだ……！」

ルシアはわたしの頬を、思い切り平手打ちした。驚きと激痛に、思考回路が止まる。恐怖で目を閉じたものの、彼女の怒りの形相は瞼の中に焼きついた。殴打は続いた。何度も何度も頬を叩かれ、一瞬の間の後、唇が塞がれた。彼女の柔らかな唇だと認識するのと同時に、それは牙という凶器となった。

「うっ……！」

飛び上がるほどの激痛だった。わたしの重い躰は即座にルシアを払いのけ、一番痛みが集中する口に手を当てた。血の味がする。これが、わたしの血。わたしは茫然と、手についた赤い血を見つめた。茫然と、というよりも、頭がぼんやりとしてきた。

「あぁスカイ、ごめんなさい。君を傷つけてしまうなんて……わたしはなんてことしてしまったの。もう二度と、こんなことしないわ」

瞬時に人格が切り替わったかのようだ。さっきまでの凄まじさは消え、まるで別人かと思えるほどの憂いの瞳で、ルシアはわたしの傷ついた唇に指で触れた。静電気のように痛みが走る。彼女はグレタと違い、簡単に涙を流すことはないようだ。だがわたしを見つめる瞳には、心底から哀しみ懺悔している色があらわとなっている。もはや恐怖は薄れ、ただ混乱しか残らない。そうして切り替わった人格をぼんやりと捉えていた視界の端に、何かが映っていることに気づく。

ルシアとグレタが背を向けている先の、特殊ガラスの外側の岩の上に足を広げて座っているオルグ。膝の上で頬杖をつき、笑ってわたしを見ている。それはまるで、前世紀の曲芸の見世物を見ているかのようだ。

カリフ。

いや、そうじゃない。これは幻覚だ。彼の姿を借りた、もうひとりのわたし自身なのだ。わたしは頭の片隅で、今自分の身に起きているこの光景を、客観的に傍観している。

切れた上唇の端に、ルシアの唇が吸いついた。一瞬の鈍い痛みさえも、虚ろな靄の中に消えていく。さっきは凶器となった唇は、傷口を癒そうと血を吸い、舌で優しく撫でる。わたしの意識はいつでも凶器となりうるものの中で快楽を得る。

「そう、わたしはもう、心を乱すことはないのよ」ルシアはわたしの唇に舌を這わせながら、静かに言った。「……君を惑わすラフレシアはもう、この世にいないのだもの。……わたしが、殺したから」

わたしの意識は、暗闇に落ちた。

三

その音が波の擬似音だと認識すると、すべてのものに憮然とした憤りを感じる。何もかも嘘だ。偽りだ。今までこんなことを感じたことはあっただろうか。

わたしは目を開く。この眩しい蒼い空だって、偽善を装っているだけだ。躰に張りついた砂も、上体を起こすと、さらさらと素肌から舞い落ちる。目の前に広がる立体映像の海を、わたしはぼんやりと眺めた。周囲には誰もいない。ただ規則正しい波の音だけが、虚しく響き渡っていた。

そして、どうにも無視できないほどの顔の痛みに、両手を頬にあてた。熱をもって、ひどく腫れ上がっている。上唇もジンジンとした痛みが疼き、舌で舐めるとひどく沁みた。

「くっ……くっ……！」

押し殺した笑い声に、わたしは慌てて周りを見回した。背後の木陰に、ウォーターパック片手に膝を抱えて座っているカリフの姿が目に飛び込んできた。

「カリフ?!」

彼は堪えきれないといった様子で噴き出すと、辺りに響き渡るほどの大きな声で笑い転げた。いったい、何がどうなっているのか。わたしは混乱した頭の中で、徐々にルシアとのヘヴンや、グレタが現れてからの出来事を思い出した。この頬と唇の痛みの理由など、思い出したくはなかったのだが。頭の中の映像に現実さが増して鮮明になると、ようやくわたしはカリフの姿が幻覚ではなかったことを理解した。あの時の彼は、見世物の曲芸を愉しんでいるというよりは、嘲笑っていたのだ。

「そうやってボクを恥さらしにして、何が愉しいんだよ……！」わたしは憤りを抑えることができなかった。

カリフは一瞬、不思議そうな顔をしたものの、まだ笑いを含んだまま肩をすくめた。

「なに怒ってるんだ？　お前をここまで運んでやったのは俺だぞ。感謝くらいしろよ」

「運んだって……」

そういえば、ルシアとグレタの姿がない。海のほうを見やるわたしを察して、カリフは言った。

「あの二人ならワークに戻ったぜ。気を失ったお前からなかなか離れないから、少々汚い言葉を使っちまったが、ま、俺が怒鳴ったところでルシアはビクともしなかったがな。グレタは余計にビービー泣き出してさ、面倒くさいったらないね」

「い、いつから見てたんだよ。もしかして、ルシアとのヘヴンも……」

「まさか、今さら恥ずかしがってんの？　管理局にさんざん監察されてるくせに？」

カリフはニヤリと笑った。「残念だが、はっきりとは見てない。グレタよりも少し離れた場所にいたからな。でも、鬱陶しいくらいに、お前らの声は聞こえてたぜ」

顔がカーッと熱くなるのを感じた。考えてみれば、このところのわたしは監視カメラのことをまったく気にしていなかった。いや、もともと監察されることが当たり前に思っていたような節もある。とはいえ、同じオルグに見られるのは恥辱以外の何ものでもない。

「だいたい、助けてくれるなら、もっと早く――」

「どう助けりゃいいんだ？　俺は、ルシアはやめとけ、って言ったよな？」

顔は笑っているが、カリフの目の鋭さに苛立ちが見て取れる。わたしの口はまごつく。

「そうだけど……その、でも、ボクとルシアは愛し合ってるんだ」

「あ？」

「今さら、君とルシアの関係を知る必要はないけど……でももし、事前に知っていたとしても、遅かれ早かれ、ボクと彼女は――」

「お前、何言ってるんだ？」

「いや、そもそも、君が約束をすっぽかしたからいけないんじゃないか。君はあの日、ここに来なかった。でも、もしかしたら深い眠りに落ちたのかもしれないって思って」

「俺は、眠りに落ちたことはない」

やっぱり、そうだ。しかし、本人がそう思っていても、実際は何日も眠りに落ちている場合もある。まさかそれが、わたしのほうだったとは、この時初めて知らされる。

「あの日来なかったのは、お前のほうだ。お前が眠りに落ちていたんだよ」

わたしは、言葉を失った。カリフの顔にはもう、笑みの片鱗も残ってはいなかった。

「とにかく、早く服を着ろよ」

わたしは裸のままでいることに、違和感を覚えなくなってしまったようだ。


「ひどい顔してんな」

カリフは鼻で笑って、わたしを横目で見ている。他人事のような言い方に苛立ちを感じたものの、彼が「自業自得だ」と言わなかっただけマシかもしれない。少しは気を遣っているのだろうか。正直腑に落ちないところは多いが、彼の助言を無視した結果と言えなくもない。彼から手渡された冷たいウォーターパックを頬に当てながら、もしかしたらわたしのために、これを用意してくれたかもしれない、と思った。

わたしはどれくらいの時間、気を失っていたのだろう。空はまだ蒼さを残し、照りつける眩しさは落ち着いている。今は午後の三時か四時頃だろうか。

　すでにオルグの制服を身にまとったわたしは、砂浜や海を見渡せる樹木の茂った場所で、カリフと並んで座っている。彼は大木を背もたれにして、立てた片膝に腕を置いて、相変わらず小馬鹿にしたような笑みをわたしに向けているが、以前と変わらぬ主従関係に近い立ち位置に、幾分、安堵している自分がいる。それでも、カリフがなんとなくやつれたように見えることが、少しだけ気になった。

「ボクが眠りに落ちていたのは一日なんだよね？　でもその後、カリフはワークフロアに来なかった。いったい、どこにいたの？」

　わたしの問いかけに、彼は苦笑した。

「ボク、ねぇ……」

「え？」

「別の施設だ」

「別って——」

「そんなことより、俺はムカついてるんだ、お前に」

　わたしは口をつぐんだ。彼の怒りの発端がわたしにあることは、もちろん理解している。

「たしかに、お前が眠っちまったのは想定外だったし……俺も、もっと早くディープムベグの使い方を教えてやればよかったと思ってるよ」

わたしは少しだけ、警戒心を抱いた。彼が気遣いのある言葉を言うことはめったにない。もちろん長いつき合いの中で、これまでも彼がその時々のわたしへの配慮を見せることはあったのだが、それは後になって気づくことが多い。さっきのウォーターパックのように。

「発情した男性体の中でも、ディープムベグを出せるのはほんのわずかだ。その中でもお前のは、とくに濃度が濃い。体質によっては濃度の変化を感じないようだが、それでもたいていの女性体の躰は、またお前のディープムベグを取り入れようとする。グレタは勘違いしてるようだが、ムベグの濃度が濃くなっていくのに丸一日もいらない。興奮しなくても、半日もあれば十分につくられる。とくに我慢すればするほど、すぐに濃くなっていくんだ」

わたしの脳裏に、ルシアとのヘヴンがよみがえった。彼女はたしか、わたしが吐き出そうとするのを止めた。それはつまり、より深いディープムベグを得るため……。

「どうして、君もルシアも、ボクの知らないことを知っているの？　ボクの躰のことなのに」

「ただ忘れてるだけだ。簡単に言っちまえば、俺の知ってることは、お前が知ってることだけだ」

また嘘をつく。彼はわたし以上に知識があるくせに。彼は続けて言った。

「ったく、またあの女に腑抜けにされやがって。いい加減、懲りろよ。グレタが現れなきゃ、お前はすっかり洗脳されてたんだぞ」

「……ちょっと待って。まさか、君がグレタを差し向けたの？」

「差し向けた？　なんで俺がそんな面倒くせぇことするんだよ。ま、グレタが海のエリアをウロウロしてるのは隠れて見てたからな。お前らを捜してるんだろうとは察してた。あいつ、誰かから聞いたのか、このエリアだけを限定して捜してたような気がするんだよな」

わたしは咄嗟に、ルシアがグレタを呼び出すタイミングがあるとするなら、三階培養室を出る直前だろう、と考えてしまった。たいていは、自分のワーク現場にＬＣＤを置くもので、短い時間の中でヴォイスレターを送ることは簡単だ。

わたしの表情を読み解いたのか、カリフは小馬鹿にするように鼻で笑った。

「お前が今、想像した通りだと思うぜ。もうわかっただろ？　暴力的で、他人を自分の思い通りに操ろうとする女性体。あいつ、アスィリという名前を封印して、ラフレシアなんて呼びやがった。なぁ、ラフレシアってのは、他の植物から養分を吸い取って生きる寄生植物って知ってるか？　葉も茎もなくて、花しかない。植物にとって花は生殖器だ。要するに、生殖器だけで生きてるってことだ。その花の色も毒々しい赤で、動物の糞のような悪臭を放つ。糞が大好物な虫を騙して受粉させるんだよ。もしかして、アスィリをラフレシアに喩えたってことは、その悪臭につられたお前は虫ってことだよな？　お前、本当にルシアを愛してると思ってるのか？」

「ボクは……」

わたしは結局のところ、愛というものがよくわからない。目を閉じると、無防備に晒された妖艶な姿のルシアがよみがえる。表面的な美しさだけではない。知的な気高さをまとい、氷のように冷たいフォルムの中に、狂おしいほどの情熱を秘めているように感じる。好奇心をくすぐられる存在なのだ。そして、彼女はわたしを理解してくれている。きっと、わたしの過ちを許し続けたうえでの、深い結びつきがあるような気がした。いや、もっと言えば、わたしとルシアの結びつきは、この世界に留まらない。わたしたちは同じ夢の世界で繋がり続ける存在であり、互いに必要な存在なのだ。だが、脳裏に焼きついている、わたしへの愛情深い眼差しが一変して狂気に満ちると、傷ついた顔は再び痛みを訴え始めた。躰が緊張した。

息を整えて、わたしはなんとか冷静になろうとした。「ルシアとのヘヴンは、他の女性体とはまったく違った。あんな快楽は、きっと愛がなければ得られない。ボクは彼女を愛していた記憶を失ってしまったから――」

「馬鹿げてる。そんなもん愛じゃない。ただ快楽に溺れてるだけだ」

「君だって、ルシアとヘヴンをしてるんだろ？　だったら――」

「俺は、ヘヴンはしない」

なぜ、この期に及んでまだ嘘をつくのだ。わたしの苛立ちを見て取ったカリフが、一瞬、冷たい眼差しを向けてきた気がした。彼は続けて言った。

「俺の躰はそういう風につくられていないが、お前と同じ快楽は得てる。だが、もし愛なんて幻想を抱くとしたら、その相手はルシアじゃない。俺もお前も、ずっと愛してきたのはアスィリだけだ」

カリフは頭がどうかしてしまったのではないか。わたしは苛立ちが隠せなかった。

「君は前にもおかしなことを言っていたよね？　どうして男性体のアスィリに対して性欲求が起こるんだよ」

「アスィリは女性体だろ。お前はずっと彼女を愛していたんだ。その彼女を、ルシアに殺されたんだぞ」

殺された……。そうだ。ラフレシアはもうこの世にいない。殺したから、とルシアは言っていた。

本当に、そんな恐ろしいことをしたのだろうか。ルシアがそんなことをするわけがない、という根拠を、わたしは一切持ち合わせていない。わたしは彼女のことを何も知らないことに気づいた。わたしを惑わしていたのはラフレシアではなく、美しい花のルシアだったのだろうか。超自我の鎧に嵌め込まれたオルグの本質など、簡単に見破ることなどできない。だがそもそも、そんなに簡単に人は死ぬのだろうか。殺されるということは、死ぬこと、人の寿命が終わるということだ。これまでわたしの周囲で、死んだ者はいない。オルグも管理局員もリライブルも、ずっと同じ顔ぶれだ。

いや、とわたしの思考は止まる。いや、本当にそうだろうか。顔も名前も思い出せない何人ものオルグ。彼らは本当に、深い眠りに落ちているだけなのだろうか。そもそも、管理局がいちいち誰かの状態を報告したりはしない。皆、それぞれに勝手に思い込んでいるだけだ。そして、顔の見分けがつかない管理局員。立場だけははっきりとしているのに、彼ら個々の存在はあやふやだ。

「俺は、アスィリのことを思い出せと、お前に言ったよな？　だがお前はこの数日、あえて彼女のことを頭から閉め出してきたんじゃないのか？」

図星だった。

ヘヴンに目覚めてからというもの、アスィリのことを考えないようにしてきた。なぜそうしたのか、自分のことなのに、自分の行動が理解できない。反論する言葉も思いつかないわたしに、カリフは低い声で続けた。

「教えてやるよ。答えは簡単だ。お前の本能と管理局の意向が合致した結果だ」

「ボクの本能……管理局の意向……？」

「アスィリの存在が、お前の発情を抑制してしまう、と本能が悟ったとしたら？　正確には、彼女の存在は発情には不可欠だが、その矛先を別の女性体に向けさせるのが管理局の狙いだ。お前の深層意識では、本当に求めているアスィリが、すでにこの世界にいないことを知っている。だから、発情を拒もうとする心理が働く。だが本能は違う。受精しやすいディープムベグをより多くの女性体に与え、より多くの遺伝子を残そうとする。管理局はその本能を利用して、お前の記憶を操作し、アスィリをまだ存在しているように見せかけた。発情させられれば、あとはお前が勝手に動く。実験は成功だ」

「いったいどういうことなの……だってアスィリは、長い眠りに落ちたままで……」

「本当か？　お前、眠ってる彼女を見たのか？」カリフはわたしの目をじっと見据え、顔を近づけてきた。「お前、アスィリの顔を覚えているのか？」

頭の中が真っ白になった。心拍数が上がり、息苦しくなっていく。

わたしの記憶には、幼い頃のカリフとアスィリが存在している。いつも施設内を三人で行動していた。それなのに、アスィリの顔はおろか、性格や雰囲気さえも思い出せない。そう、わたしはそのことに気づいてからというもの、彼、いや彼女のことを思い出すことが怖かった。

「そのうやむやなアスィリ像は、つくられたものだ。覚えていなくて当然だ」

胸の心音が、カリフにも聞こえるほどに大きく高鳴った。全身が固まって、頭も口も、うまく動かせない。どうして、そんなこと……。わたしの思考は、ずっと同じ言葉を繰り返す。

カリフはさらに、わたしに顔を近づけた。凜々しい顔を間近に捉え、澄んだ瞳に吸い込まれそうになる。彼の顔は、憂いの色を滲ませていた。

「オルグは実験対象者でしかないんだ。奴らにとってアスィリは、お前の子を産ませる道具でしかない」

「子……？」

「そうだ。お前の子を、アスィリは何人も産んでいるんだ」

考えれば考えるほど、頭が真っ白になる。全身や脳までも凝り固まって、わたしにはもともと思惟力というものがないかのように、いつものように思考が停止していた。

カリフの言葉が、わたしの頭の中でグルグルと回り、木霊のように反響する。時々瞬きをするのだが、カリフの瞳からほんの一瞬でも逃れたくないほどに、その憂いの海に自ら囚われていた。

「お前が初めてヘヴンを共有した女性体は、アスィリだ。アスィリも同じ、初めての男性体がスカイだった。眠ったままの彼女に温もりと快楽を与えるのはお前しかいない。もっともそれは、管理局によって仕組まれたものだったがな。正確にいえば、彼女は、本当は深い眠りに落ちていなかった。お前は一度だけ、彼女と会話をしているんだよ。どうして眠ったような状態になったのかはわからないが、彼女はずっと、お前を見ていた。そして眠って目覚めた時に、お前たちの中に深い愛情が芽生えた。お前は、ルシアとの愛のあるヘヴンにのめり込んじまったが、その前に、アスィリとも同じ快楽を得ていたんだ。さっきのルシアの躰から出たもの、あのシリムを出せるのは、彼女とアスィリしかいない。ディープムベグと混合されると、ものすごい快楽と同時に副作用も起こる。それが幻覚だ。その深い快楽を得るには、ディープムベグとシリムが混ざらないと発生しないようだが、どうやら女性体からシリムを出させるためには愛情という面倒くさい感情も必要なようだ。今さら、お前のルシアに対する愛を否定する気はないが、彼女はアスィリの代わりにすぎない。アスィリは、お前の子を身籠もるたびに姿を消したからな。たぶん、別棟に移されていたんだろう。今の技術を使ったとしたら、芽生えたばかりの小さな個体をすぐに取り出すことは可能だろうが、なぜか彼女は半年くらい戻ってこなかった。たしかに、資源のない今の世界で、母胎受精が一番手っ取り早いわけだから、ある程度成長するまで母胎に留めておくんだろう。お前はその間、アスィリ以外の女性体をすべて拒んできたから、彼女がいない間、ヘヴンを我慢し続けた。どうも彼女は、身籠もりやすい体質のようだ。部屋のベッドに眠るのは二～三カ月で、その後半年間はいなくなってしまう。その繰り返しだ。そんな時に、お前はルシアと出会った」

　わたしの脳裏に、徐々に波打つ海が色をなしてくる。正確には、偽りの海の映像なのだが、それは曖昧な夢の記憶の蒼さと重なり、勝手に偽造されてしまう。砂浜を歩くわたしの前に現れた女性体……たしか隣のシェアルームの、ルシア……。シュロの木の下で、彼女は美しい素肌を曝け出した……。ぼんやりとした記憶の映像はあまりに断片的で、話の辻褄が合わない。

「結局のところ、お前の欲望を開花させたのがルシア、ってことになるんだろうな。いくらアスィリを愛していたって、眠ったままの彼女よりも、互いの快楽を確認し合うほうが気持ちがいい。それに、ルシアの躰は特殊だ。お前はルシアとのヘヴンに嵌まっちまったんだ。そうなったら最後、ルシアがあの幻覚による快楽を知ったらもう、お前を誰にも渡したくない。お前を束縛するようになった。お前はお前で、あの女によって欲望が開花されちまったからな、他の女性体の合図を受けるようになっちまった。だがお前ときたら、ことヘヴンに関してはまったくの無防備だった。オルグってのは他人に無関心な一方で、心証を悪くするような言葉を慎んだり、表面的なコミュニケーション能力を植えつけられている。お前だって普段は、他のオルグには配慮に長けた態度で接しているんだ。それがヘヴンとなると、本能のままに行動した。アスィリが戻ってくると、お前は彼女に、優先的にディープムベグを与えるようになったんだ。お前、アスィリが何も気づいていなかったとでも思ってるのか？　彼女がどんな気持ちだったか、わかるか？」

「え……」

言葉が出てこない。正直に言ってしまえば、彼の話す内容がわたし自身のことだと頭ではわかっているのだが、どこか現実的ではないような、別の誰かの行いを聞かされているような気分だった。それに加えて、いつもよりも丁寧な話し方のカリフに、ひどく戸惑いを覚えていた。

「俺は……アスィリの最期に関しては、正直腑に落ちないことはあるんだが、それはもしかしたら、いずれわかることかもしれない。とにかく、自分と快楽を共有した後に、隣の部屋で別の女性体と同じことをしてるんだ。彼女は全部見てる。全部知っていたんだ。彼女は眠ったままだが、人形じゃない。お前の子を何人も産んできたんだ。そしてルシアもきっと、ディープムベグを与えてくれなくなったお前に不信感をもつようになった。お前と彼女は互いの部屋を行き来していたから、お前が何度もアスィリの部屋から出てくるところをルシアに見られている。そして、お前とアスィリの愛のあるヘヴンを見ちまった。自分よりも、眠ったままの女性体のほうが愛を勝ち取ってる、と感じたのかもしれない。ルシアにとって、それはひどく許せなかったんじゃないか？　しかもその後、お前は何食わぬ顔でルシアにムベグを与えるんだ。彼女の理性は徐々におかしくなっていった。アスィリがいなくなれば、と思ったに違いない。ルシアを追い詰めたのは、お前なんだ。彼女はアスィリの首を絞めて、殺した」

カリフは哀しそうに、わたしを見つめている。

「いや、お前だけのせいじゃない。俺も、アスィリを救ってやれなかった。眠ったまま涙を流す彼女を、ただ抱きしめてやることしかできなかった。俺は結局、お前から得られる快楽から逃れられなかったんだ」

「どういうこと?」わたしはようやく、声を発することができた。「ボクと君は……」

「さっき、頭を弄られちまった、って言ったけど、お前は自ら望んで記憶を消した」

「え?」

「耐えられなかったんだよ、アスィリがこの世界にいない事実が。管理局としても、お前は大事な監察対象だ。とくにオルグを生み出せるのはお前しかいない。お前は、他のオルグとは違うんだよ。あのまま精神を病んで発情を拒絶するようになっては困るからな。でも、何事もなかったかのように毎日のワークをこなすお前を見てると、本当に胸くそ悪かった。今だってどうせ、自分のことじゃないと思って聞いていたんだろ?　お前は楽でいい。俺は、すべてを忘れないことで、いつか彼女に報いようと思った。それに、いずれはお前に話してやるつもりだったからな」

「それは、ボクに復讐しようとして」

「違う……！　お前と俺は、同じ魂だからだろ！　なんでこんな当たり前のことも忘れちまうんだよ！」

カリフは声を荒らげた。

同じ魂……いったいどういうことなんだ。

「お前はずっと、この世界に疑問をもってきた。その感覚としての記憶だけは残ってる。思い出せよ。俺たちの記憶は、お前が消す前から操作されている。俺たちの子供の頃の記憶、その中に男性体としてのアスィリが存在しているはずだ。そんなのは嘘だってことは、もうわかってるよな？　だが、肝心なことを思い出せ」

わたしは次の彼の言葉に、息をのんだ。

「俺たちに、子供時代はない」

カリフの言葉が、頭の中で反響している。彼の言ったたくさんの言葉が、ひとかたまりとなってわたしの頭に襲いかかってくる。何を言っているのか理解しているつもりだが、それがうまく咀嚼できない。どうして今日の彼がこんなにも哀しい顔をして、こんなにも苦しそうなのか、不思議に感じている自分も存在する。そして同時に、そんな彼を見ているわたしも苦しかった。

「なぁ、俺は誰だ？」

　突然、思ってもみない問いかけに、わたしはすぐには声が出せなかった。無意識に、忙しなく瞬きをしたかもしれない。そして自信なさげに、当たり前の答えを絞り出した。

「カリフ、だろう？」

「そう……カリフと呼ばれている。俺も、自分をカリフだと思っている。だけど、なぜそう思う？　俺の顔は、ずっと同じか？」

「ずっとって、どういうこと？」

「お前はアスィリの顔を覚えていない。だが存在していたのは事実だ。それはお前の意志もあって消されたわけだが、アスィリは、ずっと同じアスィリだったか？」

「なに、言ってるの……？」

「じゃあ、お前はスカイだ。スカイだと認識している。いったい、その定義は何なんだ？」

「定義……自分を定義づける必要があるの？　いったい、何を言ってるの？」

　カリフは苛立たしげに息を吐き、首を振った。

「俺もさ、自分が何を言ってるかわからない。だから、確かめたいんだよ。これが最後なら……いや、前にも同じことを言ったんだっけ。結局、最期にはならなかったが……もう十分だろ？　もう、十分この世界に貢献してきたし、十分生きた。もう、この偽りの存在を続けることにも疲れた」

わたしの顔を見て、カリフは乾いた笑い声を上げた。

「お前にとっちゃ、まだ二十数年しか生きていない感覚なんだろうな。じゃあ聞くが、俺は、俺たちは、何歳なんだ？　お前は、どれだけ自分のことを知ってるんだ？　知ろうとしたか？　お前は何もわかっちゃいない。この世界がどれだけクズかってことも。無知であることを当たり前に思うな。無知は罪なんだよ」

内なる怒りは、カリフの口から徐々に放たれていく。わたしの目を真っすぐ見ているのに、別の次元に意識を向けているようだった。

「俺たちは、己のことを一番知らない。なぁ、大昔の奴らは、自分の生まれた意味を見つけたがってたんだ。自分がこの世に生まれたのは、こいつと出会うためとか、人々を救うため、仕事で成功するため、とかさ。『運命』ってやつで結論を出したがる。自分の生まれた使命を自分勝手に自己満足して納得するんだ。そんな文献を解読しながら反吐が出そうだったよ。んな阿呆なってな。生命体は男と女が交尾して形が出来上がるんだよ。じゃあなんで交尾する？　遺伝子の記憶さ。遺伝子が、次の遺伝子へと繋げようとするため、絶やさないために無意識的に繁殖欲求に突き動かされるんだよ。なにきれい事を並べ立てて片付けようとしてんだ？　めでたい奴らだぜ。すべてに意味があるんなら、俺たちが生まれてきた理由を教えてくれよ。誰か説明しろよ。

俺たちは、人のもつ本能によって命が与えられたのか？　何のために生み出されて、何のために生かされてるんだ？　誰か、はっきり言ってくれよ……！」

「カリフ」

わたしは、彼の名を呼ぶだけで精一杯だった。カリフの精神が壊れてしまうのではないか、と怖くなった。彼の吐き出す言葉の意味を理解するのに頭が追いつかず、いったい何に対して感情の昂ぶりを起こしたのか、その根源を見つけることができない。だが彼は、自分の名を呼ばれたことで、自我を取り戻したかのようだった。

「悪かった……こんなことを言うために、お前に会いにきたわけじゃなかったんだがな」

カリフはすでに、わたしを見てはいなかった。かりそめの海へと視線を移し、静かに言った。

「愛なんてくだらないと思ってた……でも、これがそうなのかな。俺はあっちの世界に行きたいんだ。その前に、この偽りだらけの世界を終わらせてやる」

わたしはずっと、彼の残像を見つめ続けていた。いつの間にか立ち去った彼の姿を、あの哀しみの瞳を脳裏に焼きつけて、しばらくの間、ひとり砂浜に佇んでいた。

波の音が聞こえる。ザザーザザー。キィーキィーと、ありもしない海鳥の鳴き声が頭上を駆け回る。ザザーザザー、キィーキィー、ザザーキキィーザザーザザー……

規則正しくて、虫酸が走る。

わたしの中のわずかな真実でさえも、音を立てて壊れていく。


日常の中で、こんなに走ったのは初めてかもしれない。

はぁはぁと息を切らして、わたしは廊下から階段を駆け上がった。踊り場に出て、向きを変えて、また駆け上がる。地下一階から三〇階まで、時々手摺りに掴まりながら、わたしは永遠に続くとも思える白い段差をやり過ごしていく。踊り場で方向を変えるたびに、自分がどこに向かっているのかわからなくなってきた。

口と喉が、カラカラに乾いていた。頭に熱をおびて、血がのぼった感じだ。なぜエレベータを使わなかったのか、途中で後悔した。それなのに、躰がフラフラになりながらも階段を上り続けた。自分の部屋に辿り着いた時には、足が重くもつれて、立っているのもやっとなほど平衡感覚を失っていた。咳が止まらない。息が苦しい。躰が熱い。

頭で考えて行動したわけではなかった。こんなこと、初めてだ。いや、本当に初めてなのだろうか？　何かに突き動かされるように、躰が勝手に動く。理屈ではないこと。第六感。本能。遺伝子の記憶……。

咳が治まったところで、わたしはまだ荒い息を吐きながら、アスィリの部屋の前まで進んだ。心の中で、わずかに後ろめたさがわき起こる。この部屋には入ってはいけないという洗脳が、わたしを幾分、躊躇させた。だがわたしは、確かめなくてはならない。そして自分の力で、記憶を取り戻すのだ。それは自分の犯した罪と向き合うことに他ならない。

わたしは覚悟を決めて、ドアノブを掴んだ。それを回そうとした瞬間、わたしの口元に何かが押しつけられた。背後にいる誰かがわたしを羽交い締めにし、その片方の手でわたしの鼻と口を覆い被せるほどの布を押しつけている。微かに、薬品のような臭いがした。この臭いを、わたしはよく知っている。

部屋の中がユラッと大きく揺れて、疲れ切った躰に重力の重しがかかる。ぼんやりとしてくる頭に、背後から伸びる腕に抗う力も抜けて、わたしの足は力なく、床に落ちていった。意識が遠のきながらも、無防備に崩れゆく躰を仰向けに晒す。そして、わたしを嘲笑うような顔で見下ろす顔を見た。

セマ。

彼は床に片膝をつけてしゃがみ込み、堕落したわたしの顔に近づいた。視界が霞んで、狭くなっていく。瞼がひどく重い。自分の唇に人差し指を当てている彼の顔が、かろうじてその狭い視界の中に収まっている。「静かに」という意味だろうか。そんなこと、見ての通り無意味だ。わたしは口を動かすことも、声を発する力もない。

そして彼は小さな声で、本当に聞き取れないほどの囁き声で言った。

「眠ったフリをして」

だから無意味だって、と言いたかった。フリではなくて、わたしは本当に、眠るように気を失った。

第三章

一

ザップーン……ザザー……ザザー……クワォクワォ……ザップーン……ブクブク……

蒼い海。蒼い空。眩しい。照りつける太陽。白い海鳥。旋回して、遠くの山々の頂上に消えていく。深呼吸する。鼻から息を吸って、吐き出す。空気が熱い。熱い砂浜。わたしは、波打ち際にいる。膝を抱えて、座っている。隣の男性体は立てた片足の上で頬杖をついている。白いシャツから出ている、陽に焼けた腕。小麦色の顔がわたしを見つめ、微かに笑みをこぼしている。なぜだろう。懐かしい顔。

その男性体は目を逸らし、後ろを振り返る。女性体の声。よく聞こえなかったけれど、そんな気がした。立ち上がろうとして、何かに気づいたかのように、男性体はわたしに顔を近づける。わたしの鼻に唇が触れた。それから立ち上がって、走り出す。

少し離れた先に、太い椰子科の樹木が数本たっている。その木と木の間につるされたハンモックに横たわる女性体。あれは、いつもわたしが寝そべっているハンモックだ。胸元が開いた白いワンピース姿の女性体は、躰をこちらに向けて、近づいてくる男性体を見ているようだ。ここからでは遠すぎて顔がよく見えない。促された男性体の手を取り、女性体は上体を起こして、もう片方の手で長い髪を掻き上げた。

砂の上に足を下ろす。二人は抱き合う。男性体が首を傾げるように下を向き、女性体が顔を上げる。唇が吸いつき合う。わたしの想像だろうか。見えるはずがないのに、濡れた唇が戯れるさまが、脳裏に映し出される。

海鳥の鳴き声。

わたしは空を見上げる。さっきの鳥たちだろうか。白い羽を広げ、七羽、いや八羽、群れをなして旋回している。眩しさに目を細め、手を翳し、指の隙間からその優雅な動きを見守る。蒼い空に浮かび上がる白いブーメランが、なめらかに滑っていく。行き先を定め、今度は山ではなく、彼方の海の先へと飛んでいく。

どこへ行くの？　戻ってくるの？　なぜかわたしは、そんな愚問を考える。蒼い海、蒼い空、その地平線へと消えていった鳥たちの世界は、わたしの日常よりも広い。わたしなど見えないくらいに、広大で、果てしない世界を目の当たりにしていくのだ。わたしは……今、どこにいるのだ？　わたしは生きているのか？　あぁ、これもまた愚問だ。

ふと、足に何かが触れた。下を向いて、真っ先に飛び込んできたのは、深い蒼。どこかもの悲しげで、でも、すべてを包み込んでくれるような、蒼い瞳。

ニャ〜ォ。

あぁ、ようやく聞けた、君の声。漆黒の毛並みが眩しく感じる。だが、わずかに首を傾げてわたしを見上げる黒猫の口は、閉じたままだ。そうか。さっきの鳴き声は、わたしの口から発したものだったのだ。

わたしはきっと、微笑んでいた。心が温かくて、穏やかな気持ちになった気がしたから。もう一度、猫の鳴き真似をしてみる。ニャーオ。黒猫も一瞬目を瞑り、にゃぁ、と啼いたようだった。耳に聞こえなくても、口がそういう形に開いていた。

このわたしだけの世界では、わたしの見たいもの、わたしの聞きたいものだけが存在する。わたしはこの世界の音を、猫の鳴き声を、本当は知っている。わたしという存在の意味も、本当はすべてを知っているはずだったのだ。

黒猫が、俊敏に顔だけ横を向く。わたしも、その視線の先へと目を向ける。さっきの白いワンピースの女性体が、ハンモックの前で立っていた。きっと、わたしと黒猫を見ている。男性体の姿は消えていた。

女性体が一歩、静かに歩みを始めた。泣いている。頬を伝った涙が雫となって落ちていく。彼女の顔を、ハッキリ見た気がする。わたしも彼女へと足を踏み出そうとするのだけど、なぜか動けない。砂が固まって、わたしの足を固定しているかのように、身動きが取れないのだ。苛立ちながら、わたしは足下を見やり、自分の目を疑った。

わたしの足は、漆黒の毛で覆われていた。砂浜に映る黒い影で、人ではないことはわかる。太陽の位置が高いから、ハッキリとした輪郭はわからないまでも、黒い塊の上に細い尖塔型の影が飛び出している。なるほど、リライブルのアムルが言っていたことは本当かもしれない、と思う。彼は、夢の中の黒猫はわたし自身だと言っていた。わたしが黒猫だったというわけか。

そう結論づけた矢先、わたしはなにかの気配に気づき、顔を上げた。その瞬間、心臓が止まるほどに驚いた。すべてが、一瞬の出来事だった。

深く、蒼く、澄んだ瞳。わたしの目に飛び込んできたものは、黒猫なのか、わたし自身なのか？　すぐ間近に、同じ目線で、瞬きもせずに、わたしを見据える瞳。喜怒哀楽のない、いや、もしかしたらそれらを超えた先の「無」が、そこにあった。

そして、それは言った。

『眠りに落ちているのか？』

「眠りに落ちているのか？」

わたしは、薄暗がりの天井を見ていた。何ひとつ代わり映えのしない、わたしの部屋の天井だが、何かが違う。朝ではない。それと、部屋の扉近くに誰かが立っている。

「はい、彼はいつも目を開けて眠りますからね。朝まで起きることはないでしょう」

セマの声だ。わたしは躰を起こそうとしたものの、そんなことを言われては起きるわけにはいかない。

「本当か？」

重厚な男性体の声が、訝しげな響きを滲ませている。管理局員だろうか。今まで聞いたことがあるような気もするが、声の持ち主が思いつかない。

「……わたしを、疑っているのですか？」

男性体の声色と裏腹に、セマは感情のない落ち着いた口調だ。むしろ、とくに興味のないことをあえて口にしているといった響きがある。「先ほど顔を叩いてみましたが、反応はありませんでした。もう一度試してみましょうか？」

「いや、やめろ。彼が目を開けて眠ることは報告を受けているが、起きているようにしか見えなかったものでね。君を疑っているわけではない。このところ一部のシステムの不具合が続いているから、わたしも少し、疲れているのかもしれんな。復旧作業がうまくいっているのは、君のおかげだ。もちろん、信頼しているよ」

部屋の扉が閉まり、さらに闇が濃くなる。セマはいったい、誰と話をしているのだろう。二人の会話が気になり、今度こそ躰を起こして扉近くに移動しようと思ったのだが、不思議なことに、そんなことをしなくても会話がよく聞こえた。

「まだ監視システムがうまく作動していません。そのせいで、あなた方、管理局のお手を煩わせてしまいました。申し訳ありません」

「君のせいじゃない」

「もう一日あれば、あの部屋のロックも掛かり、施設全体の監視モニターも作動すると思います」

「頼むよ。……それにしても、スカイの記憶は戻ったのだろうか？」

「たぶん、カリフの言葉に惑わされただけでしょう。わたしはむしろ、カリフの精神状態を心配されたほうがいいかと」

「アレはすでに壊れているじゃないか。仕方なく生かしてやっているのは、我ら人類のためだ」

　わたしは、微かに身じろぎをしてしまった。ベッドが大きく軋むほどではなかったが、二人の会話が一瞬途切れたことで、心臓がひどく早鐘を打った。自分の乱れる呼吸がやけに大きく聞こえる。脳波がかなり乱れていることは間違いない。これではリライブルに怪しまれるし、管理局に報告がいくかもしれない。なんとか平常心に戻ろうとしても、そう簡単にはいかないものだ。静かに震える手を動かして、口元へと伸ばそうとした時、今頃になって耳に違和感を覚えた。その手で耳に触れ、何か小さなものが入り込んでいることに気づいた。小型イヤフォンだ。

「……そうですね。あなた方、人類のため」

「いや、言い方が悪かったな。君たちオルグも含めた、全人類という意味だよ」

「カリフもオルグですよ」

男性体の短い息。苦笑しているようだ。

「手厳しいな」

「あなた方管理局はオルグを信用していません。もしかして、リライブルも、ですか？」

「何を言っている？」

「わかっているのですよ。リライブルからのスカイの報告も、あなたはあまり信用されていない。さっきも、スカイが本当に目を開けて眠っているのか、目の当たりにしても半信半疑でした。それに、わたしのことも。監視システムの誤作動を起こさせた犯人はわたしだ、と思っていらっしゃるのでしょう？」

一瞬の間があった。

「そんなことを言っている輩がいることは確かだが、わたしは信じてはいない」

「そうでしょうか？　わたしにスカイを付けたのは監視のためではないのですか？」

「君を監視？　まさか。その逆だということを、君は承知していると思っていたがね。

だからこうして、スカイの行動を逐一報告してくれているのだろう?」

「システムが使えない以上、監視は万全ではない。だから、わたしとスカイ、互いを監視させることにした。もっともスカイは、監視しているつもりはないでしょう。今の彼は素直ですからね。聞かれたことに従順に答えるだけだ。たとえ答えなくても、リライブルの催眠療法で聞き出すこともできる。わたしやカリフのかからない催眠に、彼は簡単にかかってしまうのだから」

くっくっ、と男性体が笑う。「君はさっき、わたしはリライブルも信用していないと言ったばかりじゃないか? その彼らと情報を共有するのかい? まぁしかし、君の妄想もたいしたものだ」

「では、もう少しわたしの妄想におつき合いいただけますか?」

「悪いが、それほどヒマではないのだよ」

「そうですか……それは残念です。ここからが面白いのですが」

男性体は椅子から立ち上がったようだ。キャスターの擦れる音が聞こえた。

「念のため、あの部屋にはアナログ式の鍵を掛けておいた。万が一を備え、扉を開けた時に作動するカムコーダも設置してある」

「カムコーダですか……レトロですね」

セマは笑っているようだ。声は聞こえてこない。

「そんなに可笑しいかね？　あの部屋の中に入った時の彼の表情を捉えるには、監視システム以外の方法では、これが最善策だと思えるがね？」

「いえ、どうしてわたしにそんな重要なことを言うのかと、これも妄想してしまいました。もしかして、アナログ式のセキュリティなど、本当は設置していないのではないですか？」

　男性体の短い息が漏れる。

「……君は、あの長い眠りの後から変わったな。リライブルからの報告では、とくに脳にも異常はなく、何の問題もないはずなんだが。女性体のボディに戻りたいという君の希望は、もうすぐ叶う。それなのに、何が不満なのだ？」

「不満などありませんよ。わたしはただ、この星の行く末を案じているだけです。スカイの遺伝子だけに未来をゆだねることは——」

「その話は聞くまでもない。さっきも言ったが、わたしはヒマではないのでね」

　男性体の足音が遠ざかる。開閉するドア音に、部屋から出て行ったのだとわかった。

しばらくの間、静寂が続いた。セマも部屋から出て行ったのだろうか。わたしは、ずっと耳のイヤフォンを指で押さえていたことに気づいた。躰が凝り固まっている。ほんの五分ほどの出来事だったと思うが、息を潜めている間、とても長く感じた。わたしはゆっくりと、息を吐いた。

「可笑しいな」

その嘲《あざけ》るような声は、突然聞こえた。わたしの躰がギクッと震えた。

「あいつ、わたしのヒントを聞こうともしなかった。信用してないことがあからさまなんだよ。ま、こっちも同じだけどね」

セマの声なのに、まるで別人のような冷たい響きを含んでいる。

「ねぇ、聞こえてるんでしょ？　こうでもしないと、君はすぐに忘れてしまうからね。でも、面白かったでしょう？」

わたしの頭はひどく混乱して、それと同時に、得体の知れない恐怖に躰がガタガタと震えた。ただわかっていることは、この高性能イヤフォンを耳に入れたのは、セマということだけだ。

「ちなみに、さっきここにいた奴は一〇年くらい前まで、ダイニングホールで君と普通に会話をしていた管理局員だよ。彼らはわたしたちオルグと違ってボディの劣化が早いからね。また別の役割が与えられて、今ではオルグが寝静まってからしか表に出ない。とくに君の実験がうまくいってのし上がった奴だからさ。何かあるとすぐに相互確認をしたがる。ま、そんなことどうでもいいか。君がいろんなことを忘れてしまったとしても、わたしたちは、この世界で生きてはいないのだから。カリフなら、こう言うだろうね。こんなクソみたいな世界、ぶっ壊してやる、ってね。ハハハッ…

……！　大丈夫だよ。彼ごときが何もしなくても、この世界はもう、終わりさ」

声がイヤフォンからでなく、近くから聞こえてくる。そのことに気づいた時、闇の天井にセマの顔が現れた。

「報いだよ」

わたしの悲鳴は、声にならなかった。瞬きもできないほどに、躰全体が、雁字搦《がんじがら》めに拘束されたように動けなかった。もしかしたら、呼吸も止まっていたかもしれない。ベッドに横たわるわたしを見下ろしながら、セマの顔が近づく。

「わたしが、怖いんだね？　もう、今までのようにはできないね。君の心を手に入れられなくても、この世界は幻のようなもの。わたしは本当の世界で、君を、彼女の呪縛から解放してあげる」

彼の笑顔が哀しい。笑顔が哀しいなど、感じたのは初めてだった。それ以上に、愛おしげに滲んでいた。ああ、そうだ、いつもそうだったのだ。わたしを見つめる眼差しが、ただ優しいだけではなかったのだ。オルグやリライブルや管理局員、誰にも与えられることのない、温かい、温度のある眼差し。唇が、軽く触れ合った。

「告白するよ。眠っている君に、時々キスをしていた。君の寝顔を見ていると、どうしてか、そうせずにいられなかった。彼女のように、子を産める躰だったらと、何度恨んだかしれない。これが……この気持ちが、愛してるってことなのでしょう？　それを気づかせてくれたこの世界は、無意味ではなかったのか……」

再び、唇が繋がる。今度はさっきよりも長く、強く、押しつけられた。それはわたしにとって、恐怖と混乱、そして好奇心、もしかしたらわずかに心地良さも含んだ、初めて味わう奇妙な感覚だった。

「スカイ……おやすみ」

セマ。

わたしは、深い眠りに落ちた。夢は見なかった。


ひどく耳障りな音で、わたしはベッドから飛び起きた。いったい何の音なのか、理解するまでに数秒かかった。

緊急非常用ベルの音。

避難時のオリエンテーションで聞いたことがある。どこにも避難できる場所などあるわけがないのに。そう口々にオルグが言っているのを横で聞いて、わたしも同じように思ったものだが、きっと彼らもわたしも、オリエンテーション以外で本当にその切羽詰まったベルの音を聞くことになるとは、想像もしていなかった。

カーテンの隙間から差し込む擬似太陽の光で、頭の奥から痛みが表面化した。頭痛の原因を考える間もなく、わたしは自分の部屋から出て、真っ先に隣の扉まで駆け出した。

「アスィリ！　アスィリ！　起きて！」

ドアノブに手を掛けたところで、我に返った。中に入ってはいけない。管理局員から何度も言われていた。だけど……。

その時、部屋の外でざわつく声が聞こえてきた。オルグが騒ぎ出したのだ。非常用ベルは鳴り止まない。わたしは一瞬、セマの部屋の扉を見やったが、彼がこの緊急時に起きないはずはない。このタイミングで深い眠りに落ちていなければいいのだが。

「セマ！　外の様子を見に行ってくるよ！」

廊下に出ると、さらにベルの音が大きくなる。頭の芯にまで響いてきて、こめかみに力が入る。廊下には大勢のオルグが走っていた。わたしが勢いよく部屋を飛び出したせいで、数人のオルグにぶつかってしまったが、彼らは足を止めることなく口々に叫んだ。

「君も、急いで最上階に避難したほうがいい」

「おい、邪魔だ、どけよ……！」

「エレベータがなかなか降りてこないみたいだ。階段を使うしかない」

オルグたちが走る背中の隙間から、エレベータホールに溢れる人集《だか》りが垣間見える。普段はあまり感情的にならないオルグたちが、皆、騒然としている。割り込むなと小競り合いの声まで聞こえてくる。わたしに声を掛けてくれた数人は、苛立たしげに階段へと走って行った。まさか、一六〇階まで上がるつもりだろうか。わたしは躊躇しながら人の波に流されて、窮屈そうなエレベータホールへと近づきつつあった。異様な熱気が充満している。あの塊の中に入ることに、ひどく拒絶感がわき上がる。どのみち、エレベータには乗れないのだ。乗ったところで、何から避難しようとしているのか。わたしはなんとか廊下の壁際に寄り、その場に踏み留まった。その時、誰かの叫び声が響き渡った。

「おい！　誰かが外界に出たみたいだぞ！　外を見てみろ！」

場内は、さらにパニック状態となった。怒号や悲鳴が非常用ベルの音と重なって不協和音を生み出し、不快な旋律の音量を上げた。

「そんな馬鹿な！」

「嘘だろっ……！　なんだって外界なんかに……?!」

「どうやって出たっていうんだ！」

「助けて！　助けて！　汚染される！」

「ボクたち、どうなっちゃうの?!」

「……っ、痛いな！　暴れるなよ！」

さまざまな声やら言葉にならない悲鳴やらが飛び交う。廊下にいるオルグも加わり、さらに身動きが取れない状態でエレベータホールの両側の窓へと重心が分かれる。他人の躰に勝手によじ登り、肩から肩へと移動して窓に辿り着く者もいた。

「おい、こっちだ！　こっちの窓の外を見てみろ！」

「なんだ?!　何かが飛んでるぞ！」

エレベータを前方に、今度は右側の窓へと、グレーの塊が圧縮する勢いで動く。痛い、苦しい、という悲鳴とともに、数人が上に飛び出す。もともと彼らは、そんな横着をするような人格ではないはずだった。同胞を踏みつけにして肩や頭を蹴りながら移動し、右側の窓へとたかっていく。ひとりがやれば、何人かが真似をする。悪いことではない。悪いのは、最初にやった奴だ。そう言い訳ができるからだろうか。それとも、本能が一瞬のうちに理性の殻を破り、危機的状況から回避しようとしているのか。そこには他者への配慮などない。自己の存在のみを存続させるためだけに、突発的に膨大なエネルギーが生まれる。彼らも、オルグもやはり人間なのだ。

わたしはこんな状況の中、自分が徐々に冷静になっていくのを感じた。理性を失ったオルグを、冷ややかに見つめている自分がいる。それでも彼らと同じ「そこにあってはならないもの」への興味はあった。いったい何が飛んでいるのか。外界に出ることは不可能である。窓は自由に開閉できるような仕組みにはなっておらず、もちろん隙間もなく、ガラスの端は壁に埋め込まれている。強化ガラスのため、割ることもできない。もっとも、かなり硬度な物質により衝撃を与えた場合はわからないが。

それ以上にわたしは、このパニックを引き起こした声、誰かが外界に出たと叫んだ声が、妙に気になっていた。わたしの後方から聞こえたような気がした。後ろを振り返り、自分でも心のどこかで勘づいていたのか、多少の驚きはあったものの、疑問のほうが大きくわき上がった。

「セマ」

彼は笑っていた。

そうだ。彼はもう、わたしの知っているセマではない。わたしが近づこうとする前に、ちょうどわたしたちのシェアルームの前に立っていた彼は、俊敏に中に入った。君も入って来いよ、と促されているような気がした。エレベータホールは騒然としたまま、何が飛んでいるのか確かめようと窓全体にオルグが群がっている。わたしがあの窓から外を見ることは不可能だ。

わたしはシェアルームに入り、静かに扉を閉めた。念のため、アナログ式の施錠もした。セマはダイニングルームの窓際のキャストに軽く座って、窓の外を眺めていた。無表情な彼の横顔からは、その心情を読み解くことはできない。

「誰かが外界に出たって……どうして、あんなこと言ったの?」

わたしの声は、少し上擦っていた。怒りを感じているのか、気持ちが昂ぶっているのか、いや、恐怖を感じているのかもしれない。セマが、怖かったのだ。

「わたしが嘘を言っていると？」彼はわずかに口角を上げて、わたしへと顔を向けた。

「何が……飛んでいるの？」

「自分の目で――」

確かめてみればいい。そう言い終わらないうちに、扉前に立っていたわたしの耳に、室外のオルグの叫びが入ってきた。セマにも聞こえたようだ。それにより、セマの言葉の先にある答えを簡単に得てしまった。

「カリフ……?!　あれは、カリフじゃないか?!」

わたしはセマのいる窓辺に走った。ガラスに手をつけて、何の施設かはわからない目の前の別棟を見る。わたしと同じように、窓に顔をつけている何人かの人たちが小さく見える。上から下へ、どの階も同じような窓が続くだけだ。その棟とコリドーで繋がっている右前方の棟は、さすがにわたしの視力でもはっきりとはその服の色まで見えないまでも、人のような影が動いている様子が垣間見える。左前方は、目の前の棟の端から、遠くの濁った海と、くすんだ灰色の空が見える。

空。空に何か浮遊している。

「あれは、エアースイムというひとり用の乗り物だよ」セマが言う。

白い楕円型の物体が、クネクネと空中を走る。時々、急降下したかと思うと、また上昇し、こちらに近づいてはまた遠のく。わたしは目を細めて、その物体を凝視した。主翼やラダーのようなものはついていない。白いヒュースレージの下に黒っぽいランディングギアのような突起物が見える。カプセル型というべきか、湾曲したヒュースレージの上部半分はガラス製のような透明な素材で、人の存在が遠目に見ても確認できた。どのような仕組みで飛行しているのかはわからないが、前世紀の乗り物とは少し違うようだった。再度、こちらに近づいた時、必死な形相のカリフの顔をはっきりと見た。思うように飛行できないのか、操縦桿を持つ手が慌ただしく動いている。

「カリフ!」わたしは、ビクともしない窓を思い切り叩いた。もちろん、彼がわたしに気づくはずもない。「カリフ……何やってるんだよ!」

「エアースイムは擬似太陽や、建物全体に異常がないかを確認するための技術者の乗り物なんだよ」セマは、いつもの穏やかな声色で言う。「普段はわたしたちの目の届かない、立ち入り禁止区域に保管してある。管理局員であっても、ごく一部の資格者しか使用を認められていない」

「そんなこと、どうだっていいよ……!」

わたしは、セマの襟を掴んでいた。いつの間にか、非常用ベルの音は消えていた。

「どうしてカリフがあんなことをしているのか、君は知っているんだろっ?!」

セマは表情を崩さないどころか、幾分愉しそうでもあった。

「君は、理由を知りたいのかい？」

「理由?!　何言って……知っていたのなら、なんで止めないいんだよ！　カリフが死んでしまう！」

「それが彼の望みなのに？」

「死ぬことが望み?!　そんなこと、あるわけない！」

「苦しいよ。放してくれないか？」

わたしの手は震えていた。力強く掴んでいたセマの制服の襟を乱暴に放すと、形状記憶スーツのため一瞬のシワもすぐに消えたが、引っ張った拍子にファスナーが胸元まで下りたのか、彼のほっそりとした素肌があらわとなっていた。

言葉とは裏腹に、彼はまったく苦しそうではなく、真っすぐわたしを見据えている。

「君は本当に脳天気で、愚か者だね。どうして彼が死のうとしているのか、君はすべてを知っているはずなのに。どうして君は、何も見ようとしないの？」

セマの言葉が頭の中に流れ込んでくる。どうして、どうして、どうして……わたしは、何も知らないのだ。そして、何も知らないわたしを、どうしてカリフもセマも責めるのだ。

いや……そうだ、わたしは、自らの意思で手放した記憶を取り戻そうと、アスィリの部屋に入ろうとしたではないか。その記憶の中に、カリフのこの行動と結びつく答えがあるというのだろうか。

操縦に慣れたのか、エアースイムは建物の間をなめらかに横切っていた。そして突然、上部のガラス部分が降りて、ヒュースレージの中に収まった。カリフが、外気に晒されている。わたしはまた、窓ガラスを叩こうとしたが、なぜか手に力が入らなかった。

これが、彼の望みだというのか。

「カリフ……!」

彼はゆっくりと立ち上がり、深呼吸をした。清々しい顔だった。その顔が、わたしのほうを向く。あぁなんて、凛々しい顔なのだ。笑みをこぼしている。わたしの胸が熱く疼き、彼と同じように、笑みを滲ませている自分がわかる。わたしもきっと、外の世界に行ってみたいと思っている。本当は、彼と同じ気持ちのはずなのだ。

彼は、汚染された海に落ちていった。

わたしは、呼吸をすることも瞬きも忘れてしまった。ただ、立っていた。今見たものが本当に現実に起こったことなのか、理解することができなかった。

「哀しいの?」

セマが、わたしの後ろから抱きついてきた。腹から胸へと、彼の手が這っていく。

「彼は、この偽りの生を終わらせたんだ。また躰を弄られて、蘇生させられるのは、まっぴらごめんだからね。わたしだって――」

彼の腕を力一杯振りほどいて、わたしは数歩離れた。

「君はいったい……何者なんだ？」

一瞬、驚いた顔を見せたセマは、すぐに肩をすくめて苦笑した。

「またか……。君は、以前もわたしにそう尋ねたね？」

「以前？」

「わたしの躰を弄んでおきながら、最後に、君は誰だ、と言った。本当にヒドイ男だ。君はわたしの、初めての人なのに」

セマはすでに、わたしの知っているセマではない。彼の言葉など、うのみにしてはいけない。

「そんなこと……たしかにボクは発情しているが、いくらなんでも――」

「もっとも、その頃のわたしは女性体だったからね」彼は、ここにはいないオルグの部屋へと視線を向けた。「その部屋が、わたしの私室だった」

なぜ彼はそんな嘘をつくのだ。嫌悪感を抑えながら、わたしは、わたしの知る事実を告げる。

「そこは、アスィリの部屋だ」

「そう、呼ばれていたこともある」セマは哀しそうに微笑んだ。「ごめんね。そんなにガッカリしないで」

何もかもが普通の概念では理解できない。形而上のものも通さない。きっとわたしごときが簡単に理解できるような次元の話ではないのだ。もう、考えることをやめたかった。カリフが汚染された海へと落ちた理由も、知りたくはない。哀しみ、混乱、疑問、憤り。さまざまな感情に押し潰されそうだったのだ。これまでわたしが逃げてきたものが、理由もわからずにいっきに衝撃となって躰に叩きつけられ、深い傷を負ったような痛みに包まれていた。

わたしは今まで、どうやって生きてきたのだろうか。本当に、生きているのだろうか。

そう……生きている。この躰が偽りだとカリフは言ったが、それでも、この理解できない感情と痛みは、生きている証なのだ。

わたしはセマに背を向け、部屋を出ようとした。わたしはカリフに会わなければならない。こんな突然の別れ方などない。彼にはもっと、聞かなくてはならないことがたくさんある。彼が死のうとした理由を知らなくてはならないのだ。あんな中途半端な話でわたしを混乱させたままで、きちんとした説明をする義務があるではないか。

「慌てなくていいよ」ノブに手をかけたところで、セマが言った。「今行ったところで、行動を制限されてどこにも行けない。どのみち、もうすぐお迎えが来る。それまで話をしようよ」

考えてみれば、どこに行けばいいかもわからなかった。今室外に出たところで大勢のオルグに阻まれて先に進めないだろうし、エレベータも使えない。いても立ってもいられない気持ちと、最期のカリフに会うことの恐怖もある。カリフはもう助からないだろう。もう二度と会うことはできないかもしれない。胸の中の焦りや苛立ちをどうすることもできず、わたしは不本意ではあったが、セマに従うことにした。

彼は壁際のキャストに深く座り直して、組んだ足の上で頬杖をついた。嬉しそうに、わたしを見守っている。わたしは彼とは真向かいの、カウンターテーブルの椅子に座り、彼に向き合った。わたしがいつも朝のコーヒーを飲む時に座る位置だ。

わたしは憤りを隠せなかった。「君が本当にアスィリだなんて、ボクは信じないよ」

「そうだろうね。じゃあ聞くけど、わたしたちの躰は誰が管理しているの？」

「それは――」

「わたしたち、自ら？　違うよね？　管理局は何だってやってのけちゃうんだよね。だって、わたしたちには人権というものがないんだから」

わたしはふと、前世紀の記録映像を思い出した。幼い子供がこちらに向かって何やらしきりにしゃべり続ける、といった退屈な映像だったが、その時は、カメラを向けている者がどんな人物で、どうやって子供をあんなに愉しそうにさせているのか、と不思議に思ったものだ。セマはまるで、その子供のように愉しそうに話す。今わたしは、そのカメラを向けている者と同じように、彼を愉しくさせているのだろうか。

「ボクたちは実験対象者だ。そんなこと、もうわかってる。もちろん実験内容はわからないけど、アスィリと君がボディを交換したとして、その証拠は何もない」

セマは腕を組んで、壁にもたれ掛かった。「君は少し勘違いしているんじゃないかな？　アスィリは実体をもったオルグだと思っているの？」

「え――」

「言っておくけど、わたしだってアスィリになりたくてなったわけじゃない。目覚めた時、と言っても、はっきりと目を開けたわけじゃないし躰も動かせなかったけど、そんな状態のわたしを、君はアスィリと呼んだ。何が何だかわからなかった。躰だけじゃなく声も出せなかった。快楽の虜になっている君を、ただ受け入れるしかなかった。それはきっと、アスィリという名の、あの躰も同じだったかもしれない。あの躰は、今思えば、わたしとは別の意思をもっているような感じがした」

頭の奥で、鈍く重い痛みが走っていた。手でこめかみを押さえ、なんとかセマの言葉に集中しようとするのだが、わたしの脳裏には、白い、女性体の肌が浮かび上がっていた。モノクロだったおぼろげな映像が、徐々にリアルな色を足していく。美しい曲線を描く腰。手が、その絹のような肌の上を流れ、丸みをおびた胸へと辿る。その手は、わたしの手だ。女性体の躰が微かに悶える。濡れた唇から漏れる、声にならない吐息。記憶の一部に、彩りが与えられていく……。

「君は卑怯にも、快楽を得た後でわたしをアスィリではないと言ったが、管理局の手が入ったのか、その疑問は翌日には消されてしまったようだ。何事もなかったかのように、君は毎日、わたしを求めた。わたしも、拒絶することはできなかった。躰が動かせないからではない。知ってしまったんだ。君と快楽を共有する悦びを。もう、君なしではいられなくなった」

頭の中で木霊している、快楽に満ちた女性体の息遣いを消し去りたかった。わたしは立ち上がり、アスィリの部屋へと走った。扉を開けて、その空虚な部屋を見る。白い壁。白いカーテン。白いベッド。誰もいない空間。

本当はすべてをわかっていたはずなのに、いったい何を期待していたのだろう。彼女はもういない。この施設には、この世界のどこにもいない。いや、もともといなかったのかもしれない。偽りの記憶が、よみがえる。オルグとしては不適合者だった、喜怒哀楽の激しいカリフ。そんな彼をいつも宥《なだ》めるアスィリ。わたしは、二人の後を追ってばかりいた。そんな嘘の思い出さえも忘れていたわたしが、何に真実を見いだそうというのか。

「カリフは途中から、わたしがアスィリではないと気づいたようだ。その時から指一本、触れようとはしなかった」わたしの背後から、セマが言う。「あの頃のわたしは、自分をアスィリだと思い込まされていたから、長い眠りのせいで、自分の名前も、君との大切な思い出も、すべて忘れてしまったのだと思っていた。だから、わたしを見下すような目で見ているカリフが理解できなかった。ま、そんなことは、取るに足らないことだったけどね。君の愛情に包まれる日々に、とても満たされていたから。わたしは、ただムベグを欲しがる愚かな女性体とは違う。互いを必要として、互いを求める感情。初めて得る……そう、かけがえのないもの。それは、ずっとずっと、夢の中で探していたもの」

わたしは白一色の部屋の中で取り残されたまま、セマの次の言葉を待った。束の間の沈黙の後、彼は言った。

「わたしは満たされていたはずなのに、時々よくわからなかった。君が隣の部屋で、他の女性体と快楽を共有している意味が。彼女、わたしに憎しみを抱いていたな。悪趣味な女性体だ。わたしたちのヘヴンを、何度も覗き見しているんだから。その彼女に、わたしはアスィリとしての時間を奪われたんだけどね」

わたしは振り返り、すぐ後ろに立つセマと視線を重ね合わせた。まるで静止画のように微動だにしない。ただ、その憂いに満ちた瞳に、揺るがない確固とした意志を含んでいるような気がした。その目がふと、何かを見つけたように揺れ動く。

「ある日目が覚めたら、わたしはアスィリではなかった。もちろん、記憶も消されていた。わたしも君と同じさ。偽りの記憶を与えられ、何の疑いもなく日々のワークをこなしていた。……ずっと、眠りから覚めていない感じだった。生きているという実感が湧かなかった。それはある意味、正解だよ。この躰は所詮、虚構なんだからさ。何か大切なことを忘れているという意識もないのに、ただ、妙な違和感だけが胸に残っていた。君を、ダイニングホールで見掛けるまでは」

　わたしは、宙を見つめるセマの眼差しを見据えていた。まだ彼の言葉のすべてを信じることはできなかった。彼が本当にアスィリだったとして、わたしはセマというアスィリを愛したのだろうか。アスィリとは、いったい何者なのか。そもそも、オリジナルの実体が存在していないかもしれないのに。

「そういえば、彼は、どうして言わなかったのだろう？」

「え？」

「カリフはあの時、わたしがアスィリではないことを誰にも言わなかった。わたしも、アスィリとしての記憶が戻ったことを管理局には言っていない。ただ、もともとわたしは女性体だったからね。最初にこのボディを見た時にひどく混乱した。管理局とリライブルに、女性体に戻してほしいと懇願までしてしまった。女性体にこだわるわたしに、アスィリとしての記憶が微かに残っていると管理局は判断したようだ。わたしは簡単には記憶の操作に引っ掛からないし、消された記憶もよみがえってしまうからね、いつわたしの口から真実が明かされるのか、彼らにとって留意しながらも、とても興味深い監察対象となっていたことだろうね。ま、結局のところカリフもわたしも、すでに管理局やリライブルを信用していなかった、というわけだ。もし疑いを口にしていたら、彼の記憶も操作されていたわけだしね」

「操作……」

「記憶の相互性を取るためさ。もちろん、そこまで大がかりな対応をするのは、実験よりも大きな見返りがあるからだろうね。きっとカリフは引っ掛からないけど」

「見返りって……君は何を知っているの？　アスィリの躰でボクの子を産むことと関係があるの？」

セマは、カリフが知っていること以上にいろんなことを知っている。彼の口ぶりから見て明らかだった。案の定、彼は表情をまったく変えなかった。

「正確には、君の遺伝子をもつ子、ということになる」

「君は、いったいどこからそんな情報を得るんだ……」わたしの声は、自分でも驚くほどに低く落ち着いていた。「何を、企んでいるんだ」

セマは、いつもの優しげな表情で微笑んだ。

「この世界を、終わりにする」

　不思議と、驚きはなかった。

「カリフと、同じ思いだったんだね？」

「どうかな？　最終目的は同じだけど、彼と話をしたことはない。彼はわたしの存在など、まったく気にも留めていなかった。詰めが甘いんだよね。ま、そこが彼らしいというか。わたしなら、もっとうまくやれる。わたしは管理局からの信用を利用して、この施設の全システムの調整を任されていた。じつは、密かに傍受システムのハッキングをしていたから、カリフの行動はすべて把握していたんだ。彼は、自分が死ぬことでこの世界を終わりにできると思っていたようだけど、残念だがその考えは正解ではない。もっとも彼は管理局にマークされていたから、自殺行為は常に、事前に食い止められた。それでわたしは、システムの誤作動を起こさせた。彼の行動が把握できなくなった管理局がどう出るか、わたしとしては実験的な試みで興味があったからね」

「興味って……！　カリフが死のうとしているのに！」

　セマは表情を変えることなく、片方の耳に手を当てた。「時間がない。管理局員がもうすぐここに来る」

「え？」

わたしは無意識に後ろを振り返って、部屋の扉を見た。アナログ式のロックは掛かったままだ。

「最後に、これだけは伝えておいたほうがいいかな」

顔を戻し、わたしは再度、セマの顔を見た。彼が先ほど手を当てていた耳には、小型イヤフォンが埋まっているようだった。管理局を傍受しているのだろうか。

「さっき君は、わたしは何を知っているのか、と聞いたからね。時間がないから、ひとつだけ教えてあげるよ。わたしは、君のデータをハッキングできなかった。正確に言えば、君のデータがないんだよ。それとは別に、アスィリが子供を産んだ記録はあった。だが、その子供は、アスィリとカリフの子として登録されていた。二五年前からずっと」

セマが耳のイヤフォンをズボンのポケットに入れるのと同時に、カチッと音を立てて、扉が解錠された。なぜかアナログ式ロックも自動で解除されている。それもそうだ。完全なる密室に監察対象を置いておくわけがない。あんなのはただの気休め、いや、フェイクだ。

「スカイ。さようなら」

セマは哀しげに、笑っていた。

二

わたしは管理局員三人とともに、エレベータに乗った。よくダイニングホールで声を掛けてくる顔ぶれだと思う。今では、ほんの一〇分前の出来事も、少しは冷静に、客観的に見ることができる。

今思えば、部屋の外から解錠して中に入ってきた管理局員たちが一瞬、驚いた顔を見せていたが、その時のわたしは気が散漫としていたのか、気に留めるどころか彼らの顔を見た瞬間に、現実的な危地である状況がよみがえった。わたしはすぐさま、ドアノブに手を掛けたままの、先頭の男性体に詰め寄っていた。

「カリフは？　カリフはどうなったの?!」

彼らが互いの顔を見合わせるのもかまわず、わたしは先頭の男性体の腕を掴んだ。

「死んじゃったの?!　どうして……！　どうして、カリフはあんなことしたんだ！」

「落ち着くんだ、スカイ」二番目に立っていた管理局員が、わたしの横に駆け寄って肩を抱き寄せた。ここで、がっちりと確保されたわけだ。

「カリフは、死んではいないよ」

「死んでない?!」

わたしは耳を疑った。汚染された外気を吸い、汚染された海に落ちたというのに、死んでいないという言葉を信じていいのだろうか。

「そんなはずはない！　みんな、見ていたはずだよ！　海に落ちるところを！　カリフが生きてるなら会わせてよ！」

管理局員に向かって、こんな口の利き方をしたのは初めてだった。今のわたしの知る限りでは、だが。

「ああ、もちろん、そのつもりで君を呼びに来たんだ」一番後ろに立っていた管理局員が言った。

「さぁ行こう。カリフの所へ」

わたしはまだ興奮が止まなかったが、管理局員たちに促されて、というか、肩や腰を掴まれていたので、半ば強引に廊下に出た。わたしより頭ひとつほど背が高い二人に挟まれ、威圧感に息苦しかった。傍目に見たら、わたしは半狂乱だったかもしれない。それでも頭のどこかで、冷静さは失われていないようだった。最初に部屋に入ってきた男性体の言葉を、しっかりと耳で聞いていた。

「セマ、君にも後で、相互確認を行う」

相互確認。

セマの顔は見ていないが、普通に受け答えをしていたように思う。彼を重要視していないと推測する理由は、シェアルームに入ってきた三人の管理局員が三人とも、わたしと一緒に廊下に出たからだ。彼らはわたしを連れ出すため、もしかしたら確保するためにやって来た。

廊下に出たわたしは、目を疑った。先ほどとは一変していた。シェアルームに戻る前の、ヒステリーを起こしていたあの人集《だか》りのオルグたちはいない。ちょうど最後のひとりを、管理局員が運搬ＡＩの上に無造作に投げ置いていた。まるで重い荷物を放り投げるように。関節を持った長い脚の上に、人を二人まで、前屈みに担げるような台座が据えられたＡＩは、搭載された認証システムにより、ひとりひとりのオルグを各部屋へと運んでいく。オルグは気を失っているのか、ぐったりとしていた。その最後のオルグを乗せたＡＩと、すでに運び終えたＡＩがわたしたちを避けて横切っていく。あれだけの人数のオルグを運ぶにはかなりの数のＡＩが稼働していたはずだが、わたしが廊下に出てからは、三体のＡＩがそのワークを終えて、自力で階段を上っていった。手持ち無沙汰となった五人の管理局員は、最後のＡＩの帰りを待っているようだった。

「……何が起こったんだ？」わたしは唖然としながら呟いた。

「皆、眠りに落ちてしまったんだ」

わたしは顔を上げて、両隣の二人を交互に見やったが、どちらが声を発したのかわからなかった。二人とも感情の読み取れない能面のような顔をしている。脅威となららない限り、彼らにとっては取るに足らないことで、所詮、他人事だ。監察対象の異変は、むしろ興味深い事象となる。それはきっと、わたしも同じだった。表面的な繋がりしかもたないわたしたちオルグは、皆孤独だったし、皆誰のことも必要としていない。自分の身に危険が及ばない限り、傍観者となる。

最初にわたしのシェアルームに入ってきた管理局員が、先頭を歩いた。エレベータホールに立っていた数人の管理局員たちが道を空け、このフロアで待機していたエレベータにわたしたちは乗り込んだ。わたしは二人の男性体に、がっちり躰を掴まれたままだ。

先頭の男が、一四〇階の階層ボタンを押す。カリフが汚染された海から拾い上げられたままなら下層に向かうはずだが、オルグの処置室のある一五五階でもないことに、わたしはひどく不安になった。だが、ここにきてようやく冷静さを取り戻したわたしは、焦燥しきった顔をそのままに、頭の中でさまざまな思考を回した。

きっと、オルグが深い眠りに落ちたのは意図したものだ。スイッチを押すように、簡単に眠りを誘発できると仮定するならば、管理局員たちがわたしのシェアルームに入ってきた時、ひどく驚いていたのも納得できる。わたしとセマが、眠りに落ちていなかったからだ。ただ、そう推測すれば、わたしは催眠にかかりやすいとセマが言っていたが、そのわたしがなぜ眠りに落ちなかったのだろう、という疑問が出てくる。

結局わたしは、自分のことすら何も知らない。たくさんの違和感や疑問の中で、その答えを得ようとはしてこなかった。だが今、すべてを、真実を知りたいと思っている。「知る」ことが、わたしの中の答えを導き出してくれる、と感じた。そうだ、きっとカリフは、それを待っている。そう直感した。

だがもしかしたら、これも本能なのかもしれない。人が好奇心という原動力をもって進化していったのなら、単純に思考回路の変化を起こした者から進化の過程に進んでいく。オルグという人間のわたしも、ただ本能に突き動かされ、精神的進化を求めるのだろうか。

一四〇階でエレベータの扉が開くと、目の前にリライブルのアムルが立っていた。

「どちらに行かれるのですか？」アムルは眼鏡のブリッジを指で押さえながら言った。

「オルグ処置室は一五五階ですよ」

「彼は、スカイの担当リライブルです」わたしの右側の管理局員が言った。

視線を交わす三人の中で、無言のやり取りがなされているようだった。エレベータの階層パネル前にいる男性体は何度も瞬きを繰り返しながら軽く頷き、その顔をアムルに向けた。

「君にはＳ棟に行くように指示を出しているはずだが？」

「一四〇階に隠し通路があるシークレット棟のオペ室、でしたね」

　わたしは背後に立っていたため、その管理局員の顔は見えなかったが、躰に力が入ったのはわかった。そして首と肩を同時に引き攣らせ、チック症を出している。

「君、見てわからないかね？　今、我々は――」

「もちろん行くつもりでしたが」アムルがエレベータに乗り込んできた。「カリフの意識が残っているうちに、スカイを近づけてみませんか？　何らかの反応が起こるかもしれませんよ」

　わたしの両側の管理局員は互いに顔を見合わせてから、階層パネル前の男性体に視線を向ける。どうやらこのチック症の男性体が、この中での決定権をもっているようだ。彼らに階級というものがあるのかわからないが、リーダー的な存在であることは間違いない。息を殺して見守っていたわたしは、あらためて確信した。やはり彼らは、わたしをカリフに会わせるつもりはなかったのだ。そして一四〇階に通じるシークレット棟に連れて行かれ、アムルの言うオペ室で、また頭を弄られるのだろう。

「わかった」リーダーとおぼしき男性体は、一五五階のボタンを押した。「可能性は低いが、試してみよう」

　扉が閉まり、エレベータが再び上昇する。

「カリフが消える前に、彼と共鳴するといいのですが」

階層パネル前の管理局員と並んで立っているアムルが、振り向いてわたしへと冷たい一瞥をくれた。その言葉がどれほど重要なことなのか、リーダーの管理局員が慌ててアムルの腕を掴んだことで見て取れる。こんなに大きく目を開けられるかと思うくらい見開いたのも束の間、リーダーは忙しなく瞬きを繰り出した。

「黙りなさい……！」

「どうせ、オペをするのだから問題はないでしょう。わたしは合理主義者でね。時間が惜しい。この場でミーティングをしたいのですが、いかがでしょうか。あなた方が見捨てたカリフに、最期くらい役に立ってもらうための方法について」

彼の言っていることは、とてつもなく残酷なことだと思う。だがあまりに澄ました顔で平然と言ってのけてしまうと、それは日常のありきたりの出来事を解決するかのような響きがあった。リーダーの男性体は、苦虫を噛み潰したような顔を見せたものの、一五五階に到着したことで、まるでスイッチが切り替わったかのように能面の表情に戻った。わたしと二人の管理局員は、並んで廊下を歩くリーダーとアムルの後に続いた。

前を歩く二人の会話は、わたしの耳にもしっかりと届いた。

「共鳴する可能性は？」

「すでにカリフのコピーは用意してありますから、失敗しても次がありますよ。メイン・カオスのデータシミュレーションの結果は出ているのですから、心配は無用です。彼の生体反応が消えた瞬間に、昨日の朝の彼にリンクする予定です」

「オペを急がす必要があったのでは？」

「メイン・カオスの遺伝子アルゴリズムを否定されるのですか？　またゼロからのスタートになりますよ」

「否定などしていない。……たしかに、これ以上時間がかかってはメイン・カオスの意向にそぐわない。オペを後回しにしても言い訳にはなるな……」

「それが妥当な判断でしょうね。とりあえず、二人には自由に会話をしてもらうために、わたしたちは部屋の外で待機します」

「し、しかし、上層部になんと説明を――」

「ご存じの通り、処置室では傍受はできません。生体情報モニタシステムや医療ロボットの誤作動を招きかねませんからね」

　アムルとリーダーの会話は、ちょうど廊下の突き当たりの扉前に到着すると同時に終わったようだ。両開きの自動扉が開き、真っ先に目に飛び込んできたのは、簡易ベッドに横たわるオルグたちの姿だった。

　ベッドはざっと見たところ、七台並んでいる。それぞれのベッドの周りには種類の違う医療用機器が雑然と置かれ、白衣を着た医師たちが機械を操作したり、苦痛を訴えるオルグの躰を触って触診をしている。仕切りカーテンは隣のベッドとの間に隔たりをつくるのみで、ベッドの足側にまでは引かれていないため、通路を横切るわたしたちに、そのひとりひとりの苦痛の様子を見せつけていた。

わたしは自動扉から入って左側へと向かっていたが、壁の上半分をガラス張りに仕切られた右側の処置室も、視界に入った。簡易ベッドよりも簡素な台に、一〇数名のオルグが横たわっており、肩や腹を固定する拘束椅子に座っている者もいる。そちらの方は、比較的軽度の対応で済むオルグが運ばれたようだったが、全員、深い眠りについたまま苦しんでいるのは、表情を見て明らかだった。そんな中で、人型医療用AIが腕のように伸びた二本のアームで、それぞれ両側二人のオルグの腕を固定したまま点滴を打っているのも見えた。透明なドーム型の頭部に入っている液体は輸液だ。五機ほど稼働しているAIのうち四機は透明だったが、一機だけ黄色だったので目についた。医療用AIは人に対して、瞬時に必要栄養素を認識するため、それぞれのオルグが同じ輸液成分とは限らないのだろう。

わたしは、まだ二人の管理局員に躰を支えられたまま、アムルとリーダーの管理局員の後に続いて、奥の扉をくぐった。長い廊下に出た。こちら側は全面ガラス張りの個室が幾つも続いている。特定集中監視室だ。重度の症状のオルグはこちらに運ばれる。すべての施設内では空気中の微生物を殺菌、消毒するバイオクリーン状態となってはいるが、この特別室はそれをさらに徹底しており、機能性の高いリクライニングベッドと、さまざまな医療機器が置かれている。長い廊下に沿って、誰もいない特定集中監視室を横切り、一番奥の部屋の前で立ち止まった。

ガラス張りの向こうに、白衣を着た三人の医師と、黒い制服姿の三人の管理局員がいる。治療を施しているようには見えない。医師のひとりは手に小型の機械を持ち、そのモニターを両隣の医師が覗き込んでいた。能面の顔で話をしている管理局員も含め、皆ベッドを囲んで立っているため、ここからでは横たわっているカリフの顔は見えない。室内の管理局員がわたしたちの存在に気づいたのと同時に、アムルが扉をノックした。わたしの呼吸も速くなった。

室内にいた全員が廊下に出てきた。医師の中には、カリフの担当リライブルのジャスィがいた。彼は小型機械のモニターを手にして、わたしを無言で一瞥するだけだった。彼らが捌けたことで、もとの特別治療室に戻り、ベッドに横たわるカリフの姿が現れた。

わたしはゆっくりと、その中に足を踏み入れた。

特定集中監視室の外では、医師やリライブルのアムルとジャスィ、管理局員たちが口を忙しなく動かしながら、こちらを凝視している。皆一斉に会話をしているさまが、なんとも奇妙だ。もっとも誰と誰が会話をしているのかは、ガラス壁を隔てたこちら側ではわからない。ただ口々に言葉を発しているのはたしかで、小型モニターをわたしに向けているジャスィに限っては、誰とも会話をしていないような気がした。わたしの勝手な憶測だが、あの機械にはカムコーダのようなカメラ機能も備わっており、今この状況を記録しているのではないか。さっき彼はこの室内でも使用していたが、もちろんあれも医療用器材のひとつであるだろうし、カリフ自身も記録に留めているのかもしれない。つまり今は、わたしが記録され、監察されているのだ。あれよりも大きいが、アムルがカウンセリングの時に使用しているLCDも、きっとカメラが内蔵されているに違いない。常にわたしの挙動不審な顔を記録しているというわけだ。

わたしは彼らに背を向け、あえてカリフの顔を隠すようにベッドに近づいた。背中越しに、ジャスィが慌てて自分の立ち位置を変えている様子を想像する。それを振り返って確認しようなどとくだらないことに気が逸れることがなかったのは、カリフの異変に気づいたからだった。

カリフの目は、開いていた。この部屋に入った時は、目は閉じていたはずだった。まさかとは思うが、わたしに反応したのだろうか。アムルや管理局員が言っていた、「共鳴」という言葉が頭の中によぎった。

わたしはベッド横で、彼の手を握った。

「カリフ、何がしたかったんだよ。君は何を求めているんだ……教えてくれよ、ボクは……何をすれば……！」

カリフの目は、大きく見開かれている。ずっと瞬きもせず、白い天井を見ている。彼の固く閉じられた口は、開く気配はない。わたしは、彼の手をただ強く握ることしかできなかった。

ふと目を上げて、心拍数や体温を測定する生体情報モニターを見た。画面が黒い。わたしは最初、自分の目を疑った。何度も瞬きをしたが、やはり作動していないのは明らかだった。何の役割を果たすものかわからないが、他の医療用機器も同じだった。電源が入っていないのだ。最初から、カリフを助けるつもりはなかったということだろうか。ここに運ばれたのは、たんに人目を避けるため。いや、そうなると、アムルが管理局員をこの部屋に入れなかったのはなぜだ。機械の誤作動を起こさせないためと言っていたが、実際はすべての機器は作動していない。それはつまり、彼も「共鳴」が目的であることに他ならない。しかも、管理局とは別の思惑で。そういえば、ジャスィが手に持っていた小型モニターに、バイオリズムのパターン波が映っていたのが、最初にこの特定集中監視室の前に来た時に、ガラス越しに見えていた。とても瀕死のカリフのものとは思えないほど、大きな生体反応をあらわすウェーブが映っていた。彼ではないとすると、あのバイオリズムはアムルの言う、カリフのコピー……。

『俺たちは、人形なんだよ』

カリフの言葉が、頭の中で木霊する。

人形。つまり、コピー。

彼らにとって、今、目の前にいるカリフよりも、その先のことしか頭にないのだろうか。わたしの中に、沸々と怒りがわき上がった。理由はわからない。理屈も通らない。きっと、わたしの奥底に眠る記憶が反応したのだ。そして、今ガラス壁を隔てた向こうにいる、能面の連中に対して、心の底からの殺意を抱いた。記憶の操作、起動していない生体情報モニター、人体コピー。オルグの生死を簡単に処理する、メイン・カオスに管理された人々。

歯がゆさに、気が狂いそうだった。暴れて、発狂して、どうせ使うつもりなどなかったこの治療室の機材を、全部壊してやりたいと思った。嘘だらけの人格。嘘だらけの毎日。こんなくだらない世界、なくなってしまえばいい。

わたしは震えながら、目を閉じた。これまでのカリフの言葉、これまでの管理局員の言葉、これまでのアムルの言葉。すべてが、わたしの頭の中に怒濤のように流れ込む。怒りで熱くなった頭が痛い。それでもその混沌とした中で、さまざまな声が鳴り止まない。木霊となって、脳に吸い込まれていく。

データ抽出……完了。分析……。

わたしは、深い霧の中を歩く。顔だけ後ろを振り返り、辺り一帯が白い煙に覆われていることを確認する。躰の向きを変えてはならない。闇雲に方向を変えてしまっては、進むべき道がわからなくなってしまう。そして、やがて見えてくる。うっすらとした輪郭が、徐々にその姿を現す。霧の中で、黒い猫がわたしを待っていた。

わたしは、ゆっくりと目を開いた。背後からわずかに、騒がしい声が漏れてくる。言葉の内容まではわからない。そんな雑念に煩わされることはなかった。カリフの瞳から流れ落ちる涙を、わたしはじっと見つめていた。

「やっと……会える」

カリフが、小さく呟いた。わずかに開いた唇から、息が漏れる。目は、じっと天井を見つめて、いや、きっと、別の何かを見つめているのだ。彼はずっとそれを見続けて、これからも見続ける。

「アスィリ……やっと、会えるんだね」

それが、彼の最期の言葉だった。それが彼の望みで、それが彼のすべてだった。すべてが、それだけで終わらせるために動いていた。そしてわたしも、そのために生かされているのだ。そう、わたしとカリフは、二人でひとつなのだ。

なんて呆気ない終わり方なんだ、とわたしは思う。何度同じことを繰り返せば気が済むのだ。わたしはいい加減ウンザリしているんだ、と言ってやりたかった。また君のコピーに振り回されるのか？　君が死んだところで何も変わらない。世界は終わらないというのに。

治療室に、誰かが入ってきた。わたしの横で立ち止まり、わたしの腕を、カリフの手から離した。そして、制服の袖を肘上まで捲り上げられた。

「お疲れ様でした。少し、休んだほうがいいでしょう」

アムルが優しく微笑む。今まで見た中で、一番優しい顔だ。それなのに、手に持っていた注射器をわたしの腕に刺した。仕方がない。彼にとっては、これが任務だ。

彼の眼鏡の奥の瞳を見上げ、わたしも微笑む。それから、顔をカリフへと向けた。目を見開いたまま、停止している。もはや、本当の人形でしかない。

これが今のカリフとの別れで、すでにわたしたちは別れの言葉を交わしたわけだが、それでも、わたしたちの永遠の別れとはならない。この世に永遠のものなどないと言うけれど、それなら、別れも同じじゃないか。

「また、ペポニで……」わたしは、小さな声で呟いていた。

真実など、あるのだろうか。すべてを知ったところで、記憶は書き換えられる。わたしたちは、思い出の中で生きるしかない。その思い出もまた、深い海の底の、砂の中に埋もれてしまうのだろうか。

第四章

一

「また戻ってきちまった……」

　カリフが海を見渡しながら、大きく背伸びをした。

「目覚めたくなかったの？」ボクは尋ねた。「今回は三日間だったよね？」

「こんなクソみたいな世界に戻ってどうすんだよ？」

　カリフは波打ち際に腰を下ろし、まだ偽りの海に視線を留めたままだ。ヒーリングエリアのうち、彼はいつも海のエリアに赴く。休憩時間のほんの短い時間でも、彼は広大な水のうねりを見ていたいのだ。だから彼を捜す時は、ボクは決まってこの場所に最初に足が向く。ボクも、ここが好きなのかもしれない。

　カリフとは性格が正反対なのに、不思議と気が合う。幼い頃からずっと近くにいて、ずっとルームメイトだ。時々ムカつくことを言うけれど、もうすっかり慣れてしまった。それに、ボクは知っている。カリフが乱暴な言い方をする時は、本当は寂しいから。かまってほしいんだ。まったく、世話が焼ける。

「クロエがさ、寂しがるんだ、俺がいないと」

カリフの言葉に、ボクは思わず噴き出してしまった。それは君のことじゃないか？　と言ってしまいそうになる。怪訝そうな彼の顔に、ボクは不自然にならないようにうまく誤魔化す。彼みたいなへそ曲がりと長くつき合っていると、こんな術、というかコツみたいな特技も身につくのだ。

「クロエの奴、ボクには、そんな素振りは見せてくれないんだけどな」

夢の中の黒猫の名前は、クロエというらしい。黒猫だからクロエ、なのかどうかはわからない。ボクとカリフがひとつの人格として存在する夢の中では、残念ながら、ボクはクロエの声を聞くことができない。同じ景色の中にいて、同じものを見ているのに、音のない世界に何の臨場感もない。現実味がない。夢だから。

「夢じゃないさ」

カリフの凛々しい眼差しが、ボクを捉えた。彼はいつも、ボクの心が読める。

「夢じゃなかったら、何？」

「ペポニ」

「……ペポニ？」

「楽園のこと。俺たちの本当の、現実世界だ。あっちには、アスィリがいる」

「アスィリなら、部屋で眠ってるじゃないか」

「おい、スカイ。彼女はアスィリじゃない。本当のアスィリは、もうこの世界のどこにもいない。いい加減、誤魔化すなよ」

「誤魔化す……？」

「自分の心を」

一瞬見せた哀しみの色を隠すように、カリフは海へと顔を向ける。そしてすぐにボクへと顔を戻した時には、いつもの小馬鹿にした表情になっていた。

「まったく、お前って奴はほんとにクソ面倒くせぇな。あいつらの思惑通りに、さっさと『共鳴』するか？」

「そんなことしたら、どっちかが消えちゃうんでしょ？」

「共鳴は人格統合とは違う。お前がもってる暗号化された情報は、賢い俺の人格じゃなきゃ解読できない。共鳴することで、その情報が俺たちの中で共有できるんじゃないかって考えてるんだろ。あるいは、お前の中で、失った俺の人格が共鳴によってよみがえれば、お前は今までのお前じゃなくなる。そこに、俺たちに対する人格の配慮はまったくない。俺たちはもう、ひとりひとりの躰を与えられ、それぞれの人格を確立してるからな。俺たちを二つの人格に分けておきながら、またひとりの人格に戻すっていうまどろっこしい実験はせず、脳だけをもとの状態に戻そうと考えてるんだ。

それで解読できりゃ、俺はもう用無しだな。ま、俺たちを二つに分けたのは前体制の管理局だから、今の体制はその尻ぬぐいをしてるようなもんだが……。結局今も昔も、メイン・カオスのデータこそすべてだと思ってやがる。あいつらはデータ通りにしか動かない。数字しか見てないんだよ」

「カリフは『共鳴』することが怖くないの？」

「怖くないね。だがどうせなら、こっちの世界の希望を粉々に打ち砕いてやりたいね。共鳴がまったく無意味なものだってことをわからせてやる」カリフは真っすぐに、ボクを見据えた。「俺たちの本当の目覚めは、この世界じゃない。そうだろ？」

それから、偽りの天を仰ぐ。

ボクは想像する。

本物の蒼い空。本物の蒼い海。風がそよぎ、鳥たちが羽ばたく。雲が生まれ、形を変えていく。大地が動いている。その中で生きていくさまざまな命は、愚かな人の手によって、遺伝子を操作されることなどない。自然のままに生まれ、自然のままに死を迎える。

ボクはきっと、長く生きすぎたのだろうな。大昔の人々のように病気になったり、年をとって老衰したり、もちろん突然の事故や事件に巻き込まれたりしても、ボクにはそれが、普通の死に方に思えてしまう。憧れさえ抱く。泣いてくれる人がいる。哀しんでくれる人がいる。それはもしかしたら、生きることに執着しているから、自然な死に対する思いが膨らんでいくのだろうか。

でもボクは、死に方さえも管理されている。死んだところで、誰ひとり哀しんだりはしない。

「俺がコーヒーを飲まなくなったら、共鳴の合図ってことにしようぜ。俺の準備はできた、ってことだ。いいか、ちゃんと覚えてろよ」


「そろそろ起きてもいいと思いますよ」

アムルの言葉に、わたしは白い天井から視線を逸らした。ベッドから起き上がる。白一色の細長い部屋だ。シェアルームの部屋でも、いつものカウンセリングの部屋でもない。壁際に寄せられたベッドから扉までが、やけに遠く感じるが、それほど広い空間ではない。

白衣を身にまとったアムルは、ベッド横の白い椅子に座っている。湾曲した一体成型フォルムの椅子に包まれ、いつもなら机がない場合、小型ＬＣＤを手に持っているのだが、今は何も持っていないためか、両肘を肘掛けの上に置いて、手の甲を胸の前で重ね合わせている。わたしと目線の高さが同じくらいになると、それまで彼はいつものように背筋を正していたようで、わずかに椅子の背もたれに躰をあずけて微笑んだ。彼らしくない気軽な笑顔だ。

逆に彼らしい、とはどんな顔なのだろう、とわたしは考える。管理局員同様、笑っていても、本当は笑っていない。オルグを信用していない。むしろ、見下している。オルグを操っていながら、恐怖を抱いている。なぜ？　自分たちより優位に立つ可能性があるから？　正しく調教し、監察し、自立を排除しなければ、新世界の扉を閉ざしてしまうかもしれないから？

「ねぇ、ボクは催眠療法が効かないって、知ってるはずだよね？」わたしはウンザリした口調で吐き捨てた。

アムルは大袈裟に両手を広げて、苦笑した。

「彼らを欺くには、とりあえず、やっておいたほうがいいかと思いましてね」

「ふふ、あの人たち、ボクが口を開かないから焦ってたね。共鳴して、深い眠りに落ちたと思い込んだみたいだったけど」

わたしはふと、天井の片隅に目を向けた。普通の人間なら見過ごしてしまいそうなほどの小さな赤い点が見える。超小型カメラが壁に埋め込まれているのだ。わたしの視線に気づいたアムルが、振り返ってそれを一瞥した。

「あれは作動していません。監視システムには、数年前のスカイの映像を送っておきました」

彼の飄々とした態度を、わたしはじっと監察する。

「なにが狙い？」

「ゆっくり、あなたと話がしたいだけです。誰にも邪魔されずに」

「つまり、共鳴したボクと、話がしたいっていうこと？」

「共鳴したのですか？」

「どう思う？」

「そうですね……。わたしは共鳴なんて不確かなものをあまり信じてはいないのですが、たしかに、あなたとカリフの間には目に見えない深い繋がりがあります。もしカリフが死んだ時のショックで、あなたに何らかの影響が出たのなら、それは共鳴という以外に当てはまるものはないでしょう。以前のスカイなら、どう頑張っても、そのようなカリフの振る舞いはできませんからね」

わたしは鼻で笑っていた。「ボクはそんなに不器用だったかな？」

「純粋なだけです」

「その純粋な彼の躰を酷使させてるくせに」

胸の内にわき上がる不快なものを、わたしはすぐに払いのけた。今さら、どうなるものでもない。以前のわたしは、もう他人だった。

「それで？　何を話したいの？」

「他愛のない話ですよ。あなたは多くのことを知っていると思いますが、まだまだ、知らないことはたくさんあります。わたしの職務に反することですが、せっかくですので、聞きたいことがあるならお教えしますよ」

「ふぅん……」

わたしは固まった躰をほぐすように両肩を回してから、足を曲げて、ベッド横の壁にもたれた。ちょうど真正面のアムルと対峙する。きっと、わたしのひとつひとつの動作を、細かく監察しているのだろう。彼は眼鏡の奥で、じっとわたしを見据えている。いつもなら彼の専用ＬＣＤでモニタリングしているが、今は記録装置らしきものは何ももっていない。彼を信用するならば、今のわたしを映像に留めるつもりはないということだ。

「聞きたいことねぇ……急に言われても思いつかないな」わたしは言った。

アムルは束の間口を閉ざし、思考を巡らせているようだったが、わたしには彼が何を言うつもりでいるのか、最初から決めていたように思えた。

「余計なお世話かもしれませんが、今後お話しする機会もないと思いますので、お伝えしておきます。グレタはあなたの子を妊娠しました。今は、別施設にいます」

「そう」

不思議なものだ。この世界を見捨てようとしておきながら、表面的には、管理局の思惑通りに事を進めている。わたしの遺伝子が受け継がれていこうとも、それを実感することもない。それなのに妙な感覚なのだが、ある種の達成感のようなものが胸の中に浸透している。アムルの計算通りなのだろうか。この世界に未練を残させようとでもいうのか。

「女性体の妊娠、出産は極秘事項ですが、ルシアはグレタの妊娠を知っていました。精神が崩壊したルシアが、ずっとグレタを罵倒する言葉を吐いていましたからね」

「精神が崩壊？　どういうこと？」

「恐らくですが、セマが何らかの引き金を引いたと考えられます。二人はたびたび交尾、いえ、ヘヴンを行っていましたからね」

「セマとルシアが？」

そんなことがあるのだろうか。セマは、彼女を憎んでいたはずだ。いや……だからこそなのか？

「ルシアは、子を身籠もれない躰でした。正確には、セマがルシアの躰を身籠もれない躰にした、と言ったほうがいいでしょうか。システムエンジニアのワークに二年就いていますが、それ以前に一〇年ほど、薬品調合のワークをしていましたから、子宮に何らかの悪影響を及ぼす薬品を調合するのは簡単だったでしょう。ヘヴンの際、セマは毎回、ルシアに何かの薬品を口移しに飲ませていたようです。彼は管理局から信頼を得ていましたからね。薬品の紛失を誤魔化すことは容易だったと思われます。ルシアは一度は、あなたの子を産んでいますが、その後、セマとヘヴンをするようになってからは流産を繰り返しています。もっとも、自分がそういう躰であったことは知らなかったでしょうから、すべてを知らされたうえでグレタの妊娠は、彼女にとって大きな精神的ダメージとなったことでしょうね」

セマの目的は復讐だったのだろうか。

「ルシアはすぐに、ボディを取り替えました。今は深い眠りに――」

「記憶を操作したんでしょ？」わたしはすかさず補足してやった。

「はい。苦しい感情からは解放されています」

「セマの記憶も、操作するんだよね？」

「そうする予定でしたが、死んでしまいましたからね」

わたしは驚かなかった。

予想はしていたのかもしれない。最後に彼と話した時から随分と時間が経った気がするが、あの時の彼の顔を、今思い出すことはできない。彼もカリフと同じ、もうひとつの世界で目覚めたかったのかもしれない。

「あなたが眠っている間に、彼はメイン・カオス・ルームの中で感電死しました。一部のセキュリティが破損しましたが、管理局はとくに問題視していません」

「そんな重要な場所に、なんでオルグが入れたの？」

「数カ月前から、彼は不具合の復旧で出入りを許されています。あなたも知っての通り、傍受機能の不具合ですよ。今となっては、すべてが彼のシナリオだったのでしょう。あそこは膨大なエネルギーが集中する部屋ですからね。あえて小型のコンピュータを壊し、濡れた手で触ったもようです」

「自殺なの？　それとも、消されたってこと？」

「たしかに彼は、多くのことを知りすぎていたようですね。オルグひとりの命を消すことくらい簡単でしょうが、彼は有能でしたし、監察対象としてもとても興味深い存在でしたから、記憶の操作をするくらいで留めておいたでしょう。今回の件は、管理局は事故として処理しましたがね。まぁ、自殺でしょう。監視カメラの死角になっている場所だったため、発見が遅れてしまいました。脳が停止してしまった以上、彼のコピーに移すことも不可能だったとのことです」

セマの意識は、もうこの世界にいない。

「ご丁寧に、いろいろ教えていただいてありがとうございます」

わたしは躰を曲げて、わざとらしく頭を下げた。それから顔を上げると、前のめりに膝に腕をのせた。アムルを真っすぐ見据える。

「まだ話したいことはある？」

アムルは不思議そうな顔をした。

「カリフのことは、聞かないのですね？」

わたしは顔を背け、どこを向いても代わり映えのしない白い壁に視線を留める。そして胸に手を当てた。聞かなくてもわかっている。それでも。

「聞いてあげてもいいよ」

わたしの態度に、無理強いはしません、などと言ってもったいぶると思ったが、アムルは一呼吸置いてから言った。

「彼は脳死状態です」

「え」

わたしは再び顔を戻して、アムルの無表情の顔を見た。

「汚染された海の菌が脳に繁殖してしまったようです。そのため、新たなボディとの凝着がうまくいきませんでした」

そう、やはり聞かなくてもわかっていた。わたしは手を当てたままの胸を見下ろした。彼はここにいる。わたしと彼の魂は繋がっているのだ。それはきっと、管理局が望む共鳴のようなものかもしれない。彼はわたしへと情報を引き継ぎ、もう、かりその躰に戻ることを望まない。

「なんでそんなに情報をくれる？　ボクは他人の親切を素直に受ける質《たち》じゃないんだ。

何が望みなの？　ボクの記憶だろ？　お前らが本当に欲しいものは、それだけだ」

「そのようですね」

「他人事だね」

「他人事ですよ。この世界がどうなろうと、わたしには興味がない。滅ぶべき運命なら、それに従うまでです。あなた方一部のオルグと違い、わたしたちには帰る場所はない。この星とともに消えるだけです」

彼は本当にアムルなのだろうか、とわたしは訝しく思った。感情をコントロールできるリライブルに、これまで精気を感じたことはなかった。今目の前にいるアムルも情緒的な思考はあらわれていないものの、少なからずわたしの目には、愉しげに映る。自分の意思で、自分の言葉を話しているように見えた。

思い返してみると、わたしをカリフのもとへ連れて行こうとした時も、リライブルとしてはあるまじき衝動的な言動ばかりだった。いくらわたしの記憶を操作するとしても、あれほど露骨な言葉を発するなど言語道断である。もっともこの複雑に入り組んだ記憶がつくられたものだった、となれば、わたしの人生すべてが操作されているわけだが、そんな大がかりなことを管理局やリライブルがするはずはない。わたしと関わったすべてのオルグの記憶までも操作しなくてはならないのだ。そして実際、今のところ記憶を操作されていない。

だが別の見方をすると、アムルの言動は意味のあるものだった可能性もある。彼のあの一連の行動が、時間稼ぎだったような気がするのは考えすぎだろうか。管理局もリライブルも、無駄な行動はしないのだ。だが何のために？　カリフを見捨てるのなら、もっと簡単な方法でいいはずなのに。

「つまり、ボクと、同じ目的ってことなの？　オルグでもないのに？」わたしは、言葉を選んで言った。

アムルは首を傾げ、片方の手を肘掛けに置いたまま、顎を弄り始めた。

「それはどうでしょうか……。オルグではない、とあなたはおっしゃいますが、そもそも、この全施設の人間の中で、なぜオルグと規定された者が存在するのか、あなたはすでにご存じですよね？」

「……当たり前だ」わたしの感情が、高揚する。

「ボクたちオルグは、前世紀の人間のコピーだからね」

そう、オリジナルは、この施設の中にはいない。この星には存在しない、と言ったほうがいいだろう。

クローン技術が盛んだった前世紀後半、ある実験が執行された。倫理上の問題で、極秘とされてきた。むしろ、失敗を前提とした実験だった。それは、人の命と引き替えに得るデータが、この星の人々を救う可能性を秘めていたからだ。

＊＊＊＊＊＊＊

前世紀二五〇〇年代、進化した最先端医療により、人の寿命は長くなっていた。最高齢記録では一八一歳、平均寿命は一三四歳である。

生命体システムの成り立ちは、古くから多くの研究者たちの研究テーマでもあった。一九八〇年代から始まったヒトゲノム計画により、人間のすべての遺伝子情報を解読する試みが始まり、同時に生体医療も進化を続けていく。そして二〇五〇年頃、人クローンによる臓器提供が当たり前となる時代が訪れるのだ。

だが、機能しなくなった臓器を取り替えることで命を延ばしていく中、存在意義を認められないクローンに対する同情の声が大きくなっていった。「クローンを生み出すな」「クローンに人権を」といったスローガンを掲げる団体がデモを行った。大国のほとんどが自由民主主義の時代、そういった倫理的な声を無視できなくなっていく。同時に、臓器提供を受け延命を施された人の自殺率も目立っていく。屍の上に成り立つ己のエゴに押し潰された結果なのだろうか。生きるために殺戮を繰り返した太古から、多くのことを学び進化してきたはずの人間は、精神的脆弱な時代を迎えることになる。

クローン技術が進化する以前から、ある医療団体は、人体をより長く機能させるための研究を始めていた。体内の抗体の強化、免疫力と治癒力の向上、さらに、あらゆる病気の可能性となる元を最初から芽吹かせない躰。つまり、クローンに頼ることのない躰である。その実験は「ヒトトノア研究」と呼ばれた。

アライという一研究者による、ヒトトノア研究に関するデータの一部が残されている。アライは九二歳で亡くなる前に記した論文の最後に、「人はいずれ、長い明日を迎えるだろう。同時に、長い昨日を見下すかもしれない」と締めくくっている。この論文は、一部の関係者にのみ存在を許された。前世紀の大国のうち限られた人種が関わり、大きな資金援助を受けながらも、その実験が公にされることなく極秘に進められたのには、理由があった。

実験のために被験者となった五〇数名は、子供、孫、と代を受け継ぎ、対象者を増やしていく。一番鍵を握るのは、被験者同士の婚姻により生まれた子が、また別の被験者の子との間に、子をつくることだった。さまざまなデータを取るために、被験者以外との間にも子をつくる。妊娠、出産は女性体の躰で行い、太古からの方法に意味があるのだという。「ヒトトノア」は倫理的反感を買うことは必至で、公にされないまま、水面下で着実に、人の遺伝子進化が進んでいくのである。

そうして研究が始まって二〇〇年以上が経った頃、ある一部の一〇〇歳を超える人間が世界から注目を浴びることになる。彼らは実年齢より三〇～五〇歳ほど若い容姿を保ちながら、身体的機能の衰えもなく、普通の生活を送っていた。臓器提供を受けることなく、脳や心臓、内臓などのあらゆる臓器も正常だったのだ。さらに五〇年ほど経つと、被験者たちのデータをもとに、新薬が開発される。癌や脳神経疾患、肝炎、感染症、アレルギー疾患などのさまざまな病気から先天性疾患まで、命を削る根源を芽吹かせない効力があり、なおかつ、体内に不要なものを速やかに排出できる躰となるための遺伝子進化をも促す。その新薬の名こそが「ヒトトノア」。

ヒトトノアは、まずはじめに生まれてすぐの赤子の血管に注入される。男性体の場合は一回のみ。女性体は、妊娠が発覚した者にのみ、すぐに注入される。いずれは、ヒトトノアを必要としなくなる長寿の遺伝子となるために。その理想は、理想ではなくなる時代がやってくるというのに、人は破滅へと導かれる。進化したがゆえの末路だった。

人は今以上の進化を望み、未来永劫、失いたくないものがある。そのために、さまざまな分野の研究がなされてきた。人の長寿とともに深刻な課題。それは、この大地の寿命だ。オゾン層破壊による温暖化現象が危惧された時代もあったが、あらゆる方法をもってしても、世界がブレインネットワークで繋がる時代、さまざまな電熱圧を消すことはできなかった。

二二〇〇年中頃、ある宇宙研究開発事業団が極秘に行った実験がある。じつはその機関と「ヒトトノア」研究は、のちに同じ思惑で団結することになる。その極秘実験から遡ること二〇三〇年頃、この星からはるか彼方に、人が住める可能性の高い惑星を発見していた。この時代になると、すでに地球観測衛星などの開発や国際宇宙ステーションへの物資補給、また無人小型探査機といったさまざまなロケットが大国ごとに打ち上げられており、ロケットの打ち上げ自体に、人々の関心は薄れていたのだが、もちろん地球に似た惑星の発見は初めてであり、全世界に配信され、一時期は世間を賑わせた。

その惑星は、すでに地球と同じ進化の過程にあった。重力により周囲の微惑星を引き寄せ、衝突と合体を繰り返し大きく成長した惑星は、その放出される膨大なエネルギーとガスの発生によって大気に覆われ、マグマの大地と化す。やがて冷え始めた大地に水蒸気が雨となって降り注ぎ、海が誕生するのだ。そんな生まれたての惑星に、多くの人々は夢と希望をかき立てた。

だが海が誕生したばかりの、まだ熱とガスの充満する惑星に、人が降り立つことはできない。気温が下がり、酸素をつくるバクテリアの誕生から地球と同じような大気が形成されるまで一五億年以上かかる。当初、多くの人々が移住計画にわき立っていたものの、否定的な専門家の見解が飛び交うと、世間の関心は瞬く間に薄れていった。

唯一、莫大な資金援助を受けていた、その惑星を発見した宇宙研究開発事業団だけは、すでに中継地点となる宇宙にコロニー建設を進めていた。惑星開拓の前準備を始めていたのだ。

じつはこの宇宙研究開発事業団のCEOのエノジマは最初のヒトトノア研究の被験者であり、アライとは古くからの友人関係にあった。二人が密かに立てた計画は、結局生きている間に実現されることはない。この時は、ただの夢物語に終わるはずだった。

エノジマが生きている間に行ったことは、惑星の進化を促すための最新型ロケットと宇宙ロボットの構想までだ。彼はその完成を見ることなくこの世を去り、その理想は受け継がれていく。

ようやく惑星に無人探査機を送り込んだのは、エノジマが亡くなって一〇〇年以上が経ってからだ。二二〇〇年中頃。熱やガスなど、あらゆる耐性に優れた最新型ロボットを定期的に送り込み、海から発生するガスによりオゾン層を形成するのを早める実験が行われる。同時に土壌の開拓も進められた。一方で、アライの意志を引き継いだ者によって開発された新薬「ヒトトノア」が、試験的に一部の人間に投与されたのは、その一〇〇年後だ。その頃から、日本の最南端の島に最新医療機械や医療ロボットを配備した研究施設の建設が始まった。その建物群は核シェルターを搭載した、頑丈な要塞のようなもので、衛星中継を目的とした宇宙開発ステーションや最新型宇宙飛行機も完備していた。故エノジマの所有する企業からの支援の他に、長い年月をかけて建設するには、全世界からの多額の資金援助があったのは間違いない。エノジマとアライの夢物語が、二五〇〇年初頭、ようやく交わることになったのは、互いの団体が同じ思惑で動いていたことに他ならない。つまり「ヒトトノア」とは、新薬の名前であり、第二の地球開発プロジェクトの名前でもあったからだ。

二五〇〇年初頭。全世界は大混乱となった。地球に直径一〇キロ近い隕石が近づいている、というある大国の宇宙開発ステーションの発表から端を発している。もっともそれ以前に、この地球に対する危機感はあった。

脳と指にマイクロチップを埋め込むことが当たり前の時代、情報収集からコミュニケーションツールまで、すべてがブレインネットワークで繋がっていた。人の機械化が進む中で、重労働や人手不足を補うため、また一部の人間の間では「家族」というカテゴリーに属していた人型ＡＩも普及していく。そうした電波の蔓延《はびこ》る電熱圧にまみれた世界は、急速な温暖化へと突き進む。草木も生えない不毛地帯を増やし、川や湖は干からび、砂漠化していく大地。温暖化が原因かは判明していないが、自律進化する人工知能コンピュータの暴走による爆発も多発する。一番深刻なのは、脳のマイクロチップの誤作動やウイルス感染などによる人的被害だった。脳の損傷が大きければ、死に至る場合もある。人の死は、もはや癌などではなく、進化していく電脳ウイルスや事故、自殺がほとんどとなった。そんな世界情勢の中で、巨大隕石の接近を知らされたわけだ。

混乱の中、ヒトトノアの最終実験は行われた。未知の世界に進化した人間を送り込み、新たな地球を開拓していく。エノジマとアライの夢物語が、ようやく始まった。彼らは、すでに今あるこの地球が崩壊へと近づきつつあることを予見していたのだ。それは実験とは言えないのかもしれない。理論や仮説が正しいかどうかの確認は、もうできなかった。なぜなら、第二の地球とされた惑星への宇宙飛行は、往路の燃料しか搭載できないからだ。行くまでに二年ほどかかる。これまでもエノジマの研究開発団体が惑星進化に送った最新型ロボットは、すべて回収できていない。むしろ片道切符を前提としたものだった。そのために幾つもの中継コロニーをつくり、衛星で観測するつもりだった。

長い年月をかけて遺伝子操作されたヒトトノアの被験者たちは、こうしてまだ人の住める段階ではない惑星へと旅立った。人体を昏睡状態にする特殊タイムカプセルの中で、時間を止めたまま惑星に到着する。その頃の技術では最新鋭のタイムカプセルではあったが、一〇〇年がタイムリミットだった。それまでに惑星が成長する可能性は皆無ではあったものの、一〇〇年の間に移住を断念せざるを得ない場合を備えて、中継コロニーごとに宇宙飛行船を配備する予定だった。ところが、エノジマとアライの後継者たちの予想よりはるかに早く、来たるべく時は来てしまった。

それまで、幾度となく巨大隕石の接近は伝えられ、そのたびに人々は混乱し、恐怖した。今回もまた、心配には及ばないという心理が働いていたのは確かだ。

しかしそれは、本当に起こってしまったのだ。

＊＊＊＊＊＊＊

ここまでの情報は、わたしの脳に内蔵されたマイクロチップから得ている。

追加事項としては、わたしがエノジマの子孫であり、ヒトトノア研究の最終被験者だということだ。もっとも宇宙飛行船に乗せられた当時のオリジナルのわたしは、まだ生まれて間もない赤子だった。わたしの他にも赤子から四〇代までの選ばれた被験者たちが六二人、成長を止められ眠ったまま、二度とこの地球に戻ることのない宇宙の彼方に旅立った。

赤子や幼少の人間以外は、皆、何らかの知識に長けていた。地質学や自然環境・バイオテクノロジー、コンピュータ技術などのさまざまな分野の専門家、またはそれを学ぶ学生であり、身体能力の高いスポーツ選手もいた。一番多数を占めていたのは医師である。もちろん医師の中でも病理学、予防医学、微生物学、遺伝子工学、脳科学、精神医学など、これも多岐にわたった専門家が揃えられた。わたしたちが目覚めた時に必要な知識を集結するために、最初の被験者の次の世代の被験者たちからは、生まれた時から進むべき道が決められていた。

また、宇宙飛行船に乗る者たちにとって、一番重要なことも配慮されていた。男女比率と血縁の濃度だ。親子や兄弟姉妹といった近親者はもちろん、極力、血縁関係のない被験者たちが選ばれた。いずれはこの中で婚姻関係を築き、遺伝子を増やしていくことが目的である。

その後、オリジナルのわたしたちがどのような運命を辿ったのか、今の地球の宇宙開発技術では知りようがない。隕石衝突時の状況は、今世紀のメイン・カオス・データから得られる。

二五〇九年、直径一〇キロ級の隕石と、その半分以下の隕石が地球に激突した。地球の自転軸はわずかに移動し、大きなクレーターをつくり、巨大津波に覆われる。さらに超級火山の幾つかが大噴火を起こし、空は塵にまみれ、太陽の光を遮断した。その結果、寒冷化現象を引き起こし、光合成以外のエネルギー変換システムを持つ藻類が大増殖したことによって、あらゆる生命体にとって猛毒となる化学物質が大量に大気に放出されることになる。すべての生態系の破壊はおろか、生き残った人類はほんのわずかだった。つまり、エノジマとアライの意志を引き継いだ者たちによってつくられた、最新鋭宇宙・医療開発研究施設に留まった人々だけが、生き延びたのだ。

その施設が、今わたしたちが生活している何十棟もある建物群である。当初は、被験者たちの他に「ヒトトノア研究」に投資してきた全世界の人間で溢れかえっていたようだが、天変地異を目の当たりにしたショックや外界に出られないストレス、また機能しなくなったブレインネットワークに対処しきれず、適応能力の劣った人間から徐々に精神疾患を発症していき、数を減らしていくことになる。

＊＊＊＊＊＊＊

「オリジナルは、この星には存在しない。だからあなたは、自分たちは人形なのだと？　だとしたら、わたしという存在は何者なのですか？　わたしは、オルグ同士から生まれたのに、オルグではないと規定されています」

アムルは淡々と言う。眼鏡越しの瞳は哀しみからは遠く離れ、気のせいかわずかに生彩さが映っていた。

「そもそもオルグという名称で区別したのは、あなたが推測している通りだと思いますよ」彼は表情を崩すことなく、言葉を続ける。

「人は、自分とは違う種類の人間に対して、恐怖を覚える生き物のようです。管理局員、つまり前世紀の生き残りの政治家や官僚たちですが、彼らは、自分たちもヒトトノアの新薬を接種しているにも拘らず、長年引き継がれてきた研究の対象者であるあなた方とは、まったく同じ肉体ではない。とくに、あなたのような一部の被験者は、今の技術でやっと追いつくことができた、あの当時の最新医術を使った完璧なコピーです。その上、実験上の理由から、オリジナルと同時に一〇〇年の眠りを強いられていた。彼らにとっては、あなた方は未知の生命体のようなものですが、この世界で生きていくために必要な存在であることは理解していた。あなた方を排除することもできず、支配し管理し、優位に立つことで恐怖を消し去ったのではないでしょうか」

「実際に、ボクたちは役に立ってきた」

「その通りです。最初は、あなた方の遺伝子からクローンを産むことだけが目的でした。赤子から育てることで、自分たちの望み通りに調教できると考えたからでしょう。人格など尊重されません。むしろ邪魔なだけです。ですから、眠っていない被験者たちもすべて眠らせることにした。当時のヒトトノア研究者たちもまた、同じ被験者でしたが、彼らの知識がなければ、あなた方をどう扱っていいものか、わからなかったことでしょう。研究者たちをリライブルという、管理局の直轄の立場に置いたのは、そのためです」

わたしの片方の頬が、小刻みに痙攣した。前世紀の情報からメイン・カオスの情報まで、すべてがつまった電脳チップでも、あらゆる情報を網羅することはできない。わたしの中で記録されていない事実は、新たな情報としてインプットされるだけだ。それでも少なからず、戸惑いは表面化してしまったようだ。

アムルはわたしの顔を見つめながら、わずかに口角を上げた。

「どうやら、ご存じなかったようですね？」

「要するに、ボクは偽の情報を信じ込まされていたってこと？　オリジナルは存在したし、あんたたちリライブルこそオリジナルの子孫ってことになる」

「実際は、少し違います。リライブルは、喜んで管理局の言いなりになったわけではないですからね。とくに最初のリライブルたちは、自分たちの同胞を眠らせ、実験対象者のオルグとして扱わねばならなかった。その心的ストレスは尋常ではなかったことでしょう。当初はクローンを産むことのみだったのが、やがてエスカレートしていき、前世紀では人間以外の動物に行うような、人体実験も行うようになったのですから」

「そのひとつは、クローンではなく、コピーをつくろうとした。ボクが五歳の時に受けた実験だ」

わたしは、実験に貢献できたことになる。今ではさらに生命体システムの技術進化が進み、人格のない、まったく同じ個体のコピーを生み出すこともできるし、また別のコピーした個体に意識を移植することもできる。もともと女性体だったセマが、別のコピーされた男性体の躰を得たのは、この後者の施術によるものだろう。わたしとしては、意識のない個体に、自我を移植しなくては成り立たない躰をコピーとは認めにくいが、管理局やリライブルは、別生体に移植すること自体を「コピー」と捉えている。そして今も、健常者たちの臓器提供者としてオルグのクローンは生み出され、別棟で生活している。わたしのクローンもたくさんいることだろう。もちろんこの施設内の大半のオルグは、クローンや成功したコピーだ。

「正確には、五六歳ですね」アムルがご丁寧に補足した。「あなたは五一年間、眠り続け、実験のために無理矢理目覚めさせられた。しかし、幸か不幸か、あなたの前に実験を行った赤子が死亡してしまったことで、その実験は少しばかり見送られた。そのため、目覚めてから五年後の幼少体になった時に、実験が再開されたというわけです。まだしっかりとした人格が定まっていない年齢でしたが」

「初耳だな」

わたしの片方の頬が、また痙攣を始めた。

「あなたは最初の成功例でしたが、人格が乖離してしまったのは誤算だったようです。ですからあなたは、管理局にとっては興味深い対象となった。ただし、あなたがエノジマ氏の遺伝子を強く受け継いでいることや、脳の記憶財産のことは、一部のリライブルにしか継承されていません」

「ボクの記憶を欲しがっているじゃないか」

「もちろん、電脳チップの存在は知っています。ただ、その内容を知らないだけです。現在、一部の管理局員だけブレインネットワークが再構築されていますが、あなたの電脳にアクセスできずにいます。取り出すことも考慮されましたが、危険と判断され、どうにかあなたの口からその情報を聞き出そうとしています。あなたの、というよりは純真なスカイが素直に催眠にかかった時に話してくれると信じていたようですが。ただ、彼らはその情報がどんなものか、徐々に見当をつけ始めています。だからこそ焦っているのでしょう」

　アムルはいったん、口を閉ざし、俯いて眼鏡をはずした。指先で目頭を押さえると、すぐにかけ直す。一瞬だが、疲労の顔を垣間見た。彼は何事もなかったかのように、また言葉を続けた。

「……話が少し逸れてしまいましたが、あなたは先ほど、リライブルこそオリジナルの子孫だと言いました。ですが、今のリライブルは直系の遺伝的繋がりはありません。オリジナルと規定されているのは最初のメンバーだけです」

「最初だけ？」

「眠ったままのオルグは、もちろん数が増えることはない。それどころか、実験内容によっては命を落とし、徐々に数を減らしていきました。当時の管理局体制は、リライブルも互いを実験対象にし、子をつくることを命じていました。その頃のオリジナルは一〇人にも満たない数でしたが、全員、男性体でしたから、オルグの女性体クローンが成長するまで待たねばならない。当時はまだ、成長した躰をコピーすることはできなかったですからね。と言うのも、世界が崩壊する前、あなた方被験者をコピーした前例はありますが、まったく同じ薬品や化学物質が手に入らなければ無理です。ですが、オリジナルは皆、研究のスペシャリストです。本当にできなかったのかどうかは、実際のところはわかりませんがね。まぁ、それでも、クローンを生み出し続け、実験は進められた。あなたからすれば理解不能かもしれませんが、管理局の言いなりにならなければならない材料は幾つもあったと思いますよ。圧倒的多数で、被験者以外の人間が多いのです。そして、この施設の中が、逃げ出すことのできない世界のすべてなのです。……彼らは、研究者として、女性体クローンの成長を監察しながら、何を思ったのでしょうね？　わたしには計り知ることはできません。ですが、オリジナルは、普通の人間なのですよ。あなた方と同じ、管理局員と同じ、感情のある、命のある人間。彼らはオルグの人体実験を進める中で、精神を病んでいった。自分たちが実験の対象となるのはまだ許せる、というのも、それまでもずっと被験者だったからです。だがエスカレートしていく実験内容に、いずれは自分たちの子供も対象者となっていく。それで、オリジナルは全員、自殺しました」

わたしは口の中がカラカラに乾いていることに気づき、ぐっと息をのんだ。

「つまり、オリジナルは存在しなくなった、ということ？」

「表向きは、です」

「全員、死んでいなかったのか？」

「いいえ、最初のリライブルとされたオリジナルは全員、死んでいます。しかし、ひとりだけ、眠ったままのオルグの中に、オリジナルがいたのです」

まさか……。

わたしの片頬が再び痙攣を始める。今度は、自分でも驚くほどにかなり動揺していた。

「自殺したリライブルは、彼女を守るために、意識をもったまま目覚めない躰にした。じつは管理局は、彼女がオリジナルであることをいまだに知らない。わたしや、一部のリライブルが情報を偽装しているからです。当時の管理局体制は、オリジナルが全員死んでしまったと思い込んでいましたから、かなりのショックだったでしょうね。多くの批判を浴びて、体制はいっきに崩れました。その後の新体制では、オルグを過激な実験対象としてはならず、社会貢献をさせて、彼らを守るという動きに変わりましたが、監察対象であることに変わりはありません。まぁ……それもまた表向き、ですがね。公にされていませんが、実験は続きました。スカイのコピーであるカリフが、身体的、精神的な傷を負わされてきたわけですから」

「その、オリジナルの名前は……？」わたしはやっとの思いで尋ねた。

「本名は、イヴです」

それは、はるか昔の宗教的創世記の中の、人類最初の女性体の名前だ。笑おうとしたが、わたしの顔は凝り固まっていた。彼女が実体をもつ存在であったことは、情報をハッキングしていたセマも知らなかった。偽装されていたのだから当然かもしれない。

「被験者たちに名前が与えられたのは新体制になってから、彼女は管理局によって、アスィリと名づけられました。今ではほとんどのリライブルも、改ざんされた情報をうのみにしています。彼女がなぜ目覚めないのか、どのようにしたら目覚めるのか、今もってわかっていません。そうそう、一度だけ目覚めたことがありましたが、あの時の会話は、わたしの同胞によって削除され、画像も一部加工していますので安心してください。ただ、眠ったままにも拘らず、あなたの子を何人も産んでいる。しかも、生まれた個体はとても興味深い対象となりましたが」

「他の個体と違うのか？」

「はい。あなたとイヴのＤＮＡを受け継いだ、正常な個体でした」

「正常なのに――」わたしは、すぐに理解した。

クローン同士で生まれた個体は、何らかの遺伝子障害や、突然変異型遺伝子をもって生まれることが多い、と暗号化されたメイン・カオスのデータに記録されていた。皮膚や骨、血液などに異常があり、病気の種類によっては、長く生きることはできない。症例はあまりに多く、眼球異常も含まれていた。

「ですから、イヴは貴重な存在なのです」

「彼女は今も、存在しているんだね？」

「当然です。大切な監察対象ですから、今も施設内の一室で眠っています」

わたしの中で、どうにも整理のつかない感情が渦巻く。もうひとつの世界の住人のコピーである一部のオルグが深い眠りに落ちることで、真実の世界を垣間見る。アスィリがオリジナルならば、カリフが信じる、その世界の彼女は存在しないはずだ。束の間、口を閉ざしていたわたしを、アムルはわずかに首を傾げて、じっと見守っている。彼は常に、わたしの反応を窺っている。わたしは猜疑心を払いのけた。

「彼女も監察対象ということは、ボク以外の男性体との間にも子をつくったの？」もはや、今のわたしにはどうでもいい情報だった。

アムルは首を振った。「いいえ。彼女は、あなたにしか反応しません。他の男性体では、彼女は発情どころか躰を固くしてしまい、かなり異常な脳波の乱れが起こりました。医師判断により、今後もその実験は行いませんよ」

「へぇ、えらく過保護なんだね？　オリジナルだから？」

「それもありますが、わたしは彼女の担当医です。彼女が何を求め、何に対して不快に感じるのか、ずっと彼女を見てきたわたしには、手に取るようにわかります。今後も、彼女の意思を尊重し見守ることが――」

「それを『愛』って言うんだよ」

その一瞬の表情を見ることができただけでも、彼との会話は無駄ではなかったように感じた。目を大きく見開き、驚きと困惑の入り混じった顔は、一瞬にして消え去った。束の間、優位に立てたような気がした。

「そうですか……。こういう感情を、愛と言うのですか。それならば、わたしはあなたにも、同じ感情を抱いていますがね」

喰えない奴だ。そう心の中で吐き捨てて、わたしは笑顔を返してやった。

「それはどうも」

アムルは振り返って、小型監視カメラを見やってから、またわたしへと顔を戻した。

「そろそろ、管理局員がやってくるかもしれません。あなたが夢の中で見た風景を延々と話す映像には見飽きた頃でしょうからね。変化を与えるために、一時間後にあなたが眠りに落ちる映像を追加しておきました。そろそろ、その時間が来ます」

白衣のポケットから、彼は注射器を取り出した。

「睡眠導入剤です。これを打つ前に、本題に入りたいのですが――」

「その前に、あんたのことを教えてほしい。何でも教えてくれるんだろう?」

注射器をもつ手が止まった。

「わたしのこと、ですか?」アムルは首を傾け、極細の針の先端を見つめる。「興味をもっていただけて光栄ですが、たいした過去はもっていないですよ。オルグ同士から生まれ、幼少までは実験対象者でした。その後一三年間、民間の施設で擬似家族と過ごし、一八歳の時にリライブルに選ばれたのです。たまたま養父が元リライブルでしたから、長年引き継がれてきた機密情報、つまりイヴの存在を受け継いだわけです」

「ありがとう。もう、いいよ」

わずかに動いた眉に、彼の困惑の色を見て取った。他にも聞かれると思ったのだろうが、わたしが知りたかった情報はもう得られた。

彼は気を取り直した様子で、とくに興味のなさそうな顔で立ち上がり、わたしが座るベッドの傍らに腰を下ろした。

「では、本題に入ります。セマは、あるシステムを破壊しました。そのシステムの存在は、一部の管理局上層部にしか知られていないもので、わたしにも詳細は一切わかりません。ですが、彼が無駄なことをしてまで死を選ぶとは思えない」

　セマとわたしの思惑は一致しているはずだ。となると、それに関する何かを壊したに違いない。

「ボクにどうしろと?」

「自分の思う通りにしてください」

「は?」

　わたしの腕を取ったアムルは、注射針を刺す位置を確認するようにその肌の上で翳すだけで、そのまま手を止めた状態でわたしへと顔を向けた。

「きっと、望み通りの道筋が見えてくるはずです」

「あんたの勘だろう?」

「まぁそうですね。ですが、自信はありますよ」

「リライブルがそんな適当なことを言っていいの?」

　彼はわたしの言葉を聞き流して、続けて言った。

「それと、あなたは目覚めたら、カリフとして登録されます」

「なんで?」

「共鳴したことで、あなたの中のカリフという個性が強すぎて、カリフの印象を強く他者に与える。その確率が八八パーセントだと、メイン・カオスのデータがはじき出しています」

「だったらなんだよ？　そんなのただの確率の問題だよね？」

アムルは意味ありげに笑った。

「管理局は、メイン・カオスのデータしか信じないんです。事実はどうであれ」

ようやく注射針を皮膚に刺した。いつまでも刺すのか刺さないのか、視界の中に置きっ放しにされ続けるほうがイライラする。だから睡眠導入剤が欲しかったわけでもないのに、ほっとした。アムルは役目を終えた注射器を素早く白衣の内ポケットにしまい込んだ。そして、ベッドに横たわるわたしを見守る。

「ひとつ、言い忘れていました」

一度は目を閉じたものの、わたしはすぐに目を開いた。「まだあるの？」

「二〇〇年ほど前、第二の地球へと向かった宇宙飛行船には、あなた方人間の他にＡＩが紛れていたそうです。ＡＩが見た映像は、中継コロニーが受信し、幾つもの中継地を経由することによって、はるか彼方の映像をこの地球でも見られるはずだったのですが、もちろん、二〇〇年前の惑星衝突の衝撃でほとんどのコロニーは消失しています。ですが、機能しているコロニーは存在していると考えられます。あなた方、一部のオルグの夢という形で見る映像が、その証拠です。ただ、あなたが、というよりはカリフだけは、その世界でも自我意識が潜在した、とわたしは考えています。もし共鳴したことによって、そのことを忘れてしまったのなら、とても残念……」

わたしは、闇の底に落ちた。

二

「ありがとう……あなたのおかげで、目覚めることができた」

女性体の声。清らかで、優美さをまとった音色を聞いているようだ。

「世界は、変わっていない。醜くて、汚いまま。どれだけ景色が変わっても、それはずっと変わることがない。彼らが救いを求めている新世界に行こうとも、人が人である以上、どこに行ってもその世界は汚される。それが、生きることなのだから。……それとも、あれは幻なの？」

歌を歌っているような囁きに、わたしはうっとりと聞き入る。

幻じゃない。きっと、大自然の美しさの中に、残酷さと醜さが潜んでいる。人は、その中の一部にすぎない。ボクたちが生きているこの世界も同じ。

「美しいという概念は、人の防衛本能から生まれた感覚思考なのかもしれない。己の醜さを拒絶した結果、後付けで生み出された。わたしたちが今、行っている行為も、愛があれば美しいとされ、愛がなければ汚いとされる」

人は、心で生きているから。

「心……。それは、美しいの？」

どうかな。複雑なものだから。自分の心を頭で理解することは難しい。頭は、一〇〇パーセント理解しているわけじゃない。ボクも、自分のことがよくわからないけど、君を求めている気持ちは確かだ。

「本能のまま、ではないの？　きっと、わたしも同じ。わたしもずっと、あなたの遺伝子を求めていた」

本能のまま、か。そうだね。心のどこかで、この行為に後ろめたさがあるから、大昔の人々は、愛のある快楽を美しいものとしたんだろうな。カリフが言うには、あ、このシェアルームのルームメイトなんだけど、男性体の本能は、手当たり次第に種を蒔きたいがゆえの発情なんだって。でも、女性体は違う。遺伝子で相手を選ぶって言うんだ。

「人はあるがまま……遺伝子に導かれているのです。その行為に、それ以上の意味などありません」

でも君はボクを求め、ボクも君を求めている。ボクの想いを受け止めたからこそ、君は目覚めたんじゃないの？　遺伝子の導きなんて単純なことじゃないと思うんだ。

「わかりません。……あなたがさっき言ったように、心を理解するのは難しいようです。でも、わたしたちはずっと監視され、生体情報をモニタリングされ、こうした行為の最中も監察されています。その当たり前の世界が、今……なんて表現したらいいか……」

不快に感じているんだよ、きっと。心を見られることが、人は一番恥ずかしい。生体情報モニターによって、ボクたちの心は簡単に、そして単純に数値化される。だけど君は、心に大きな変化が生まれた。それは決して、数字では読み解くことはできない。

「そう……、わたしの中の世界は変わってしまった。わたしの人生の中で、唯一、色のある存在。この時を……もしかしたら、ずっと待っていた」

ボクの世界も変わった。アスィリ、これはきっと愛なんだ。

「アスィリ……？」

君も、ボクに愛を向けたんだよ。だから目覚めた。こうして繋がるために。

「愛……？　このような傷を負わされたいと願ったわけではありません。わたしはあなたの、純粋で強いムベグが欲しいだけ。そしてあなたは、ムベグを吐き出したいだけ。あなたは……あなたの言葉で喩えるなら、種を蒔く土壌を探しているだけ。どこでもいい。より多くの種を蒔いて、それが丈夫な根を張り、次の種を蒔くための最初の礎となろうとしている。それが愛という感情に導かれているとは、安易な考えと思うのですが」

　おかしなことを言うんだね？　……なんだかよくわからないけど、ボクは君に、悪いことをしてるの？

「いえ、ごめんなさい。ひどく、思考の乱れが起こっているようです。この窮屈な違和感が、今では不思議な感覚で……わたしはひとりではない、と、感じる……あなたの言う愛と、かんけい、が……？」

　どうしたの？　なんか、落ち着かないけど。

「え……ええ、膣が、……あなたの形に、対応できた、ようです。痛みが和らいで……」

　そういうものなの？　ボクは、女性体の躰がよくわからないから。

　少し前から、彼女の躰が力を失っていることに気づいていた。ボクの躰の一部も、その快適な束縛の中で、そろそろ潤滑としての機能を果たすべきだと訴えている。

「ムベグを与えてください。でも……」

　でも？

「しばらく、このまま……あなたを見ていていいですか？」

　う、うん。ちょっと恥ずかしいけど、ボクも、君を見ていたいから。

「それと」

なに？

「あなたが快楽を得ている間、わたしはまた、眠りに落ちます。でも、行為を続行していただいてかまいません。今後、わたしは目覚めることはないかもしれませんが、それでも、眠ったままのわたしに、これからもムベグを与えてほしいのです」

もちろんだよ。でも、大丈夫。君は、いつかは目覚める。

「それはどうでしょうか。今度、目覚める時は、きっと……」

きっと？

「あなたを失う時」


ボクは、どうかしてしまったのだろうか。自分の躰なのに、自分の意思がまったく通じない。もう、欲情を止めることができなくなってしまった。

海のエリアから逃げるように出て、そのまま廊下を進む。途中、女性体のひとりに声を掛けられたが、素っ気なく返事を返して足早に去った。このまま誰とも顔を合わせないまま、シェアルームに帰りたかった。

だが、ボクはやっぱりツイてない。閉まる直前のエレベータに、女性体が乗り込んできた。そしてすぐに、すり寄ってくる。名前は知らないけど、とても綺麗な子だ。なんとなく、アスィリに似ている。

さっきまでの快楽を忘れたように、ボクの躰は呆気なく興奮する。他には誰も乗っていないエレベータの中で、ほんの数秒間、彼女と唇を重ねた。

扉が開くと、彼女と一緒にその階に降りた。ボクのシェアルームがある階ではなかった。

「わたしの部屋に行きましょう。今なら誰もいないわ」

透き通るような声までも、アスィリにそっくりだ。もう随分、彼女の声を聞いていないけれど、清らかな音色を奏でるような、その心地良い響きにボクの胸が躍った。ついさっき治まった発情が、また息を吹き返している。

ボクはいったいどうしてしまったんだろう。見境なく相手を替えていくことに、何の抵抗も感じない。そんな自分に戸惑った。

「あ、その……」

廊下の中ほどで、ボクは立ち止まった。彼女は不思議そうに振り返り、口籠もるボクをじっと見つめた。

「もしかして、さっきまでヘヴンをしていたの?」

ボクが頷くと、そんなことたいした問題じゃない、と言いたげな視線を送ってくる。

「もうムベグが出せないわけじゃないんでしょう?」

「うん、そうなんだけど……ついさっき、他の女性体に与えたばかりだから」

「よくわからないわ。わたしには与えたくないってこと？」

「そういう意味じゃないんだ。ごめん、ボクは今とても混乱してて……もう少し、時間をくれないか？」

　さっき、ルシアという女性体に大量のムベグを吐き出したというのに、まだたくさん出せる自信はある。躰の中でつくられている感覚がわかる。それが、逆に怖かった。今目の前にいる彼女にムベグを与えたくて仕方がないのに躊躇してしまった。

　彼女はさようならと言って、ボクに背を向けた。自分のシェアルームには戻らず、来た道を引き返して行く。

「き、君の名前は？」

　足を緩めることなく、彼女は横顔だけをボクに向けて言った。

「スリよ」

　呼び出しボタンを押すと、この階で待機していたエレベータは待ち構えていたように扉を開けた。ボクは慌てて、エレベータに乗り込む彼女の背中を追った。

「スリ、明日は……明日なら、ムベグを与えてあげられる……！」

　こちらに躰ごと向いて、彼女は微かに微笑んだ。

「わたしは今、欲しいの」

　扉は呆気なく閉まった。

ボクはしばらく、その場に立っていた。気持ちの整理がつかない。なんて表現の難しい感覚なのだ。わけのわからない苛立ちが徐々に湧いてくる。

シェアルームに着いた時は、精神的・肉体的にかなり疲労していたのだが、ダイニングルームに入った瞬間に吹き飛んだ。ソファの上に、カリフが裸で、気怠そうに横たわっていたからだ。ボクは慌てて、扉にアナログ式の施錠をした。

「こんなところで裸になるなよ。早く、服を――」

「お前のせいだろ……」言葉とは裏腹に、気分はかなり良いようだ。そう、快楽の余韻に浸っているのだ。

「ようやく、アスィリ以外の女性体に興奮するようになったようだな？」

ボクは黙ってカウンターキッチンの中に入り、二人分のコーヒーを用意した。カリフはソファに寝そべったまま、上機嫌でボクを目で追っている。

「すごい快楽だった。お前のムベグを根こそぎ吸い込むくらい……。おかげで俺は、ワークどころじゃなかった。頭がおかしくなりそうだったよ……」

彼のコーヒーをテーブルに置いて、ボクは向かい側のひとり掛け用のソファに座った。苦いコーヒーは、少しばかり心を落ち着かせた。カリフは気怠そうに上体を起こして、カップを手に持った。

「で？　相手は誰？」

その質問がくることは、最初からわかっていた。隠すことでもない。

「ルシア」

「……あの女性体か」カリフの顔が、いっきに不機嫌になる。

「知ってるの？」

「何度も合図を送ってきたが、俺とヘヴンができないってわかると、顔も合わさなくなった。お前は簡単にルシアを受け入れたんだな？」

簡単……だった。海のエリアの砂浜を歩いていると、どこからともなくルシアが現れた。彼女にキスをされてから、ボクの中に燻っていたものがいっきに弾けてしまった。これまでの、眠ったままのアスィリとのヘヴンとはまったく違う。それは決して彼女のせいではないことも、わかっている。ルシアは正反対で、貪欲に快楽を求めてくる。快楽を分かち合える。それに、彼女はアスィリと同じ、シリムを出した。視界が霞み、夢の中で見た真っ白い雲の上を漂った。カリフは頭がおかしくなりそうだった、と言ったが、ボクは完全におかしくなっていた。後から後から、波のようにムベグは溢れてくるし、ルシアもムベグを欲しがり続ける。途中で、怖くなった。

その後、スリに会ったのだ。彼女もルシアと同じように、欲望のままにムベグと快楽を求めながら、発情した男性体を探し歩くのだろうか。

「誰のことを考えてるんだ？」

カリフが、ボクの顔を覗き込んでいる。視線を逸らしたものの、彼に嘘をついても見破られてしまうのだから、最初から正直に話すしかない。ボクは、スリとの会話の流れを簡単に話した。

「……だけど、ボクのムベグじゃなきゃ、彼女は満足できないに決まってる。他の男性体のものじゃ、絶対に物足りないはずなんだ」

ボクはなぜ、こんなにムキになっているのだろう。その理由は、カリフが教えてくれる。彼はボクのことを、ボク以上に理解しているのだ。

「要するに、スリが他の男性体とヘヴンをするのが、お前はイヤなんだな？」

青天の霹靂とは、こういう時に使う言葉なのだろうか。まったく感知していないことを言われ、ボクは一瞬、言葉につまった。

「……初めて会った子なのに……なんで、そう思うんだろう？」

「アスィリに似てたからだろ？　今度会ったら、絶対にヘヴンしろよ」

カリフは床に散らばっていた服を躰にまといながら、含み笑いをした。悪巧みをする時以上に、生き生きとしている。

「だが、ルシアにムベグを与えすぎるなよ。ヘヴンに慣れてるだけじゃないな。あいつの躰は、男性体を悦ばせるようにできてるんだよ。あの快楽は捨てがたい。ほどほどにしといて、次は隣のワークフロアの女性体とも試してみてさ――」

「何言ってるんだよ……そんなこと、管理局が知ったら――」

「知ってるよぉ」カリフは黒いシャツを頭から被り、白目を剥きながら顔を出した。「管理局もリライブルも、みーんな知ってるよぉ」

変顔をしてからかう態度に、ボクはひどく苛立った。

「ふざけるなよ！」

カリフは黒いシャツとカーゴパンツ姿になり、ソファに座り直した。顎を上げて、人を蔑むようないつもの眼差しを向けてくる。

「ふざけてねぇよ。お前にとっちゃ、ヘヴンもワークのうちだろ。誰にも咎められることはない。好きなだけ快楽を得ろよ」

「き、君はただ、ボクから流れる快楽が欲しいだけじゃないか……！　ヘヴンがワークのはずが――」

「あるんだよ、それが」

前のめりに顔を近づけるカリフに、ボクは気圧されてしまった。

「余計なことは考えるな。まぁ、頭の弱いお前でも、いいとこ突いてきたよな？　そうだよ、俺は快楽が欲しい。自分ではどう頑張ったって得られないからな。俺のために、快楽を流し続けてくれよ。それくらい、いいだろ？　俺は、お前の代わりに何度も何度も、痛い目に遭ってるんだ」

その蒼い瞳の奥に、ボクには到底理解できないような深い闇を垣間見た。

「どういうこと?」

彼はボクの問いかけには答えない。立ち上がって、自分の部屋へと足を向ける。

「カリフ!」

ボクは、わけもわからず、急に寂しくなった。一瞬、垣間見た殺伐とした蜃気楼に、カリフが突然、ボクの前からいなくなってしまうんじゃないかと思った。それは奇妙な妄想かもしれないけれど、ひどく怖くなってしまったのだ。

「なんだよ?」

カリフは部屋の扉を開けながら、不機嫌そうにボクを見やる。いつものカリフだ。

「ボクを見捨てないで……ボクを、ひとりにしないで……!」

彼は呆れた顔で笑った。「なに言ってんだ? そんなこと、できるわけないだろ?」

その憂いの瞳は、きっとどこか別の世界を見ている。

「俺だって、お前なしじゃ生きられないんだ」

結局、スリとはあれ以来会っていない。ダイニングホールや他のワークフロア、余暇室、培養室、彼女のシェアルームのある廊下を何度も素通りしても、彼女の姿を見ることはなかった。他のオルグに、それとなくスリのことを聞いたこともあったが、誰も彼女のことを知らなかった。彼女は本当に存在していたのだろうか、と疑うくらいに。

アスィリが隣の部屋に戻ってくると、また彼女を求める日が続いた。それと同じ頃、ルシアも深い眠りに落ちたのか、三カ月ほど姿を見なくなったが、再会すれば、またすぐに求め合った。

そんな日々の中で、ボクは簡単に、スリの存在を忘れていく。

あの時のカリフの言葉の真意を、ボクは一〇〇パーセント理解していなかったと思う。彼が快楽のためだけに、ボクを必要としていたはずはない。だけど、彼の心のどこかで、ボクを拒絶していることは、なんとなく感じていた。

ボクはふと、いつか彼が話していた夢の話を思い出した。

蒼い空に、白い海鳥の群れが遠くに飛び去っていく。ユリカモメという種類の渡り鳥だそうだ。姿が見えなくなった頃、一羽の海鳥が別の方角からやってくる。群れからはぐれたのか、その一羽はカリフの頭上を旋回してから、海の上を優雅に飛び回る。そしてまた、彼の上を旋回する。その繰り返しを何度も続けてから、その海鳥は彼方の空に飛んでいった。群れとは違う方向だったんだ、と彼はボンヤリと言った。

その時ボクは、彼もあんな風に自由に空を羽ばたきたいのだと感じた。

彼は、本当の自分に戻りたかったのかな？
ボクたちは結局、孤独だったのかな……。

新しい文明に、彼らを介在させてはならない。
歴史を繰り返させてはならない。
その文明を、進化させてはならない。

第五章

一

データ解析のワークは、わたしの日常の一部だ。その目的のために起きて、朝のコーヒーを飲み、隣の部屋のオルグに挨拶をしてから、シェアルームを出る。

廊下や一〇階のワークフロアですれ違う管理局員やオルグは、みんな薄っぺらい奴ら、いや、気の良い奴らばかりだ。己のイドの存在を見ようともしない、何の害も利もない。彼らに笑顔で挨拶を交わし、自分のＬＣＤモニターに向き合う。

データ解析のワークは、わたしの日常の一部、のはずだった。わたしの生きがい……わたしには、これしかできない……これ以外に、わたしは何をすればいいのか……。

モニターをじっと見つめて、わたしの手は重い塊になったように動かない。データ解析のワークに身が入らない。歴史のすべての事象と問題点、解決策が、手に取るようにわかる。どうして理解しているものを、解析しなければいけないのだ。どれだけ多くの無駄な行為、無駄な時間を費やしてきたのか。

いや、すべてではない。すべてを理解しているわけではないはずだ。未来への予測も解析済みなのに、まだ何かが足りない。いや、そうではない。何かが……欠如している。

わたしは立ち上がった。

「どうしたの、カリフ？　顔色が悪いわ」

一瞬、誰に声を掛けているのかわからなかった。自分のブースから出た白い通路で、すれ違いざまにグレタがわたしを見ている。

「……そう、かな。ちょうど今からカウンセリングに行くから、リライブルに異常を調べてもらうよ」

「何を言ってるの？　わたしがすぐに、治してあげる」

わたしの指の隙間に、彼女の細い指が滑り込んで、そのまましっかりと握り合う。言葉は必要ではない。二人の足は、ヒーリングエリアへと向かった。

わたしはグレタの胸の中でうたた寝をしていたようだ。頭上まで到達していない擬似太陽の陽射しが、フォレストエリアの池の水面をキラキラと輝かせ、眩しさに目を細めると、さらに輝くビジューに包まれる。透き通った鳥の囀りが耳に心地良い。顔を上げると、彼女の慈愛に満ちた顔が間近にあった。

「グレタとヘヴンをするのは久しぶりだね」

彼女は九〇日もの長い間、深い眠りについていたと言う。わたしも、リライブルによると六五日間、眠り続けていたそうだ。それほど長い時間眠っていても、彼女の手に優しく撫でられていると、また眠気を誘われる。

「そうね。また、わたしたちは愛し合えるのね？」

「愛し合う……？」

「これからもあなたは、わたしに優先的にディープムベグを与えてくれるんでしょう？」

ふと、手が止まった。彼女の思考が別回路に向いたようだった。

「ルシアにも、ムベグを与えているの？」

「ルシア？」わたしは再び顔を上げた。「彼女は眠ったままだ。そんなこと、できるわけがない」

「でも、眠ったままの女性体とヘヴンをしたことがあるでしょ？　ルシアには絶対、そんなことをしないで。彼女は、あなたを壊してしまうもの」

「あれは俺じゃなく――」わたしの言葉は、喉の奥で消えた。

頭に浮かぶ情景が、もうひとりのわたしであると直感で理解した。そう、あれはわたしだ。眠ったままの女性体。彼女は……誰だ？

　わたしはその女性体に、ムベグを与え続けた。それが誰だったのか、覚えていないほど遠い昔の出来事だろうし、記憶にないことは、わたしには必要のない情報だろう。おぼろげによみがえった記憶を、それ以上掘り起こそうとも思わない。そして同じことを、ルシアにもする気はない。

「どうして、ルシアが俺を壊すと思うんだ？」

「どうして……かしら？　わからないけど、眠りに落ちる前の彼女は、何だかおかしかった気がするの」

「気のせいだよ。彼女はとくに変わったところはなかった」

　グレタの表情が一瞬曇った。だがすぐに、穏やかな笑顔に戻る。「ルシアが目覚めたら、またヘヴンをする？」

　わたしは少しだけ、考えるフリをした。「そうだな……たぶん、すると思うよ」

「そうよね。彼女の躰ってとてもステキだもの。わたしも早く、彼女を抱きたい。でも、あなたが愛しているのは、わたしでしょう？」

　グレタはわたしを抱きしめた。ふくよかな胸の中に顔を埋め、わたしはまた興奮を始める。

　女性体とは、小賢しい生き物だ。とくに性に目覚めると自信に漲り、厚かましくなっていく。相手の望むような人格を演じ、すべてを理解しているフリをして、束縛し、自分の思い通りにしたがる。もっとも、男性体も、女性体への幻想を捨てきれないのだからどっちもどっちだろう。豹変していく女性体に幻滅し、別の女性体に行こうとも同じだ。愚かさや甘さを許し、すべてを受け入れてくれる女性体を求めること自体が間違っている。

「愛してるわ、カリフ」

発情した女性体の多くは、男性体の個人をアウラで判断するそうだ。躰から発光する魂のようなものらしく、男性体のわたしでは感じることはできない。時々わたしが別の名前で呼ばれるのは、それが原因だろう。管理局はわたしをカリフと呼ぶが、別の名前で呼ばれたとしても、それもわたしなのだと言う。

唇が密着し、そのまま荒々しく絡み合うと、躰は簡単にグレタの思い通りになってしまった。男性体とは愚かで、単純な生き物だ。彼女が唇を放し、愛してる、と囁く。その眼差しが、わたしの言葉を求める。だがわたしの口からは、思考の片隅に避けられていた言葉が漏れた。

「俺も愛してるって言えば、君は安心するの？」

君は、わたしという存在を愛しているんじゃない。君は、わたしの遺伝子を愛しているんだ。そう言ってやりたいと、喉の奥が反乱を起こす。ルシアもグレタも、他の女性体もみんな、競うように強靱で高貴な遺伝子を求める。笑顔の裏で互いの弱みにつけ込み、相手より優位に立とうとし、よりレベルの高い遺伝子を勝ち取ろうとする。その無意識的な競争に勝ち得た証に「合い言葉」を求めるのだ。

愛してる。

なんて軽々しい言葉なんだ。

わたしは微笑みながら、彼女の上に覆い被さった。戸惑いの表情は薄れ、甘い息吹にまみれていく。

明日も、わたしは別の女性体にディープムベグを吐き出すのだろう。その次の日も、またその次の日も。まるで絶滅した働き蜂のようだ。新たな生命体を生み出すために、女性体の体内にせっせとムベグを与え続ける。ムベグが枯れるまで、永遠に……。


「躰の怠さは続いているようですね」

囁くような声で、リライブルのジャスィが言う。いつも声が小さすぎて聞き取りにくいが、聞き返すまでもない。だいたいが想像できるし、また興味もない。

彼は医師らしい振る舞いをしながら、わたしの耳の下を押さえたり、首筋、肩へと触れていく。心拍数に限らず、脳波も身体的欠陥もすべて生体情報モニターで確認できるというのに、彼は必ず、この無駄な行為をする。痛みを訴えているわけでもないのに、触診を行うのだ。

処置室を兼ねた彼のカウンセリングルームは、白い壁に囲まれた中に、簡易ベッドや数種類の医療用ＡＩが完備してある。生体スキャンは、ただ裸で立っているだけだ。わたしの目線ほどの高さの縦長のＡＩが、わたしの周りを一周するだけで完了する。艶のあるシルバー色のフォルムは、チタン合金製だろうか。普段は壁際に置かれ、他の医療用機器と同化している。一五五階のオルグ専用処置室で動き回っている人型医療用ＡＩは、口頭による指示で作動するが、このスキャン用のＡＩは胴体内部の簡単な操作がいるようだ。使用頻度を考慮した構造になっているのだろう。

生体スキャンが終われば裸でいる必要はない。わたしが裸のまま椅子に座り、ジャスィに躰を触られるのは、たんに彼の趣向によるものだ。

「眠っていないせいでしょうね。睡眠導入剤を打ちましょうか」

そう言いながら、ジャスィの指が下半身へと辿っていく。その手を、わたしは冷たく払いのけた。

「前にも打ったけど、一時間ですぐ目が覚めたじゃないか」何事もなかったかのように、わたしは言った。

「それでも、打たないよりはマシです」

わたしへと前屈みになっていたジャスィは、すぐに背筋を伸ばして、向かい側の椅子に腰を下ろした。垣間見た狼狽えた表情はすでに消え、粘りけのある眼差しを向けてくる。話す内容は違っても、毎回、この動作のくだりは同じだ。もちろん、麻酔と睡眠導入剤が効いている間に何をされているかなど、わたしには知る術もない。

だが彼を弁護するわけではないが、麻酔を打つのは極秘実験のためであり、彼の趣向目的のためではない。目覚めた時のひどい苦痛は、今考えてもおぞましい。わたしには実験内容は知らされないものの、暗号化されたメイン・カオス・データを引っ張り出せば簡単に情報は得られる。ある時は、わたしの治癒能力の測定値を計るため、内臓にまで達するほどの傷を負わされた。前世紀では違法な薬物投与や肝炎ウイルス、甲状腺疾患などを引き起こす化学薬品を投与されたこともある。オルグの躰の耐性値を計るためだろうが、あらゆる薬物を投与されるたびに、わたしは副作用として鬱状態になった。

わたしの躰に対して、管理局やリライブルは、もはや畏敬の念さえ抱いているようだ。わたしの複製には、わたししか馴染めない。他のオルグでは、意識がないまま、腐敗していく。それも実験済みだ。

「じゃあ、強力なやつにしてくれ。いい加減、ゆっくり眠りたいんだ」

「あまり強い睡眠導入剤はお勧めできません。あなたの希望を叶えたいのは山々なんですが、躰に負担になることはできませんよ。夢を見ないのは、お辛いでしょうが」

お前らがな。

わたしは心の中で毒づく。

「ディープムベグを出した後は、短い時間だがぐっすり眠れるんだ。躰もスッキリする。でも、そのためにヘヴンばかりしてると、躰がもたないだろう?」

わたしのこの言葉に、ジャスィの表情は幾つもの変化を遂げる。彼は「ムベグ」の単語に素早く反応する。恍惚としていた顔は徐々に曇っていき、「ヘヴン」という言葉を聞く前に、あからさまな嫌悪感を滲ませる。わたしの小さな復讐だ。彼の欲望をいたぶって弄ぶ。それで、わたしの気が晴れるわけではないのだが。

「ムベグは問題ないの?」

わたしの質問に、ジャスィは戸惑っているようだった。質問の内容というよりは、まだヘヴンに対する苛立ちから立ち直っていないだけで、彼は小さく息を吐くと、すぐに小型LCDを片手で操作した。

「問題どころか、これまでにないくらいに活発ですが……」彼の視線はモニターからわたしへと移動した。「何か気になることがあったのですか?」

「いや、何もない。ムベグを吐きすぎて、躰がおかしくならないかと思っただけだ」

「心配なのですね? 大丈夫ですよ。そのために、深い眠りに落ちるのですから。オルグの躰はそういうメカニズムなんですよ。悲鳴を上げる前に、休息を得るわけです」

そうじゃない。

それは管理局やリライブルが、自分たちの都合の良いように解釈しただけだ。今もって、わたしを含めた一部のオルグが不定期に長い眠りに落ちる理由はわかっていない。それは、どれだけ長い年月を費やしても、前世紀の人間がヒトの躰を一〇〇パーセント理解することはできなかったのと同じことだ。

わたしはすでに、無意識的に自分の躰の状態を悟っていた。この生命の終わりが近づいている。躰の衰えをまったく感じないのは、わたしの特異な身体能力のせいだろう。このところ、異常なほどにムベグの循環量が増えている。生体細胞の変化は、脳にある指令を与える。この生命体が終わると悟った時、より多くの遺伝子をこの世に残せ、と。躰はそれに従うのに、心は、別の世界を彷徨う。

そろそろ、時間切れだ。


ジャスィのカウンセリングが終わると、わたしはワークフロアには戻らず、自分のシェアルームに帰った。ワーク時間は、あと二時間ほどで終わる。ルームメイトの男性体は、まだとうぶん戻って来ないだろう。彼は最近、発情したばかりで、自分ではどうしようもなく躰をもてあまし、毎日わたしが眠る頃に帰ってくる。

彼の発情を促したのは、きっと「眠り姫」のせいだろう。大昔のアニメーションが好きな彼が、ルシアのことをそう名づけたのだ。だが彼は、二度と眠り姫を犯す真似はしなかった。それがまともな精神だろう。

わたしは彼女の部屋の扉を開ける。

安らかに眠る顔は、本当に美しい。この世の醜さを知らないまま、汚れのない純粋なものだけを身にまとっているようだった。

わたしは必ず毎日、彼女の寝顔を見る。

そして、口づけをする。

曖昧な記憶の中で、彼女との欲情した日々は薄れ、あれは幻想だったのではないだろうか、とさえ思える。わたしも長い眠りを経てきたせいだろうか。だがそれも、彼女が目覚めればリアルな色を足していく。また同じ日々を迎えるのだろう。

グレタは、ルシアがわたしを壊すと言っていたが、本当は逆だ、と推断する自分がいる。わたしが、ルシアを壊してきたのだ。そう結論づける材料を細かく分析する必要はない。わたしの中に眠るデータが、そう判断しただけのことだ。だとすると、もうすぐ彼女を壊す凶器は、どこにも存在しなくなる。

「ラフレシア……」

不意に、白い斑点のあるくすんだ赤い花が、わたしの脳裏をかすめた。その前世紀の花は、花なのに美しくない。自力で生きることができない、寄生植物。なぜ突然、そんなイメージの悪い花を思い出したのか。デジャヴのような、妙な感覚もわき起こった。……違う、リピート。わたしは同じことを何度も何度も、繰り返してるような気がした。彼女の寝顔をじっと見つめながら、もう少しでその答えを得られそうな、歯がゆい苛立ちがつのっていく。胸の奥底で、それは徐々に大きく疼いていく。今すぐ表に出ようとはしない苛立ちが燻ぶる。答えは、出てきそうにない。

諦めて、わたしはルシアの部屋を出た。

なぜ、管理局員は、わたしの異変に気づかないのだろう。それについてあれこれ思考を巡らしたものの、もはやどうでもいいことだった。この期に及んで、早く気づいてほしいと寂しさを感じているのだろうか。妙に、疎外感のような孤独を感じていた。

わたしはいつものように、エレベータから外界の海を見下ろす。この汚れた海に、以前は飛び込んでみたいとさえ思っていた。くすんだ緑色の海水から発生する毒ガスは、霧が立ちこめているように見える。これが、今の世界だ。外界を拒絶した清潔で無機質な世界で、代わり映えのしない世界で。籠の中の自由は、わたしにとって本当に、不自由だったのだろうか。

白い廊下。グレーの制服の、たくさんのオルグ。オルグ。オルグ……

見るものすべてが、新しく感じるのはなぜなのだろう。見慣れたものが、昨日とは違うもののように感じるのはなぜなのだろう。

わたしは、今まで何を見てきたのだろう。

「食べないの？」

目の前に、グレタがいた。

ダイニングホールのテーブルについて、わたしは昼食を食べようとソリッドを手に持ったまま、ボンヤリとしていたようだ。いつからグレタが目の前に座っていたのか、まったく気づいていなかった。

「……食欲が、ないんだ」

わたしとは反対に、彼女は二本目のソリッドを頬張っている。

「ちゃんと食べないとだめよ。この後、ヒーリングエリアに行くんだから」

そうだね、と言い、わたしは笑みを返す。

わたしはまだ、ヘヴンがしたいようだ。生きてる証拠なのだ。その一方で、蝕まれていく躰から、彼女たちはいつまで御魂《みたま》を吸い続けていくのだろう、と思う。

グレタは立ち上がり、追加のソリッドを受け取るため、給食マシンへと向かって行った。隣の女性体がじっとわたしを見つめていることに気づいたのは、その直後だった。切れ長の目に色気が溢れている。見覚えのある顔だった。

「彼女……」その眼差しが、チラとグレタを一瞥した。「ヒムが狙ってるの。彼にゆずってあげたら？」

　給食マシンの前には、オルグが列をつくって並んでいる。ほんの数秒でソリッドが出てくるため、それほど長い時間待つことはない。ソリッドを受け取ったオルグがスムーズに捌けていくが、後から後からやってくるオルグに、列は一定の長さを保ち続ける。給食マシンまでの距離を縮めながら、グレタは何度も険しい顔でこちらを振り返っていた。隣の女性体が頬杖をつき、あからさまにわたしに合図を送っているのを見て取ったからだろう。

「ゆずるもなにも、彼女は俺の所有物じゃない。ヒムは勝手にすればいいだろう？」

「じゃあ、あなたも誰のものでもないってことよね？　あたしに今すぐムベグをちょうだい。もうずっと待ってるのよ」

　わたしは再度、グレタのほうを見た。管理局員が、すでにソリッドを手に入れた彼女に声を掛けているところだった。そこに、わざとらしくヒムが近づいていく。彼女の顔が戸惑いの色を浮かべ、そのまま、わたしへとすがるような眼差しを送ってくる。そのくせ、ヒムに顔を近づけ、困った顔で何やら話す。不思議だが、わたしの中に少しだけ不快な気持ちがわき起こった。同時に、誰かが耳元で囁く。

　小賢しい女。

　発情している男性体を手玉に取り、わたしの中の嫉妬を促す。哀れなヒム。彼女は、発情とはまた別の興奮を得ている。それはある意味、興味深い監察ではあったのだが、その様子を見ていたわたしの視界に、ひとりの女性体の姿が目に留まった。

「え……！」

驚きの声を漏らしたのは、隣の女性体だった。わたしが急に立ち上がったからだ。その顔が見覚えのある顔であるのかを判断する前に、わたしの躰は勝手に動いていた。

隣に座る女性体には目もくれず、わたしはホールの出入り口付近に固まるオルグの群れの中に入って行った。そのまま突っ切り、廊下に出た。左右を見て、ちょうど階段のある角を曲がった女性体を見つける。わたしは彼女を追いかけた。

「ちょっと待って……、君！」

踊り場まで降りたところで、女性体はわたしを見上げた。表情のない顔は、ただ階段を下りて近づいてくるわたしをじっと目で追っている。

「君の名前は……？」

突然呼び止められて名前を尋ねられたら、同じオルグでも不審に思うだろう。だが彼女は、まったく動じていない様子だった。

「スリよ」

スリ。肩まである栗色の髪が柔らかくウェーブがかかっていて、顔を動かすたびにフワリと揺れる。猫のような大きな蒼い瞳。わたしは、彼女のことを知っているはずだ。

「あなたは?」

「俺はカリフ。いや、スカイかな……?」

こんな曖昧な答えでも、やはり彼女の表情は変わらない。わたしの名前を知ったところで、とくに興味が起こるわけでもないようだった。

「その……君はもしかして、ムベグが欲しいんじゃないかって思ったんだ」

なぜそう思うのか、自分でもわからなかった。わからないが、強い確信に突き動かされた言動だったような気がする。

スリはわずかに、首を傾げた。

「いいえ。そんなもの必要ないわ。わたしは発情しないから」

「カリフ……!」

不意打ちを食らったかのようなグレタの声に、わたしの心臓は飛び跳ねた。階段の最上段にグレタの姿がある。

「どこ行くのよ。誰なの、その子……」

ついさっきまでわたしの嫉妬心を煽ろうとしていた彼女が、混乱と苛立ちと猜疑心をひとまとめにあらわにしている。彼女が段差へと踏み出した瞬間、わたしはスリの手を握り、さらに階下へと早足で駆け出していた。

「カリフ?!」苛立つグレタの声が、頭上に響く。

なぜ、こんなことをしているのか、自分でもわからない。スリも、何も聞かない。イヤがりもせず、一緒に走っている。息を切らし、どこまでも階段を下りながら、わたしは不意に、以前スリと会った時のことを思い出した。随分、時が経ったような気がする。あれは、いつだっただろう。まるで地中深くに埋没していた宝箱が、ひょっこり出てきたような驚きと悦びがわき上がった。その時の記憶が詳細によみがえる。それなのに、妙にスッキリしない。スリが誰かにとてもよく似ている、と思った感覚だけは脳裏に深く染みついているのに、その誰かが思い出せない。

「ここは……?」

気がつくと、もうこの先を降りる階段はなかった。壁にはB2と大きく表示されている。地下二階まで来てしまった。これまでヒーリングエリアのある地下一階までにしか降りたことはなかったから、この階に何のフロアがあるのか、わたしはまったく知らない。しんと静まり返った辺りに、わたしとスリの荒い息遣いだけが響き渡っていた。

踊り場から出ると、他の階よりも広い廊下の突き当たりに、大きく立ち入り禁止と表示された扉が目に入った。他にも廊下沿いに、扉が二つある。人の気配はない。窓がないせいか、なんとなく陰湿な空気が漂う。

わたしは引き返そうと、隣に立つスリへと顔を向けた。彼女は、このフロアにはまったく関心がないようだ。それ以上に関心があるのは、わたしと繋いだ手のようだった。じっとそれを見下ろしている。

そうか。ヘヴンの合図だと勘違いしているのかもしれない。きっと戸惑っているのだろう。彼女は発情しないと言ったが、わたしは信じてはいなかった。かといって嘘を言う理由も思いつかない。自分でも呆れるが、わたしは初めて女性体に断られたことを、認めたくなかったのかもしれない。

わたしは彼女の腰に手を回し、抱き寄せた。ほのかに良い匂いがする。ほっそりしていながら、ごつごつとしていない。服の上からでも、柔らかな肌を感じ取り、すぐさま、躰の中で小さく疼いていたムベグが反応した。どの女性体も、一瞬でヘヴンの合意を理解し合うのだが、彼女に限ってはよくわからない。わたしの興奮は伝わっているのだろうか。彼女は棒立ちのまま、わたしの胸の中でじっとしている。指先で顎をもち上げると、不思議そうな彼女の表情があらわれた。その顔に近づこうとした時、彼女は顔を背けた。そして突然力を宿した両手がわたしの胸を強く突き、数歩後ずさりした。

「やめて。言ったでしょう？　わたしは発情していない」

口調はやや険しくなっていたが、最初に会った時と同じ、無表情な顔を取り戻していた。リライブルと同じ、感情の読めない顔だ。

「自覚してないだけだ。君は以前、俺にムベグを求めてきた」

「それは、わたしじゃない」

彼女はまた後ずさりする。わたしも数歩、彼女に近づき、距離をそのまま保った。

「君だよ。スリだと言ったんだ」

「でもわたしじゃない。彼女のコピーは他にもいるのよ」

「彼女のコピー……？」

「他のコピーは欲しがったとしても、わたしはいらない。わたしは発情したこともなければ、妊娠する躰でもない。だから、ムベグを与えられても無駄なの」

彼女はとんでもないことを簡単に言ってのけた。わたしの混乱する頭の中で、疑問が増えていく。彼女はなぜ、自分がコピーであることを自覚しているのか。もっとも不可解なのは、彼女の言葉を信じるなら、コピーが複数いるということだ。それは、あってはならないことだ。オリジナルはこの世界に存在しないわけだが、最初のコピーの個体をオリジナルと捉えると、それが消失する前に意識を別のコピーに移す。管理局の定めた法には、もとの個体とコピーを同時に存在させてはならないことになっている。つまり、ひとりしか存在させてはならないということだ。いや、しかし……。

管理局がこれまで行ってきた極秘実験が、すべて法に背いたものだったのは事実だ。

だからこそ「極秘実験」なのだから。

「複数いるって、どういうことなんだ？　まさかとは思うが、君のもととなったオルグは、まだ存在しているのか？」

次々とコピーを生み出すとすれば、考えられる。彼女に近づこうと歩み出ると、やはり彼女も同じ歩みで後退する。

「彼女はオルグじゃない」

わたしはもう、近づくことを諦めた。彼女に拒否されていることに、かなりショックを受けてはいたが、それよりも、彼女の存在がとても興味深く、このまま疑問を追求したくなったのだ。それに、これ以上彼女を追い詰めれば、立ち入り禁止の扉まで来てしまう。すでに萎え始めているムベグに、わたしとしてはもうヘヴンを強要するつもりはないが、逃げ場を失った彼女がどう捉えるかはわからない。廊下の中ほどで、わたしとスリは三メートルほどの距離を保ちながら、向かい合ったまま一問一答を続けた。

「オルグじゃないのに、オルグとして扱われているってこと？」

「そう」

「何のために？」

「それは、わたしが知る必要はないと思う」

「じゃあ、君以外にコピーは何人いる?」

「少なくとも、二人」

「同じスリって名前で?」

「そう」

「ばったり会ったりするかもしれないじゃないか。同じスリ同士で、混乱しないのか?」

「会うことはない。時間による行動範囲の規制があるから」

「じゃあ、その、君のもととなった個体と会ったことはあるの?」

「いいえ、ないわ」

「逆に、向こうは君の存在を知ってるの?」

「わからない。でも、可能性は低い」

　彼女はわたしを真っすぐ見据えている。嘘偽りなど一切ないと思える。たとえ嘘だとしても、彼女自身がその嘘を真実だと思い込んでいる可能性はある。ただ不思議なのは、会ったばかりのわたしの質問に、素直に答えてくれることだ。もともとそのような性質を植えつけられているのか、あるいはコピーとして生まれたばかりなのか。だが、彼女はわたしの問いかけに答えるたびに、徐々に瞬きの回数が増え、呼吸が速くなっていくように見えた。

「彼女は眠ったままだから」

「眠った、まま……？」

「記憶は引き継がれない。わたしたちコピーは、それぞれに人格を与えられた。でも、彼女の中の、奥底にある意識は同じ……」

もはやスリは、独り言のように呟いている。わたしに対して言っているのではなく、確認するかのように自分に言い含めているようにも見えた。わたしの瞳を凝視しながら、もしかしたら精一杯の虚勢を張っているのではないか。本当は、ひどく怯えているのではないか。わたしは彼女が哀れに思えてきた。

「スリ、もう行こう」

わたしが背を向ければ、きっと安心する。そう思い、階段へと引き返そうと歩き出した。だが振り返った時、後ろをついて来ていると思っていた彼女が、逆の方向の、立ち入り禁止扉へと向かっていることに心底驚いた。

「お、おい！　そっちに行くな！」

慌てて彼女を追いかけながら、扉にはドアノブがないことに気づいた。立ち入り禁止と大きく表示されていながら、監視ＡＩも配備されていない。扉横の壁に設置された黒い小型装置は、きっと生体認証だろうが、監視カメラも内蔵されているかもしれない。とにかく、厳重なセキュリティが施されているのは間違いないだろう。簡単には入れないということだ。

わたしは幾分歩を緩め、扉前に到着したスリに近づきながら、通り過ぎる別の扉の周辺もチェックする。やはり、同じようにドアノブがない代わりに、生体認証装置が設置されている。

次の瞬間、何が起こったのか理解できず、わたしの足がもつれた。立ち入り禁止扉が、突然横にスライドし開いたのだ。まさか、自動扉のはずはない。スリは足を踏み入れ、さらに続く通路を進む。わたしも後を追った。扉をくぐりながら、認証センサーを見やった。彼女は指を触れていなかったから、虹彩認証だろう。眼球表面の虹彩により相手を特定するのだが、なぜ彼女にセンサーが反応したのかは謎である。

通路は扉ほどの幅しかなく、これまでの廊下よりもかなり狭くなっていた。二人が並んで歩くには壁際ギリギリに寄らないといけないが、スリは悠々と真ん中を歩いていたため、わたしは彼女の後ろに続いた。間隔を空けて天井に埋め込まれた明度の低いライトは頼りない。薄暗い中で窮屈さも感じる。心許なさに息苦しさを煽られる。

「スリ、見つかったら大変だ。すぐに戻ろう」

彼女の足は止まらない。わたしから逃れるつもりなら、もっと早足となってもいいはずだが、とくに急ぐ様子もない。前を向いたまま何やら言っていたが、声が小さすぎて聞き取れなかった。

通路は先が見えないほど、奥に長く続いている。この先に何があるのか、怖いもの見たさがわき上がったものの、やはり、このまま進むべきではないと思った。

「出られなくなったら、どうするんだよ？」

「だい……、もう……で…………から……」

やはり、聞き取れない。

「おい、いい加減にしろ！」

わたしはスリの腕を掴み、引き寄せた。よろけながら間近に迫った顔に、わたしは言葉を失った。

彼女にも、感情はある。だがきっとその色は、わたしが簡単に理解できるような、単純な色ではないような気がした。

「わたしは、存在してはいけないの……？」

彼女の呟きに、自分の犯した罪を思い知った。どんなことでも、わたしの知識にない情報を貪欲に求める傾向にある。本意ではなかったが、彼女が自分の存在理由を否定されたと受け取ってもおかしくはなかったかもしれない。

「悪かった。そういう意味で言ったんじゃないんだ。君の存在が、とても興味深かったから」

彼女の目の中に、海が広がっている、と感じた。その蒼い瞳に、吸い込まれそうになる。

「あなたも同じ……。あなたが存在しなければ、彼らは愚かな過ちを繰り返すことはなかった……」

「え……」

「この感情……わたしは、理解できない。経験から得る人間的思考……感覚……」

「スリ、君は……」わたしはすぐに口をつぐんだ。

一瞬、彼女は人ではないかもしれない、と思ってしまったのだ。わたしをじっと見つめる瞳の奥に、管理局員と同様、カメラが内蔵されているかもしれない。それなのにわたしは、その憂いをおびた瞳に魅了されている。わたしは無意識のうちに、顔を近づけていた。二つの唇は、言葉を吐くたびに微かにかすめていく。それは曖昧で、温度も感じないほど不確かな感触だった。

「わたしは、あなたの存在を消さなければいけない……そう、彼女が望んでいるから……」

彼女が望んでいる……？

わたしが、消える……。

不意に、突拍子もない思考が横切る。わたしは、スリに殺されるために存在し続けてきたのではないか。そのために、彼女に出会ったのだ。わたしにとってベストなタイミングで。それも悪くない、と思える。だが同時に、違和感のようなものが垣間見えた。一瞬、脳裏に浮かんだ女性体は、誰だったのだろう？

　わたしは欲情を抑え込み、スリの腕を放した。ぼんやりとわたしを見据える彼女を見守る。今、彼女はなにを考えているのだろう。なぜ、わたしを知っているのだろう。いや、さっき階段で声を掛けた時は、わたしのことを知らない様子だったはずだが。

　束の間、時間が止まったかのように動かなかったスリは、ようやく歩き始めた。わたしも、もう引き返すつもりはなかった。この通路の奥に危険なものが潜んでいるのか、それとも機密情報的なものがあるとしたら、管理局はとっくに追いかけて来てもいいはずだ。わたしたちは薄暗い通路を、さらに奥へと進んだ。

　一度だけ曲がり角に差し掛かり右折したが、同じ通路が延々と続いていく。さっきと違うのは、わたしたちが並んで、手を握り合って歩いていることだ。何度もぶつかり擦れ合うたびに、どちらからともなく徐々に絡み合っていった。

「時々、理解できないことを言ってしまうの」

　彼女の呟きに、最初、何を言っているのかわからなかった。

「すぐに忘れてしまうのだけど……、きっと、彼女の意識の言葉」

　さっきのスリの言葉は、彼女が意識せずに、勝手に口から飛び出したとでもいうのだろうか。たしかに、彼女の存在のあやふやさを感じた。だが不思議なことに、何の根拠もないというのに、わたしの中でスリへの猜疑心はまったく起こらなかった。

「その彼女と会ったこともないのに、意識が通じ合っているってこと？」

「……少し、違う。彼女の意識を含めてコピーされたわたしが生み出された、ということなのだと思う」

わたしの精神乖離体と似ているかもしれない。要するに、彼女はスリというひとつの人格を得ているにも拘らず、もととなった個体の強い意識を引き継いでいる、ということなのだろう。今思えば、カリフは時々わたしの意識とリンクしていた。彼のほうが第六感的感覚には敏感だった。

「その彼女の名前は？」

聞いてはいけないと思いつつ、わたしは口に出していた。わたしに深く関わっている存在であることは明白だ。その名前を聞くことは、スリという確固とした存在を軽はずみなものにしてしまうような気がした。彼女はもととなった個体のコピーではあるものの、まったく同じ個体ではないのだ。だから、スリが首を横に振った時、わたしはガッカリしたと同時に、幾分、安堵もした。

「知らないわ」

当然と言えば、当然だろう。興味をもたせないように、管理局は配慮しているはずだ。

それからわたしたちは、しばらく無言で歩き続けた。目的地もわからず、進む理由もわからず、それでもわたしの足も止まらない。

　ふと、前方に視線を凝らした。

「あれ……？　行き止まりか？」

　かなり先だが、天井のライトの間隔が狭くなり、ひときわ明るくなっている壁が見える。横に通じる通路もなさそうだった。目を凝らしてよく見てみると、突き当たりはエレベータだった。壁に開閉パネルが設置されている。

「あれに乗るのか？」

　そう、と彼女は答えた。

「ここに来たことがあるの？」

「いいえ、初めて」

「いったい、どこに向かってるんだ？」

「わからない」

　かれこれ三〇分以上は歩いてきたと思う。彼女もわたしと同じ、目的地がわからないまま進んでいるというのはどうにも理解できない。これ以上彼女に聞いても無駄だろう。だが不思議な感覚だが、わたしは彼女に導かれて、行くべき所に向かっているような気がした。たとえそれが、わたしの死への道だとしても。

　開閉パネルを押すと、エレベータは重い扉をゆっくりと開けた。普段使っているエレベータが速すぎるのだろうか。扉が開ききるまで、とても長く感じた。空間も広い。中に入って真正面に嵌め込まれた鏡が、さらに視覚的空間を拡大させている。何か大きな物を運ぶためにリフトとして使用されていたのだろうか、とわたしは考えた。だとしたら、細長いものに限られる。ここまで来た狭い通路で運べるものしかない。

スリは開閉ボタン以外のひとつしかないボタンを押した。

《起動準備に六〇秒かかります。しばらくお待ちください》

エレベータ内の上方から、女性体の声らしきアナウンスが流れるのと同時に、電気回路が作動した音なのか、どこからか微かにワゥーンという機械音が聞こえ始めた。かなり長い間、使われていなかったのだろう。入った瞬間に、埃なのかカビなのか、嗅いだことのない異質な臭いがエレベータの中に立ちこめていた。かといって天井の換気扇の埃や、床の塵などがそれほど目立っていたわけでもなく、時々、自動清掃機能が働いていたのかもしれない。とにかく、人体に悪影響を及ぼすような空気ではないようだった。

ただ気になったのは、換気扇だ。普段使用しているエレベータは、前世紀が崩壊した後に補修やさまざまな修繕工事を行っており、外界の空気が漏れ込まないようになっているのだが、このエレベータの網の目となっている天井の奥に、どんな換気扇が設置されているのかは目で確認できない。わたしが天井に目を凝らしている間、スリはじっと、扉が閉まるのを待っているようだった。エレベータ内の明るさが、前方に伸びる通路をさらに暗くして、ほの暗いライトをぼんやりと浮き上がらせている。その道のりは途中で闇となった。

「カリフ」

初めて名前を呼ばれた。天井から顔を戻すと、隣に立つスリがわたしを見上げていた。

「なに？」

彼女は一瞬開きかけた口を、すぐに閉じた。それから俯いて、わたしの手を見下ろす。さっきまで繋いでいた手は、エレベータに乗り込む時に離れていた。彼女は失った温もりに、寂しさを感じているのだろうか。わたしが指を絡ませると、しがみつくようにぎゅっと握ってきた。

その時、カタ、という音と同時に扉が閉まり、エレベータが動き出した。どうやら下に向かっている。

「怖く、ないの？」彼女は静かに言った。

「怖い……？」

「この先に進むこと」

「どうかな……怖くないといえば嘘になるけど」

わたしは曖昧に答えた。たしかに、少しだけ怖い気もするが、それ以上に好奇心が勝っている。きっとスリと一緒にいるからかもしれない。ひとりなら、決して立ち入り禁止の扉に入ることはなかった。

わたしは、彼女の変化に気づいていた。エレベータの明るいライトの下だからだろうか、最初出会った時の、他人を寄せつけないほどの孤高のヴェールは剥がされていた。口調も、幾分柔らかくなっている。きっと慣れていないせいなのか、うっすらと微笑む表情がぎこちない。その理由を、わたしはすでに理解していた。

女性体を発情に導く存在であるわたしには、結局、そういう女性体に囲まれる日々が当たり前となってしまった。決して調子に乗っているわけでも、驕った考えでもない。わたしの躰のことは、管理局やリライブルよりも自分が一番よく知っている。それはわたし自身の知識というよりは、あえて表現するならば野性的な感覚と言ったほうがいい。スリはこの短い時間で発情し、変化を遂げたと考えられる。さっき彼女が言いかけた言葉は、いや、彼女自身、言葉で表現できるほどのロジックを得ていないのだから、自分の変化にどう対処していいのかわからなかったのだろう。

あっという間に、目的の階に到着した。エレベータの扉が開くと、目の前には、コンクリートの壁に囲まれた空間が広がっていた。もともとライトがついていたのか、それともエレベータに反応して点灯したのかはわからないが、何もない、ただ広いだけの空間の隅々まで見渡せるほど、室内は明るい。カウンセリングルームと同じ種類の、ただの虚空だ。一番奥には、頑丈そうな大きな観音開きの扉があった。いったいここはどこなのだろう。

「この先に行くんだろう？」

まったく動こうとしないスリを促したものの、彼女は頷いても、すぐには足を踏み出さなかった。表情では読み取れないが、何かを迷っているような気がした。この先に進むことだろうか。それとも、自分の中の変化を続けることだろうか。

束の間、前方を見据えていた眼差しが、まるでスイッチを切り替えたかのようにわたしへと向いた。

「さあ、行きましょう」

二

生まれて初めて見る景観に、わたしは圧倒された。

コンクリートの無機質な空間の外は、むき出しの岩壁に囲まれた湖だった。といってもそれほど大きな湖ではなく、全長一〇〇メートルほどはあるだろうか。その周りをごつごつとした岩が囲んで、暗闇に覆われた天井部まで伸びている。ここは映像で見たことのある、洞窟のようだった。

この中に足を踏み入れた瞬間、先ほどのコンクリート壁の空間と同様にセンサーが働いたのか、ところどころに設置されたライトが点灯した。その明かりに反応して、岩壁の隙間から飛び出している奇妙なものが幻想的な光を放った。大昔の海に生息していたイソギンチャクに似ている。幾つもの細長い触手を伸ばし、途中から枝分かれしているものもある。たぶんアラゴナイトという鉱物だろう。ほとんどは乳白色だが、黄みをおびたものや蒼色のものもある。それは洞窟内の至る所から飛び出し、光をまとってキラキラと輝いていた。

ひんやりと澄んだ空気が心地良かった。わたしもスリも、しばらく茫然と立ち尽くし、施設の中とはまったくの別世界に魅入られていた。ここが人工洞窟だとしても、まさか大自然の一部をこの目で見られるとは思ってもみない。

スリはわたしの手から離れ、足場の悪い岩場を、躰を傾けながら進んだ。ここでは平坦な道のりはなさそうだった。周囲を見回し、厳《いか》つくせり出している岩壁や地面から隆起した岩の塊に触れたりしている。メイン・カオスの情報では、こういった空洞は、長い年月をかけて地下水が石灰岩を浸食し続けてできるのだという。種類の違う岩石も壁面や足場のところどころに突き出してはいるが、水の流れの影響なのか、白みをおびた石灰岩の壁面にはっきりと地層が現れている所もある。

わたしは水辺に近づき、透き通った水を手で掬った。生まれて初めて、濁りのない水をこの目で見た。もちろんわたしたちは生活の中で、シャワーを浴びたり顔を洗うなどして多くの水を使っているし目にしてもいる。フォレストエリア内にある池の水もそうだ。だがこの水はそれらとはまったく異なる性質をもった、かなり上質な水であるような気がした。貯水池として利用されている水だろうか、と考えたが、それならばもう少し厳重なセキュリティが必要だろう。いったいここは、どういう場所なのだろう。

スリは、キョロキョロと辺りを見回していた。

「どうしたんだ?」

「ボートのようなものを探してる」

「なんで?」

「あそこに行くから」

彼女が指をさした湖の端の岩壁には、水際ギリギリに一メートルほどの間隔を空けて、二つのライトが据えられている。ここからでは、わたしの視力でもはっきりとその細かな装飾を見ることはできないが、他のライトとは少し形状が違うようだった。足場があるのは、わたしとスリが立っている辺り、七〇平方メートルぐらいで、それ以外の面積を湖が占めている。たしかにボートにでも乗らない限り、あの岩壁まで近づくことはできない。底の見えない水深は、かなり深いようだった。

　ここまで来て、まだ先がある。わたしは少しばかりウンザリした。たしかに大自然が生み出した洞窟をこの目で見られたことは、感動という表現でも物足りないほどだが、日常と違う行動範囲に、疲労を感じ始めていた。

「あそこには何があるんだ？」わたしの口調は、ややぶっきらぼうになっていた。

　興味本位でここまで来たわけだが、はっきりとした目的がわからなければ、ちょっとした障壁ですぐに意欲もへし折られる。

「水の中に、通路がある」

「水の中に？　つまり、その通路の奥が、最終目的地ってこと？」

「そう」

「へぇ、じゃあそこが俺の死に場所ってことか」

「そう」

　嘘だろ？　と驚きの声を上げてしまった。

　だが、なぜスリがその目的のためにここまで道案内のような真似をしてきたのか、不思議で仕方がない。あれこれ考えていても始まらないだろう。とにかく、わたし自身があの岩壁の向こうに行けば、何もかもわかることだと思った。それに彼女も、わたしをその場所に行かせるという目的を遂行しなければ、引き返そうとはしないだろう。

「わかった。スリ、君はここで帰ってくれ」

「え」彼女は驚いて、わたしを見つめた。

「俺ひとりで行くよ。大丈夫、絶対行くから」わたしは上着を脱いだ。「どう考えたって泳いでしか行けないだろ……」

袖を外した瞬間、手首から一緒に腕輪がスルリと落ちた。黒い石が嵌め込まれたシルバーリングは、物心ついた頃からずっと嵌めていた。邪魔に思い、外そうとしたこともあったが、いつしか嵌めていることも忘れるほど、腕に馴染んでいった。それが簡単に外れたのは、このところ食欲がなく、体重が減ったことが原因だろう。

リングは、隆起した地面の隙間に入り込んでしまった。腰を屈めて手を伸ばすと、なんとか指先に触れる。それを掴める位置までずらそうとした瞬間、逆に弾いてしまった。あまりに一瞬の出来事で、わたしは声もなく固まっていた。リングは生きた魚のように、勢いよく湖の中に落ちたのだ。とくに思い入れがあるわけじゃない。今からこの水の中に飛び込むわけだが、苦労してまで取り戻そうとも思わない。それでも、失ってしまうには心許ないものだった。

束の間、その水の底を見ていたわたしは、何かが沈んでいるのを見つけた。目を凝らすと、それは楕円型の物体で、上部が透明な材質で覆われているため、中の操縦桿が見える。これが乗り物であることを理解したのと同時に、なぜわたしがこれを知っているのだろう、という疑問がわき起こった。メイン・カオスの情報からだろうか。

瞬時に思い出すことができないまま、また新たな疑問が浮かぶ。スリは「ボートのようなもの」と言っていた。つまりボートではない。彼女もこの物体の存在を知っていたことになる。わたしが顔を上げるのと同時に、ジャバン、と水の弾かれる音が響いた。すぐに把握できないほど、次から次へと何かが起こる。

「スリ！」

彼女は泳いでいる。それも綺麗なフォームで泳いでいるから、なお驚きだった。もちろん目指す先は、先ほど彼女が指をさしていた方角だ。

「スリ！　乗り物があるんだって！」

わたしの叫びなどまったく無視して、というよりはバシャバシャと水を叩く音で聞こえないのだろう。徐々に、目的の岩壁に近づいていく。

できればラクをして行きたかったが、かといってこの乗り物をどう扱っていいかわからない。きっとスリも同じだろう。

諦めて、わたしも飛び込んだ。

そこが、神聖な場所だと思わせる何かを感じ取った。

まず、その場所に辿り着くまでにかなりの時間と体力を必要とすること。もっとも、あの水中に沈んだ乗り物を使いこなせたら別だが、あれを扱える者は、きっとこの場所に何度も訪れている。わたしには、まるで人目につかないように隠されてきた場所のように感じた。

一〇〇メートルほどある湖の端まで泳いだスリは、かなりの体力を消耗し、いったん二つのライトが並ぶ壁面に掴まり息を整えた。わたしもすぐに到着した。

「帰れよ、スリ……！」

彼女は激しく息を吐きながら、首を横に振る。水分を含んだ重い髪から水が弾かれ、わたしの顔に当たった。わたしの呼吸も同じように激しく、言葉を発するたびに呼吸困難を起こしそうだった。それにくわえ、服を着たまま水に浸かった躰は、じつに気持ちが悪い。

その場所に来てようやく、壁面の水面下にある穴がよく見えた。ライトの光の反射によって目眩ましされていた。たしかに、通路のように奥に繋がっているようだ。

近くで見るライトは、黒みがかった花びらや枝葉のオブジェに覆われていた。もともと綺麗な金色の真鍮製だったかもしれない。前世紀のデータで、こういった意匠を見たことがある。わたしがそのライトに見惚れている間に、スリは思い切り息を吸い込んで水に潜った。

「あ、おい……！」わたしも慌てて、彼女の後を追う。

光の届かない水中の通路は、後から思い返してみると一〇メートルほどの長さがあり、幅は三メートルほどだった。オルグの生活の中で、まず泳ぐという行動をすることがないにも拘らず、ここまで泳いできたのも驚きだが、潜って進むことはさらに困難だ。躰を沈ませるのも一苦労の彼女は、なかなか前進できないでいる。先の見通せない暗闇の中で、圧迫感がのしかかる。わたしも同じように、浮いてくる躰をなんとか水に押し込むのに苦労したが、不思議なことにそれは最初だけで、すぐに要領を得た。まるで、勘を取り戻したような感覚だった。

スリは通路の中ほどまで行かないうちに、パニック状態になった。息が続かなかったのだ。恐怖に心拍数が跳ね上がる。わたしは暴れる彼女の躰を捕まえ、足で思い切り水を蹴りながら前進した。徐々に、彼女の躰から力が失われていくのを肌で感じた。

もう二度と、彼女を失いたくない。

わたしの頭の中で、誰かが言う。

一瞬垣間見た面影が、スリと出会ってから、何度もわたしの脳裏を横切っている。

それはあまりに一瞬で、あまりに不確かで、考える隙も与えないほど呆気なく消えていく。さまざまにわき起こる感情の在りかを探る余裕もなく、わたしは必死で水を蹴り続け、通路の先へと急いだ。そして、勢いよくスリを水面から押し上げた。

躰に力が入らないようだったが、呼吸困難になりながらも、彼女は必死で空気を求める。引き攣るような荒い息を続ける彼女を、わたしは急いで水際に引き上げた。そこでようやく、今目の前に広がる、この異世界のような景色を視界に捉えた。

先ほどの洞窟内よりもかなり狭い。こちらの空洞は、同じ洞窟とは思えないほど景観が違う。壁面を覆うかのように飛び出しているたくさんのアラゴナイト石が、満開の花のように、細く尖った鉱物が束になって開いている。天井部から垂れ下がるつらら状の鍾乳石とともに、それらは浮遊する色とりどりの発光体の強い光を反射してキラキラと輝き、ライトもないのに、水際から広がる苔の鮮やかな緑を浮かび上がらせる。浮遊体の正体はわからない。綺麗な水の近くにしか生息しない、大昔の蛍が洞窟内にいるとは考えにくいが、似たような虫が進化したものだろうか。海のエリアの内部でのマッピング映像に似ているが、あの海蛍を模した輝きよりも立体的で美しい。発光虫は自由自在に漂いながら、その光の強さから残像を残す。

わたしとスリは水路で繋がった池から這い出るのも忘れ、ほんの束の間、光り輝く異空間の中に溶け込んだ。ゆっくりと宙を舞う発光虫を目で追いかけて、わたしたちの視線が交わる。いつしか冷たい唇を押しつけ合っていた。非日常的な世界に入り込んだからだろうか。すでに発情している彼女にとって拒絶するものは何もなく、固く閉ざされていた唇は徐々にわたしの動きに合わせ、その初めて知った快楽に没頭していく。わたしと彼女の意思が同じである以上、唇はなかなか離れようとはせず、互いの領域に踏み込んで激しく絡み合いを続けた。

ようやく唇を離した時、わたしは異質なものに目を留めた。歪《いびつ》な形をした空洞内は、五〇平方メートルくらいあるだろうか。狭い空間の中で、その白く細長い物体は目立ちながらも敬遠され続けた存在のような気がした。なぜ、異質なもの、と感じたのか。まさに自然の力で発生し得ないものだからだ。わたしは、ここがそれを隠すための神聖な場所であるように思えた。

水から這い出ると、わたしとスリは真っすぐそれに近づいていった。冷たい水を含んだ重い衣服がまとわりつき、躰は冷気に包まれる。足裏をくすぐる苔が生暖かく感じられた。

それは、わたしの直感なのだが、柩だろう。人がひとり横たわるのに十分な縦長の大きさがあり、白く艶のある表面の一部に、きっと顔だけ見えるように特殊性のガラスが嵌め込まれている。中に人は入っていないようだ。大昔の柩は燃やせる素材でできているはずだが、この強固な物体に触れてみると、火や水や汚染物質など、あらゆる耐性が施されたもののように感じられた。先ほど水中に沈んでいた白い「乗り物」には触れていないが、見たところ材質は似ているような気がした。側面のくぼみに手をかけると、縁の内側にボタンのような感触があった。とりあえず押してみると、片側が連結した開閉式の蓋が、すっと上がった。

「なんだ、これ……？」

透明な水色の液体が、内部の半分を満たしている。それに触ってみると、ジェル状の液体だった。

「この中に、俺が入るのか？」

スリは両手を交差させて抱え込み、躰を震わせながら頷いた。「そう……」

わたしもひどく寒かった。柩の中のジェルも冷たい。この中に入ることで、わたしは死ねるのだろうか。死ぬ、とはどういうことなのだろうか。死んだら、どうなるのだろうか。死ぬことに納得している自分が不可解であり、恐怖も感じない。そんな死への考えに耽っているわたしに、突然スリが抱きついてきた。

全身に身震いが走る。冷たい衣服が密着し、氷がくっついてきたみたいだ。それは彼女も同じだった。強引に吸いついてきた唇が震えている。唇の快楽の虜となった彼女は、死を意識することはない。少なくともわたしと違い、スリは死ぬことはないのだ。

「スリ、早く戻れ。これ以上躰が冷えちまったら、いくらオルグでも発熱を起こす」

「まだ、戻れない」

「俺の最期を見届けるまで、君は帰れないってことか?」

彼女はそう、と言って頷いた。わたしが死ぬことに、哀しいという感情はまったくないようだ。

「簡単に言うなよ。君は、さっきの水の中を通って戻れるのか?」

「あなたが気にする必要はないわ」

わたしは長い溜め息を吐いた。正直、スリのことは心配だが、ここまで来て彼女を向こうの洞窟まで送り届けるのも骨が折れる。わたしが柩に入れば、なんとか自力で戻ろうとするだろう。さっさと終わりにしたほうがよさそうだ。

わたしが柩に片足を入れようとすると、服を脱いで、とスリが言った。たしかにジェルの中に服を着たまま入るのは、さらに気持ちが悪いだろう。もっとも死にゆくわたしの感情など関係ない。この液体はいったいなんなのだろうと考えながら、わたしはカーゴパンツを下ろした。わたしが死ぬことは、どうやら決まっているのだし、どのみち、もとの日常に戻る気はなかった。

裸になり後ろを振り返ると、わたしは絶句した。スリも服を脱いでいるのだ。何の躊躇もなく、最後の下着を剥がすまで、彼女の表情には変化もなかった。その成熟した美しい躰に、わたしは見惚れていた。オルグの着るグレーの制服は、個人の魅力や個性を打ち消してしまう。大昔では、衣服によって魅力を増幅させていたようだが、オルグには必要ないと判断された。つまりオルグとして生きるわたしたちは、すべての身ぐるみを剥いで曝け出してこそ、自我を表現できる存在なのかもしれない。

彼女と目が合った瞬間、わたしは我に返った。「なんで、裸になった？」

「きっと、これも、わたしの使命なのだと思う」

スリは、無垢な素肌をわたしに押しつけてきた。彼女は結局、発情した躰に従っているだけなのだろう。柔らかな彼女の胸が、わたしの胸の中で窮屈に押し潰され、互いの冷え切った躰を強く抱きしめ合った。最初に、発情していないと彼女に拒否されながらも、もしかしたら頭のどこかでこうなるとわかっていたような気がする。さだめなどといった類の理由も根拠もない確信があった。だからわたしは、彼女についで来たのだろう。彼女と、繋がりたいから。

わたしとスリは生暖かく感じる苔の上で、吸いつき合う肌と唇の欲情に耽った。いつの間にか、寒さなど感じなかった。発光虫の漂う静かな空間に、甘い吐息が緩やかな旋律を奏でる。時折、唇の吸着音が弾ける。

わたしは長い時間をかけて、スリの躰をじっくりと愛撫した。彼女にとって初めての感触は、最初こそひどく戸惑わせたものの、時間をかければかけるほど、その中で快楽を見つけ出していく。拒絶が徐々に失われ、悦びとなっていく。彼女の躰は少しずつ、わたしを受け入れるための準備を整えていく。

これは幻覚なのだろうか。

まばゆい光に目が眩んだ瞬間、わたしとスリは空中に浮かんでいた。強い光を放つ発光虫が、熱く火照った躰を包み込み、まるで噴き出す汗と熱を吸っているかのように、躰は徐々に冷やされていく。そして、わたしたちを囲むように、光の残存が曲線を描きながら俊敏に駆け巡る。

わたしとスリは同じ世界を見ていた。彼女も眩しそうに目を細め、わたしたちのすぐ横に漂うひときわ大きな発光虫を目で追いかける。それがパチンと弾け飛んだ瞬間、わたしたちは同時に、ビクッと躰を震わせた。彼女の表情には、これまでになく恍惚とした色があらわとなり、一筋の涙が流れた。

「綺麗。幻なの……?」

わたしは声が出なかった。彼女から溢れるシリムと、まだ吐き出し続けるディープムベグが混ざり合い、二つの躰を循環していく。一瞬懐かしいような感覚がよぎったが、オルグの曖昧な記憶のせいで、わたしはいつも、デジャヴのような感覚を味わう。躰に力が入らず、ただ弛緩した身をそのまま任せた。この欲情にまみれた魂は、ずっと彼女の温もりの中に留まり続けたいと願う。だが、活力に漲るどころか、あまりの快楽に堕落していく。そして、わたしの中に膨大な量の記憶が流れ込んでくる。それらは瞬時に理解できるような、単純なものではなかった。わたしはしばらく、微笑みながら涙を流すスリを視界に捉えながら、その先の幻影を見つめた。

「ああ、そうね……幻じゃない。あなたが見せてくれた別の世界……」

躰が蝕まれていく。ディープムベグだけじゃなく、血液もすべて吸い取られていくような錯覚に陥った。だがこれは幻覚だ。わたしは束の間、夢を見ているに違いない。

息が苦しい。喉が潰されていく感覚だ。

はっと我に返った時、わたしの上に馬乗りになったスリに、首を絞められていた。

一瞬、これも幻覚だと思った。

「な、に……する……！」

彼女の手首を掴み、力を振り絞って放した。激しく咳き込みながら躰を起こし、俯せになろうとしたのだが、彼女に仰向けに押し倒され、指を絡ませた手を苔の地面に押しつけられた。わたしはそのまま、喘ぐように息を吸い込んだ。冷たい空気が肺の中に満たされていく。

「スリ……何するんだ！」

やっとの思いで、わたしは叫んだ。だが、すぐに違和感を抱いた。

「その名前は嫌い」彼女は静かに言う。

長い時間、激しくキスをしていたため、彼女の唇は赤く腫れ上がっている。彼女はスリのはずなのに、前のめりにわたしを見下ろす凛とした眼差しに、スリには感じたことのない気高さが滲んでいた。

「アスィリ……か？」

スリから流れ込んできた記憶は、わたしの中ですでに定着していた。

彼女は冷ややかな目で、首を横に振った。

「いいえ、イヴよ」

「俺にとってはアスィリだ。ずっと、君を待っていたんだ」

彼女はわたしを見下ろしたまま、薄く笑った。「あなたはスリを愛した。どうしてスリも、あなたのような愚かな男を愛してしまうのか」

彼女には、スリとしての人格の時にはあらわれていなかった、しなやかな優美さと内から放たれる神々しさがある。わたしは彼女を、アスィリと認識する。それなのに、わたしの中にあるアスィリという女性体からは、少し遠ざかっていく。どれだけ多くの時間、快楽を共有しようと、わたしは彼女のことを何も知らないのかもしれない、と感じた。

「わたしのコピーは、あなた以外の男性体の子を宿すために生み出されたのです。わかりますか？　あなたの遺伝子を継ぐ者ばかりでは、子孫は繁栄しませんから。ですが、スリに限らず、なぜみんな、あなた以外の男性体では発情しないのか」

「それは、君が俺を愛してるからだ」

アスィリの表情が、さらに氷のように冷たくなった。

「俺は、君を傷つけ続けてきた。君が俺に対して憎しみと愛を強く抱いていたとしたら、君のコピーはその意識を引き継ぐ。だからスリは、俺に反応したんだ」

「……そうですね。コピーをつくった時のわたしは、あなたを愛していたかもしれません。でも、今は憎むほどの存在でもない」

「じゃあどうして、俺の前に姿を現したんだ？」

「早く、あなたに死んでもらうためです」アスィリは白い柩へと目を遣った。「スリはあなたを愛してしまったから、もしかしたら、あなたの死を阻止するかもしれない。そうなっては、わたしは目覚めることができなくなります」

「どういうことだ？」

「あなたの死によって、わたしが目覚めるようにインプットされているのですから」

「誰がそんなこと勝手に決めたんだ？　俺たちは愛し合っていたのに」

「メイン・カオスは、あなたを邪魔だと判断しています。あの一瞬の出来事で、わたしたちが愛し合っているという根拠にはなりません。正確に言えば、本能のままに行動しただけです」

あの一瞬の出来事……。

あれから、どれくらいの時を経ているのだろう。彼女にとっては、遠い過去の記憶でしかない。すべての記憶を取り戻した今、わたしの中の時間軸はあの頃に戻ったというのに。いや、もしかしたらずっと止まったままだったのかもしれない。

アスィリはわたしの上に馬乗りになったまま、浮遊する発光虫へと視線を向けた。まるで彼女を守ろうとしているかのように、まばゆい光は漂いながら、美しく崇高な肌の上を泳ぐ。それに触れようと掲げた指先にも、光が集まってくる。神のようだ、と思った。もっともわたしのイメージする神は、はるか彼方の前世紀に存在したとされる聖母マリアだが、その存在は神という括りではない。わたしは彼女に魅了されたまま、躰が麻痺したかのように動かなかった。まだ興奮状態を続けている感覚もなかった。

「あなたは、本当によく働いてくれました。データ以上の結果を残し、非常に興味深い対象です。ムベグをつくり出せない男性体が多い中で、少数派に劣等意識を植えつけるのではなく、何の羞恥心もなく吐き出し続けてもらうためには、カリスマ性をもたせることが必要でした。とくに、あなたにしかつくり出せないディープムベグが価値の高いものになったのは、メイン・カオスの思惑通りといったところでしょうか。時にはリライブルの女性体が妊娠する事態が起こったり、オルグとしての生体機能が備わっていない者も生まれたりしましたが、あなたの遺伝子を強く引き継いだ者のほうがはるかに上回っています。わたしとあなたの遺伝的繋がりをもった者たちも、着実に力をつけています。管理局はもはや、わたしたちの意のままに動く人形となっていることにも気づいていない」

「まるで女王蜂だな」吐き捨てるように言ったものの、どちらかというと、わたし自身が女王蜂との交尾の後に死んでいく雄蜂と重なったかもしれない。

「女王蜂……そうですね。わたしはこの星の女王のような存在になるのですから」

三

わたしはあからさまに、怪訝そうな顔をあらわにしたようだ。アスィリはそんなわたしを見下ろし、憐れみの顔を滲ませた。

「まだわからないのですか？　わたし自身が、メイン・カオスなのです」

「それは、この星の全システムの名称だ」

「そうです。膨大な量のデータは、オルグに関する機密情報を含めて、もともとはわたしの脳に隠されていました。この文明を築いた当初の管理局が、前世紀のデータからメイン・カオスを構築する際、プログラミングに優れたオルグを管理局員として紛れ込ませ、システムを乗っ取らせていただきました。もちろん、データの量は倍増し、日々増え続けていきますから、今はわたしの脳から離れ、プロテクトとしての役目を担っています。ですが、メイン・カオスと繋がっていることに変わりはありません。管理局の動きを操作することなど簡単です。長い間、彼らの思い通りの管理体制にのっとった情報を与え続けてきたのは、彼らにメイン・カオスを信じ込ませるためでもありました」

「つまり、君はオリジナルである以上に、この世界になくてはならない存在ってことなんだな?」

「そうでしょうね。結論を言ってしまうと、わたしが死ねば、すべてのシステムは停止してしまい、この全施設は機能しなくなりますから」

　今さら、彼女が嘘を言うとは思えなかった。また、その理由もないだろう。

「なぜ、そこまで教える?」

「あなたは知っておいたほうがいいと思ったからです。あなたの存在は消えたのですが、これからはあなたが、メイン・カオスとして存在するのです」

　わたしは、自分がこれほど物わかりがいいとは思ってもみなかった。自分がシステムになる、という突拍子もない話に、どこか納得しているのだ。いや、むしろ気持ちが高揚してくる。わたしはもともと、知識を深めていくことに貪欲だった。どんな情報でも、獲得していきたかった。つまり、これがわたしの使命だったということだ。

「ただ、そこにあなたの意識は存在しません」

アスィリはバッサリと、わたしの希望を打ち砕く。

「それは残念だ。ならいっそ、今のメイン・カオスをそのまま独立させればいいじゃないか。俺が君に成り代わる必要があるのか？」

「あなたの脳にあるアライ・データをリンクさせるためです。今のメイン・カオスに欠如した部分ですから。もちろん厳重なプロテクトは掛けます」

わたしは顔をもち上げ、白い柩を見やった。あの液体の正体は、わたしの脳を腐敗させないための薬剤なのだろう。そしてわたしは、ずっとこの場所でひとり置き去りにされる。

ふと、アムルの話を思い出した。死ぬ間際にセマが破壊したものはなんだったのか。それはきっと、この場所に辿り着くための最初の扉。あの扉を開くための虹彩認証システムを壊したことで、メイン・カオスはスリを利用した。いや、そもそもすべてがメイン・カオスの思い通りに操られていたのかもしれない。セマがこのような場所を知っているはずはないし、たとえ知っていたとしても、わたしと結びつくはずはないのだ。

「俺は、あっちの世界に行けるのかな……」

わたしの呟きに、アスィリは静かに答えた。

「六五パーセントの確率で、もうひとつの世界で目覚めるはずです」

「中途半端だな」

「どちらにせよ、あなたはこの世界の自分を消したかったのでしょう？　希望が叶うわけです」

「そう……だったな」わたしは笑っていた。あれほど自分の存在理由を求めていた自分が、今では懐かしく思える。「幾つか、聞きたいことがあるんだが」

「なに？」

「スカイと君から生まれた個体が、カリフと君の子として登録されたのはなぜなんだ？」

「そんな意味のないことを疑問にもつのですか？」

「意味がない？　いくらメイン・カオスのデータでも、管理局は不審に思うはずだ」

アスィリの誇りともいうべき何かを、きっと傷つけたのだろう。メイン・カオスに間違いがあってはならないのだ。彼女はわずかに顔を硬くした後、蔑むような眼差しでわたしを凝視した。

「あなた方二人は同じ遺伝子です。実際の性行為をしたのはスカイでも、どちらの子でも同じこと。スカイがメイン・カオスとなった後のことを考慮したまでのことです。

実際に、カリフの性質が強いという理屈で彼の子として登録しましたが、管理局は気にすることもなかった。彼らはわたしたちより命が短い。最初のデータの改ざんが成功すれば、それが後々まで残ります。それが真実となる」

　あまり納得のいく答えではなかった。拍子抜けしたと言うべきか。だが真実とは、とくに複雑なものではないことが多い。

「じゃあ、もうひとつ聞くが、君はあっちの世界にはいないのか？」

「あっち……」

　わたしの気のせいだろうか。彼女の瞳が一瞬、言葉では簡単に言いあらわせないほどの深い色を宿したような気がした。それは哀しみや切なさや嫌悪といった、負の感情だったような気がする。そしてそれは、ほんの一瞬で消え去ってしまった。

「あの世界には、わたしの遺伝子をコピーした存在ならいます」

「つまり、俺とは逆ってことか」

　もうひとつの世界にいるわたしのオリジナルが、コピーされた彼女を愛したということなのだろうか。それは結局、想像でしかない。今目の前にいる彼女がその世界を拒絶しているとしたら、それはきっと彼女がオリジナルとしての誇りをもっているからだろう。引っ掛かっていた矛盾がすっかり取り払われたわけではなかったが、もう思い残すことはないと思えた。

「もういいでしょう？　わたしが説明しなくても、あなたにはすぐに、メイン・カオスの全情報が流れ込んでくるのです」


発光虫の光に包まれながら、アスィリはじっとわたしを見守っている。凜とした佇まいに、別れを惜しむ気配はない。わたしがようやく上体を起こすのと同時に、彼女はわたしから離れようと地面に膝をついた。その瞬間、わたしの躰に力が漲った気がした。離れようとする彼女の腰を抱き寄せ、曲げたわたしの足で固定した。

「な、何をするの……！」

「何って、俺たちはヘヴンの最中だったじゃないか。ずっと繋がってた。スリの躰でも快楽を感じてるの？」


カリフの大好物の、サディスト的嗜好が表に出てきた。狼狽えるアスィリが、とても可愛く見える。

「これはスリの躰よ。わたしの躰は、別の場所で眠っている。あなたのような外道な男性体に触れさせないために……！」

「そんなに俺を拒絶するなら、なぜもっと早く、俺から離れなかった？」


わたしを突き放そうとする腕を掴みながら、もう片方の手で、彼女の顎を掴んだ。怒りの形相をあらわにしながら、必死に冷静さを取り戻そうとしている。その顔に向かって、わたしは続けて言った。

「君は嫉妬したんだよ。俺とスリのヘヴンに。だから姿を現した。本当は、俺に抱かれたいんだ。はっきりそう言えよ。君はメイン・カオスなんだから、何でも予測できるだろ？　こうなることも、わかってたはずだ」

「くだらない。最期だからとスリを抱かせてやったのに。やはりあなたは、わたしが思っていた以上に野蛮で、汚らわしい存在のようね。脳を破壊してデータを取り出してもいいのよ」

「ああ、そうしろよ。俺はもう、この世に未練なんかないんだ。君が女王になろうが、今の体制が崩壊しようが、まったく興味がない。勝手にしろよ」彼女の顎を掴むわたしの手に、力が入った。「俺が野蛮って？　汚らわしい？　はっ、君が俺をおかしくさせたんだろ？　管理局を意のままに動かすメイン・カオス、つまり君が、俺の発情を増長させて見境をなくさせ、理性を失わせた。それとも君は、俺の発情を増長させておいて、試したっていうのか？」

「試す……？」

「君への愛が、本物かどうか」

　憐れみの表情を浮かべて、ふふ、と彼女は薄く笑う。

「そんな無駄な感情、必要あるの？　だいたい、あなたが発情したのは確率の問題よ。

単純に、データ通りに本能を曝け出した結果でしょう？　わたしは、その隠された本能を少しだけ外に出してあげただけ」

わたしは、いったい何がしたいのだ、と思った。気分がどんどん滅入ってくる。もしかしたら、最期の別れを惜しんでいるのはわたしだけなのかもしれない。なかなか彼女から離れられないのも、ただわたしの中での美しい記憶を、確かなものにしたかっただけなのだ。それが無意味なことだということを、思い知った。

「俺はもう、本物の君に触れることはできないんだな。ま、本物の君なんて、結局いたのかどうか……。俺の勝手な思い込みかもしれないけど、眠ったままの君と繋がっていた日々が、一番心が通い合っていたような気がする。言葉なんか必要じゃないくらい、愛に満たされていたんだ。だけどもう、あの頃の君はいないんだろう？」

「愛なんて、くだらない」

それは、いつかカリフが言っていた言葉だ。それを、アスィリの口から聞く。わたしは彼女の冷たい眼差しを見つめた。

「発情した女性体はみんな、あなたのムベグを求め、あなたの愛を求めた。醜い争いも起こった……それなのにあなたは、彼女たちの愛を信じてはいなかった」

彼女の瞳の奥に、憎しみだけでは簡単に語ることのできない複雑な感情が込められているような気がした。

「あんなの、本当の愛じゃない。ただ俺のムベグが欲しいだけだ」

「本当の愛ってなに？　愛の色や形はみんな同じじゃない。あなたのムベグを欲しがるのは、ムベグがあなた自身だからでしょう？」

「じゃあ、君はどうなんだ？　君だって俺のムベグを欲しがった。ただ君が望む未来の目的のためだけだったのか？」

「そうよ。わたしは、彼女たちとは違う」

「そんなことはない」だが、わたしはすぐに首を振った。「いや、そうだな。君は、彼女たちとは違う」

わたしを見つめるアスィリの顔が、わずかに変化した。彼女は無言で、わたしの次の言葉を待っている。だがわたしには、彼女を打ち負かすような言葉は何も思い浮かばない。どう頑張っても、彼女には勝てるはずはない。それでも、わたしの口から勝手に言葉が漏れる。

「君は、俺にとって一番大切な人だった」

そう、だから彼女を失った時、わたしは半分死んでしまった。実際はその時のアスィリはセマだったのだが、それでもあの時、自分の愚かさに、自分を呪い殺しそうだった。心の奥深くに眠っていた苦しみが、再び息を吹き返す。わたしは救いを求め、目の前のアスィリに近づいた。

「アスィリ……俺を」

許してほしい。受け入れてほしい。いや、愛してほしい。きっと、いろんな言葉を言いたかった。それを言う前に、磁石のような強い力が働いた。わたしとアスィリは見つめ合ったまま、引力のままに唇を繋げた。互いの躰をきつく拘束し合い、互いの唇に激しく吸いつく。絡み合い、擦り合い、舐め回す。

わたしとアスィリにとって、最初から言葉など必要なかったのだろうか。わたしたちはきっと、メイン・カオスとか多くの人が囚われる常識的なものからかけ離れた、理屈抜きの深い繋がりがあった。もうひとつの世界で愛し合っていようがいまいが、この世界で、わたしたちは強く求め合っている。もう思考の停止した躰は、自然の流れに逆らうことはできなくなっていた。

躰が躍動に漲る。わたしは今、アスィリと快楽を共有している、と感じる。彼女の喉の奥で疼いていた小さな喘ぎ声が解き放たれていく。この神聖な洞窟内で木霊となって返ってくるように、透き通るようなその音色が狂おしげに響き渡る。わたしは、アスィリと幻覚を見たいと願う。彼女と見る世界がどんなものか、この目で確かめてみたいのだ。新たな意識のもとで、スリの躰からその作用を促すシリムが生み出されるかはわからない。

「アスィリ、愛してる」

彼女はまた、くだらないと言うだろうか。

「アスィリ……俺を愛してるって言えよ」

彼女は身を捩りながら、言葉にならない喘ぎを発する。間もなく、深淵の奥深くで激しく痙攣が起こった。シリムが溢れてくる。

艶めかしい眼差しを向けたまま、彼女は悦楽の中に身を投じている。言葉など必要ない。それでも彼女の口から、わたしの求める言葉が欲しかった。それは今まで、へヴンを共有してきた女性体がわたしに求めてきた「合い言葉」だ。

「アスィリ……！」

わたしは堪えきれず、ディープムベグを吐き出した。

その時、パチンと、シャボン玉が弾けるような音がした。瞬きをした瞬間に、まばゆい光に包まれる。スリと見た、同じ幻覚だった。同じ躰だから、同じ幻覚なのだろうか。いや、そうではない、とすぐに気づいた。幻覚はすぐに消え、発光虫の漂う世界に戻った。

恍惚と悦びに満ちた彼女の顔は、いつの間にか憂いに霞んでいた。

「カリフ……アスィリって、誰？」

わたしは荒い息を吐きながら、ぼんやりとスリを見つめていた。すべてが幻覚だったのだろうか。それが意図したものだったとしたら、彼女の思うままに操られていたのかもしれない。彼女は結局、夢の中でも、わたしに愛を与えてはくれなかった。

ゆっくりとスリから離れ、わたしの思考は、あらゆる情報を整理していく。どれくらいの時間が経過したのか、まったくわからない。この洞窟に入った時の景色と何ら変わらず、浮遊する発光虫の光に反射し、アラゴナイトのプリズムを順番に輝かせている。ここでは時間が止まったままだ。スリと交わった後の、アスィリとの長い時間が一瞬垣間見た幻覚なら、時間の感覚はとても曖昧だった。ただ確かなことは、かなりの量のディープムベグを放出したことは躰の感覚でわかる。ひどく眩暈がする。ルシアとのヘヴンと違い、躰がすぐに動かせるのは、きっとスリのシリムのおかげだろう、と推測した。わたしとスリが互いに求めているもの、互いが不足しているものを与え合いながら、躰中を循環していった残り香を微かに感じるのだ。もちろん、すべてが幻覚かもしれないが。

「アスィリ……わたしのオリジナルの名前はアスィリ。あなたが探していた人……」

スリは視線を落として、小さく呟いた。

「違う。俺は、スリを探していたんだ」

いや、本当にそうだろうか。

首を横に振ったスリが、わたしの深層意識に問いかけているようだった。

「アスィリ、愛している、と、あなたは何度も言っていた」

「幻覚を見たんだ。君も、その世界を見たんだろ?」

「幻覚……あれは幻覚なの……暗い場所で、あなたを見てた。暗い場所でひとりなのに、あなたの顔が見えた。……躰は快楽を得ているのに、でも」彼女は自分の胸に手を当てた。「よくわからない。ここが、とても苦しい」

「スリ」

「きっとこれが、わたしの役目だったの……」

彼女は顔を上げ、わたしの胸に飛び込んできた。細くしなやかな腕が、わたしの背中で力強く結ばれる。束の間、静寂が訪れた。今言葉を発すれば嘘に聞こえる気がして、わたしはただ彼女の躰を抱きしめていた。だが沈黙の後、彼女は驚くべき言葉を口にした。

「カリフ。一緒に、逃げよう」

彼女は短く息を吐き、わたしの瞳を覗き込むようにして言った。

「この洞窟は、前世紀につくられた要塞基地への地下通路に繋がっているの」

「要塞基地……?」

「そこに船がある。ずっと遠くに行ける船。だけど地下通路に行くには、水中を移動するボートのような乗り物に乗らないといけない。この洞窟内に隠されているはずだから、探しましょう」

　そういうことだったのか。わたしはあらためて、セマがセキュリティを壊した理由をはっきりと理解した。スリの言う要塞基地とは、前世紀につくられた宇宙開発ステーションのことであり、船とは、つまり宇宙船のことだ。彼女の知識は、きっとアスィリのものだろう。メイン・カオスであるアスィリは、アライ・データ以外のすべての情報をもっているわけだから、それらの情報がイメージ的な曖昧さでスリの脳に引き継がれている可能性はある。そしてセマは、この地球を捨ててわたしを逃がしたかったのかもしれない。彼がどこまで知っていたかはわからないが、この世界を終わりにする、という彼の想いは、もしかしたら、ただわたしを雁字搦めにするしがらみから解き放つ、その結果にすぎないのかもしれない。

「カリフとずっと一緒にいたい。離れたくない……あなたを、守りたいの。これが、愛してるって気持ちなんでしょう？　あなたが、わたしのオリジナルを愛していてもかまわない。わたしたちだけの場所で、わたしたちだけで生きていくの」

　きっと、その場所はペポニだ。わたしとスリの楽園となり、最初のアダムとイヴとなる。誰にも邪魔されず、快楽の共有だけではなく、心も同じ未来を見つめる、わたしたちだけの世界。わたしが、わたしとしての生命を、彼女とともに生きてもいいではないか。その世界は、わたしにはとても眩しくて、求めていた憧憬そのものだ。想像するだけで心が幸福感に包まれる。

だが、わたしは動けなかった。わたしには、その行動が簡単なことではなかった。わたしの意思は、わたしだけのものではなかったし、自分では抗えないほどの何か大きな力が働いているような気がした。それはきっと、自ら安穏な幸福を掴み取ろうという想いに慣れていないからだろうか。

わたしは彼女の瞳を真っすぐ見つめた。

「君は使命を果たす。もう俺は、必要ないはずだ」

アスィリがオリジナルであることを知らない管理局は、コピーであるスリでも試してみようとしている。純粋なオルグにならないまでも、かなりのレベルの高い遺伝子が生まれると予測している。メイン・カオスの計算通りなのだ。だがわたしは、それを上回るほどのオルグが生まれる確率が高いと断言できる。わたしなど取るに足らないほど、肉体的、精神的に強靱な遺伝子となって誕生するのだ。もちろん確率の問題であって、確かな根拠はない。突然変異には、まったくの根拠が存在しないわけではないのだ。アスィリとスリへの想いに満ちたわたしのディープムベグと、新たに芽生えた純粋な想いのシリムが混ざり合って、躍動した魂が宿る。

不思議な感覚だった。あれほどアスィリの愛を渇望していたわたしが、スリの愛を得て心が満たされている。わたしもスリを愛している、と感じた。

その言葉を言う代わりに、別の言葉を言った。

「さよなら、スリ」わたしは立ち上がり、白い柩へと歩き出した。

「だめ……行っちゃだめ！」スリが背後から、わたしにしがみつく。「あそこに入ったら、あなたは本当に彼女のものになってしまう……そんなの、いや！」

「スリ、放してくれ――」

後ろを振り返ったわたしは、突如現れた異質な物体に目を見張った。湖と水路で繋がった池の水面が弧を描きながら湾曲し、カプセル型の物体が浮上する。それがウォータースイムという乗り物であることを、わたしは思い出していた。以前、このタイプの空中飛行用にカリフが乗り、事前に操作方法を習得していたにも拘らず、慣れるまでに数分の時間を要していた。

操縦桿を握っているのはアムルだった。眼鏡を嵌めていないせいで、すぐには誰だかわからなかった。白く艶のあるヒュースレージが水中に浸かったまま、上部のガラス製乗降扉が移動して開く。

「リライブル……なんで……？」

苔の地面に飛び移るアムルを、わたしもスリも、茫然と見守った。なぜ彼が湖の底に沈んでいたウォータースイムを簡単に乗りこなし、この場所にやって来たのか。彼はわたしを一瞥しただけで、きちんとたたまれたグレーの制服をスリに差し出した。

彼女が着ていたものは、濡れたまま地面に置かれている。アムルの無言の圧力なのか、スリは言葉を失ったまま制服を受け取ったものの、それを着ようとはしない。

　わたしは驚きながらも、アムルが降りた後のウォータースイムを観察していた。ひとり乗りのようだが、ゆったりとした幅があるため、なんとか二人は座れそうだった。本来の目的は、宇宙開発ステーションへの道を進むために用意された乗り物であり、それに乗って、アムルはやって来た。まるで、二者択一を迫られているかのようだった。そう理解した瞬間、わたしは静かに後ずさりをしていた。二人が無言の睨み合いをしている隙に、わたしは柩へと走った。

「カリフ！」

　水色の液体に足を滑り込ませると、ひんやりとしたジェルに、火照った躰はいっきに冷やされていく。アムルは、わたしのもとへ駆け出そうとしているスリを、後ろから腕を回して抑えつけている。その眼差しは、どこかで見たことがあるような気がした。

「アムル、最期に君に会えて嬉しいよ」それは、本心だった。

「あなたを守ることが、わたしの役目ですから」彼はいつもと変わらず、淡々と言う。

「守る？　俺は、メイン・カオスになるんだろ？」

「正確には、その一部になるのです。それがあなたを守る最良の方法なのです」

どうして最期になって、そんなことを言うのだ。守られていたのはアスィリではなく、わたしのほうだったというのか。わたしは彼の顔を見ているうちに、何か不明瞭な感慨がこみ上げてくるのを感じた。その根拠を探そうとする間もなく、躰から力が抜けていく。ジェルは、徐々にわたしの躰を吸い込んでいく。柩の中はまるで底なし沼だ。腕も足も、どこにも行き着かない。

「いやぁ!!」

アムルの腕を強引にほどいて、スリが駆け寄ってきた。彼女は液体に浸かった腕を引っ張り上げようとするのだが、ぬめりのあるジェルの摩擦に弾かれた。底なし沼は、一度はまったら逃れることはできない。こんなに間近にいるのに、わたしだけベクトルもトルクも無視した世界に誘われようとしている。彼女は何度も何度も、まったく動かないわたしの肩や腕を掴むが、もう無駄なことだった。

「やめろ、スリ」わたしは力なく言った。

彼女の頬に、涙が流れていた。

「いや……わたしも、そっちに行く……」

「君の居場所は、こっちじゃない」

彼女は唇を震わせ、徐々にすべてがのみ込まれていくわたしを見つめる。その隣で、アムルも無言で立っていた。わたしははっと息をのんだ。眼鏡をフェイクにしていたことを、ようやく理解した。

発情した女性体に限らず、わたしもアウラで個人を判断していたのかもしれない。偽りのボディだけに囚われず、その個体の素の部分と、表面的な特徴で個人を識別する。わたしはカリフとして、スカイとして同じ顔を見てきたにも拘らず、彼がわたしたちの顔とそっくりであることに、今さら気づいた。

彼の言葉を思い起こせば、ヒントはいくらでもあった。生まれつき目の疾患があるわけではなく、純粋なオルグとして生まれたがために、過酷な実験を強いられた結果だったのだ。今の技術で、ある程度の治癒は施せるものの、彼はあえて眼鏡のフェイクで素顔を隠した。わたしとアスィリの遺伝的繋がりをもったオルグは、その存在自体もフェイクする道を選んだのだ。

「スカイ」

懐かしい名前だ。その名を口にしたのは、きっとアスィリだろう。涙はスリでも、彼女から発する言葉はアスィリのものだ。その唇が何を言ったのか、もはや液体の中に沈み込んでいたわたしには聞こえなかった。だが、聞こえなくても、理解した。液体の中で、陽炎《かげろう》となった彼女の唇の動きが、ただの幻想ではないことを祈りたい。

その言葉は、きっと愛の言葉よりも深い。

ずっと、一緒よ……。

＊＊＊＊＊＊＊

わたしのデータは、これで終わりだ。

このデータは記憶から抹消され、アライ・データだけが残る。わたしという存在は消されるのだろう。わたしの今の状況を記せないのは、とても残念だ。もっとも、もう目覚めることは叶わないだろうから、記憶を残したところで意味はない。

ただ、もし誰かが埋もれた記録を見つけたなら、わたしが今とても安らかな気持ちであることを伝えたい。心地良い空間に浮かんでいる感覚だ。わたしはコピーだが、オリジナルの深層意識下にある母胎の中にいる感覚に近いのだろう。

そして、愛に溢れた中で守られている。ここはきっと、ペポニだ。

エピローグ一

この施設内で、管理局が把握していない場所は幾つかある。そこがリライブル専用の施術室ならなおさら目をつけられることもなかったし、彼らも暇ではない。オルグを監視しながら「健常者たち」に秩序ある生活を与えている。リライブルに対して一〇〇パーセントの信頼を置いていなくても、この施設の人々を管理しているという傲慢な自信が染みついている。彼らの自信は、勘違いするほどにつけさせてやった。猜疑心という目を曇らせるために。だから、彼女を守ることは思ったよりもたやすかった。長い年月、彼女は危険な昏睡状態とみなされ、リライブルの監視下に置かれていたのも好都合だった。わたしはあくまでも担当医として、彼女を診ているにすぎない。もっとも、それはある意味において、だが。

ほんの微睡《まどろ》みから覚めたような気怠さをまとって、彼女はカプセル型パザーブシステムからゆっくりと起き上がった。大昔では、人体を冬眠状態にするシステムが使われていたが、彼女の場合、まったく眠っていたわけではなく、常にブレインネットワークと繋がっていた。パザーブシステムとは、人体のみ眠った状態にしたまま、脳活動を正常に維持するシステムである。これも新井氏の遺産のひとつだ。これ以上のものは、現在の限られた資源の中でつくり出すことはできないし、また技術も追いついていない。

遺産といえば、江ノ島氏の遺志のもと完成した巨大な宇宙船も眠ったままだ。この施設から一キロほど離れた場所にある宇宙開発ステーション内に保管されている。その要塞のような頑丈な施設はどこからも侵入することができない。管理局は、江ノ島氏の宇宙開発団体が何らかの技術を残していることは把握しているものの、まさかすでに完成した宇宙船が隠されているとは思ってもみないだろう。

巨大な要塞は、わたしたちが暮らす何棟もの施設の二倍以上の敷地面積がある。何度かエアースイムで偵察に赴き、外界に出て詳しく調べるのはオルグの役目だった。その時に、ひとりのオルグが行方不明となっている。汚染された大地で屍となってしまっただろう。管理局上層部としては、是が非でも内部を把握したかっただろうが、メイン・カオス・データからも、この施設内には今世紀に適した遺産はないという判断で、結局そのまま放置され続けることとなった。それでも、一部の上層部はあの施設内の情報はスカイの脳の中にあるとみていた。ある意味ビンゴだ。正確にいえば、スカイは宇宙船の操作データをもっている。もっとも彼自身、その知識を理解してはいない。

素肌の彼女は、ゆっくりとカプセルから躰を出し、床に足をつけた。わたしの隣に立っていたリライブルが白いガウンを羽織らせる。わたしの遺伝子上の弟だ。顔はわたしと違い、どちらかというと遺伝子上の母親に似ている。かなりの美男子だ。

わたしには、遺伝子上の姉もいる。遺伝子上の両親から最初に生まれた個体だ。彼女とは一〇歳まで一緒に過ごし、ともに実験対象にされた後、離ればなれとなった。彼女もわたしと同様、養父母に育てられているはずだ。あれ以来会っていない。彼女が今どうしているのか、詳しく調べようと思えば簡単に情報は入るが、わたしはそうしようと思ったことはない。他にも、会ったことはないが、同じ遺伝子上の両親から生まれたきょうだいが、今ここにいる弟以外にも三人いるし、ただ遺伝子上の繋がりがあるというだけで、とくに監察対象以上の興味はない。異母きょうだいを含めると、軽く一〇〇人は超えるからだ。わたしの遺伝子上の母には負けるが、ほとんどの女性体は「彼」の子を三回は産んでいた。ルシアの身体的機能が正常ならば、きっと母を抜いていたことだろう。その異母きょうだいのほとんどは、子に恵まれない「健常者」と養子縁組をしているようだ。いずれは彼らも別の異性との間に子をつくり、ヒトトノア研究によって生み出された強靱な遺伝子を残していくのだ。

わたしは、目の前の女性体を見守る。母とは思えぬほどに若々しい素肌を隠し、遺伝子上の息子に被せられたガウンに腕を通す。彼女は、壁一面に覆われた全情報システムの画像を見つめた。メイン・カオスのセンターサークルだ。この一室は、すべての情報がリアルタイムで流れている。今までは、脳に振動を与えることによって直接情報を伝達するヘッドモジュールという装置を装着することによってネットワークにダイブしていたため、このあらゆる情報を映し出したモニターを見るのは初めてだった。

「おはようございます、イヴ」

わたしは深々と頭を下げた。眼鏡の位置がズレ、腰を曲げた状態でブリッジを正す。

「その呼び方はやめて」

感情のない冷たい声が、わたしの頭上をかすめる。わたしは顔を上げ、彼女の表情と間近に対峙する。彼女はいつから、こんな傲慢そうな顔になったのだ、と思う。彼女に限らず、女性体とは複雑な生物だ。幾つもの顔をもっている。彼女は自分のコピーに名前を与え、自分とは別の個体とみなしているようだったが、複雑な深層意識下にある幾つもの顔が、それぞれにひとりの個体として確立した。スリも、彼女の内面の一部なのだ。その純粋な愛を表面化したスリも「彼」の子を身籠もり、さらに「彼」によって別の人格も芽生え、すべてが彼女の思惑通りとなった。それなのに。

「それでは——」わたしは真っすぐ、彼女を見つめた。「アスィリ」

凜と勝ち誇ったような笑みの奥で、その真逆の、水の底に漂うような深い色を、わたしはただ見据える。

わたしは、遺伝子上の母をずっと診てきた。いや、監察してきたわけだ。だから、彼女のことは理解している。彼女は過去の実績から積み上げてきた確率の高い推測と、科学で証明されたものしか信じない。彼女はメイン・カオスだからだ。そんな彼女が、カリフの意識を解放した「人形」をそのまま「スカイ」として守り続けようとする。管理局は、カリフは死んだものとみなし、その亡骸の処置をリライブルにゆだねていた。大量のデータにまみれた彼らは、あやふやな記憶をメイン・カオスと照らし合わせる。彼らにとって、彼ら自身が創り出したと信じるメイン・カオスは、神のような存在である。切り替わったデータをうのみにするのだ。こうして、もう目覚めることのない「スカイ」は、正真正銘、この世界から消えることになる。それが彼女のシナリオだ。それなのに、彼女はずっと「スカイ」を守り続けるだろう。非科学的なことを否定しながら、共鳴によってスカイとカリフの魂が融合したことを、本当は信じている。そして、真実の彼女がこの地球を捨て、スカイとともに新たな世界を目指したかったことも、わたしは知っている。

そこは、オルグだけの世界であって、オルグという規定のない人々が暮らす、彼の言葉を借りれば、そこはペポニという場所なのだろう。

エピローグ二

甲高い海鳥の啼き声に、ボクはふと我に返った。

いつまで、そうしているつもり？

誰かに、そう言われたような気がする。

視界のすべてを占める蒼い空に、羊毛のようにふわりと柔らかそうな白い雲が浮かんでいる。そこに風切り羽を広げた鳥が横切る。耳元で遊ぶ水の音。微かな風の音。遠くに消えていく鳥の啼き声。目に映るものや音の根源さえ、一瞬、理解できない神秘さを全身に浴びた。不思議な感覚だ。見慣れたものや聞き慣れた音なのに、まるで生まれて初めて見る世界のような気がした。

ボクはどれくらいの時間、海の上で浮かんでいたのだろう。ほんの一瞬、眠った状態だった気もする。本当に眠っていたら溺れて死んでしまうだろうから、ほんの数秒だと思う。その束の間、白昼夢を見た。夢の内容をはっきりとは覚えていないものの、ひとりの人間の一生分の人生が、走馬燈のような勢いで過ぎ去り、その後の茫然とした感慨が躰に残っている。人は死ぬ時、自分の人生を一瞬で振り返ると言うが、それと同じような夢だったのだろう。男の顔も、もう思い出せなかった。

顔をわずかに横に向けると、蒼々とした樹木に茂った孤島が視界の端に映った。反対を向くと、ほんの一〇メートルほど先の砂浜や木立、ハンモックが見える。照りつける太陽の下で、陽炎のようにぼんやりと見える。

ボクは、その砂浜に佇む黒猫を見つけた。彼はボクを見据えている。さっき頭に浮かんだ言葉は、彼の思念だったのだろうか。

躰を翻し、砂浜まで泳いだ。水が心地良い。熱い砂の上に濡れた足をつけて、ボクは黒猫に近づく。水の滴り落ちる手を黒猫の頭へと伸ばすと、彼はプイと背中を向けて歩き出した。躰を濡らされたくないのだ。そのまま数歩歩いてから、またボクへと顔を向けて、ニャァと啼いた。

早く、来いよ。

そう言っているに違いない。彼はいつも、ボクを導いてくれる。

「クロエ」

ボクは笑ったが、何だか哀しかった。理由もわからずに、涙が溢れてきた。そして海へと視線を向け、空を仰いだ。何か大切なものを失ったような、心の中に深い空洞のようなものを感じた。空は清々しいほどに蒼いままなのに、何かが足りないのか、何かを待ちわびているのか、自分でも理解できないもどかしさがわき上がった。きっと、変な夢を見たせいだろう。

不意に心につけ込まれた感情が、ボクの脳裏に言葉となって返ってくる。今まで意識したこともなかった。ボクは――。

ボクはこの大地で、生きている。

終わり

著者プロフィール
松咲 硝子（まつさき がらす）
愛知県在住

ペポニ

2019年８月15日　初版第１刷発行

著　者　松咲 硝子
発行者　瓜谷 綱延
発行所　株式会社文芸社
〒160-0022　東京都新宿区新宿１－10－１
電話　03-5369-3060（代表）
03-5369-2299（販売）

印刷所　株式会社暁印刷

ISBN978-4-286-20371-3